LOCUS

LOCUS

LOCUS

LOCUS

to

fiction

to 12 菩薩凝視的島嶼

Anil's Ghost

作者：麥可・翁達傑 (Michael Ondaatje)

譯者：陳建銘

責任編輯：鄭立中

美術編輯：何萍萍

法律顧問：全理法律事務所董安丹律師

出版者：大塊文化出版股份有限公司

台北市105南京東路四段25號11樓

www.locuspublishing.com

**讀者服務專線：0800-006689**

TEL：(02)87123898　FAX：(02)87123897

郵撥帳號：18955675　戶名：大塊文化出版股份有限公司

本書中文版權經由大蘋果版權代理公司取得



總經銷：北城圖書有限公司　地址：台北縣三重市大智路139號

TEL：(02)29818089(代表號)　FAX：(02)29883028 29813049

排版：天翼電腦排版印刷股份有限公司　製版：源耕印刷事業有限公司

初版一刷：2002年7月

定價：新台幣320元

Printed in Taiwan

# Anil's Ghost
# 菩薩凝視的島嶼

Michael Ondaatje 著
陳建銘 譯

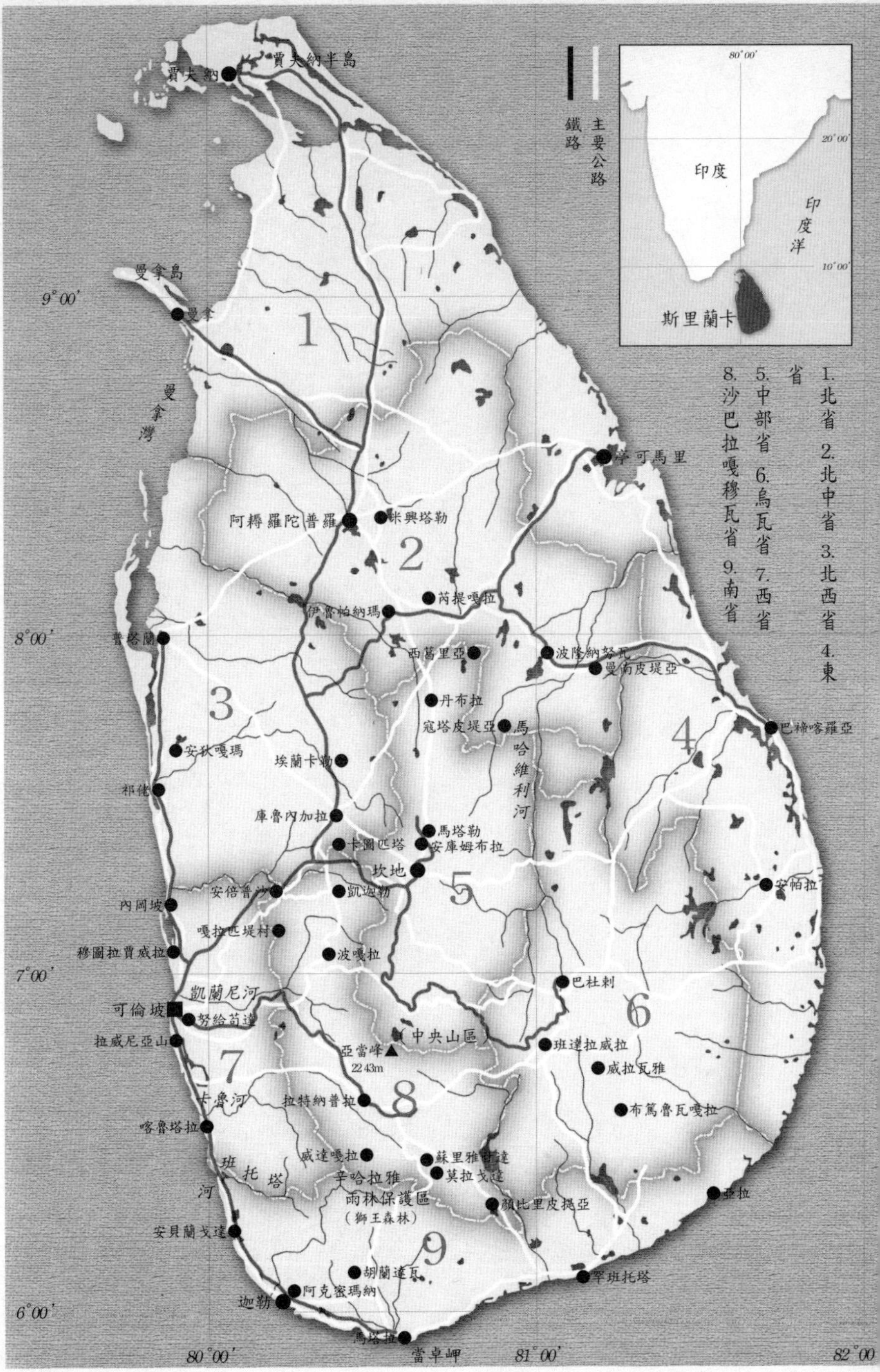
賈夫納半島
賈夫納
鐵路
主要公路
80°00'
20°00'
印度
印度洋
10°00'
斯里蘭卡
曼拿島
9°00'
曼拿
1
曼拿灣
省
1.北省
2.北中省
3.北西省
4.東
5.中部省
6.烏瓦省
7.西省
8.沙巴拉嘎穆瓦省
9.南省
亭可馬里
阿耨羅陀普羅
米興塔勒
2
芮提嘎拉
伊魯帕納瑪
普塔蘭
8°00'
西葛里亞
波隆納努瓦
曼尚皮堤亞
丹布拉
3
寇塔皮堤亞
馬哈維利河
巴締喀羅亞
4
安狄嘎瑪
埃蘭卡勒
祁佬
庫魯內加拉
馬塔勒
卡圖匹塔
安庫姆布拉
坎地
5
安倍普沙
凱迦勒
安帕拉
內岡坡
嘎拉匹堤村
穆圖拉賈威拉
波嘎拉
7°00'
巴杜剌
凱蘭尼河
可倫坡
努給苟達
6
（中央山區）
亞當峰
2243m
拉威尼亞山
班達拉威拉
7
威拉瓦雅
卡魯河
拉特納普拉
8
布篤魯瓦嘎拉
喀魯塔拉
威達嘎拉
蘇里雅苷達
班托塔河
辛哈拉雅
莫拉戈達
雨林保護區
（獅王森林）
顏比里皮提亞
亞拉
安貝蘭戈達
9
胡蘭達瓦
罕班托塔
阿克蜜瑪納
迦勒
6°00'
馬塔拉
當卓岬
80°00'
81°00'
82°00'

# 作者謹識

自八〇年代中期，至九〇年代之初，斯里蘭卡舉國陷入動亂。三股相互敵對的勢力——掌權的執政當局、盤據南方的反政府集團，以及在北部流竄的分離主義游擊隊——撕裂整個國家，後兩者均對統治者宣戰。最後，執政當局爲了對付反抗勢力，不惜公然動用合法與非法的軍事手段進行清剿。

本書的時空背景設定在這個政治紛亂的關鍵年代。當時確曾出現書中所描述的類似組織，亦發生過雷同的事件，至於人物、情節則純屬杜撰。

時至今日，斯里蘭卡的血腥鬥爭正以另一種形式，持續進行……

M·O·

爲了討生活呀，我往波嘎拉來
七十二噚深的坑洞啊，我朝裡鑽
打從坑口往內瞧哇，全見不著影兒

只有重回洞外喔，
才能撿回我的小命兒……

老天爺可得保佑那載著我的流籠喲
老天爺可得保佑那繫著流籠的索喲
老天爺可得保佑那捲著索的轆喲……

——斯里蘭卡採礦歌

每天清晨五點三十分，工作小組抵達時，總會有一兩名家屬在現場等候。他們交替輪班，一整天都有人守在一旁，看著安霓尤與組員們進行工作，寸步不離，彷彿要確保重要證物不再逸失。他們輪流守護著死者，守護著這些半掩半露的形骸。

入夜後，挖掘現場會用塑膠帆布覆蓋起來，上面壓著石頭或鐵塊。家屬們知曉科學家每日上工的大致時間，他們一大早便自行先將帆布掀開，聚攏在泥淖裡的遺骨周圍。直到聽見遠遠傳來吉普車的引擎聲，大家才紛紛退開。某一天早上，安霓尤看見濕地上還留著一枚赤足腳印，另一天則發現一片遺落的花瓣。

遺族們會為鑑識小組烹水煮茶。每天到了瓜地馬拉（Guatemala）最燠熱的時刻，他們便舉著披肩或撐起芭蕉葉為工作人員遮蔽烈日。

空氣裡始終瀰漫著一股莫名的疑懼。家屬們一方面害怕腳下的某具屍首就是自己的子弟，另一方面卻又擔心罹難的親人其實並不在其中——即使已經花了好幾個禮拜守著某具屍骨，然而一但鑑識出死者不是自己的親人，他們就又得起身趕赴西邊高地的另幾處挖掘現場，重新展開另一回合的漫長尋覓。失蹤的子弟究竟陳屍在哪個現場，誰也拿不準。

有一天，安霓尤趁著午休的空檔，與工作夥伴步行到附近的河邊沖涼消暑。回程途中他們看見一名婦人跪坐在墳地裡，她的手肘倚著腿膝，狀似祈禱般地垂目凝視腳邊的兩具屍身殘骸——一年前，她的丈夫和兄長在這個地區的一場搜捕行動中失蹤。如今兩個男人看似於午後小憩，並排席地而臥。她一直扮演著兩個漢子之間無形的陰柔繫絆，將他們緊緊繫攏。男人們每天中午回家，吃過她準備好的午飯，然後小寐半個時辰。日復一日，始終不變的作息。

安霓尤望著婦人難以言喻的面容，心中霎時一片空白，但那哀慟逾恆的片羽光景則長駐她的腦中，至今仍鮮明難忘。婦人聽到一行人走近，隨即站起身子，挪出空間好讓他們繼續工作。

# 瑟拉斯

她於三月初抵達。班機降落在喀坦納雅克機場❶時天猶未亮。飛機一越過印度西海岸後就一路疾飛，所以當乘客魚貫踏上停機坪時，四下仍一片闃黑。

待她步出機場，太陽已然昇起。在國外唸書時，她曾讀過「天光乍曉，恍如驚雷」這麼一個句子，她當時就明白自己是全班唯一曾親身領略此情此景的人。但此刻，首先引起她注意的倒不是如雷的天光，而是周遭雞群、貨卡的囂嚷聲、一陣微緩的晨雨，或是在房舍另一頭，一名男子用報紙把玻璃擦得吱喳作響。

編按：本書的注解皆為譯注。

❶喀坦納雅克（Katunayake）機場，即可倫坡國際機場，在可倫坡市北方。鄰近內岡坡。

當她持淺藍條紋的聯合國護照通關後，一名年輕的公務員隨即趨前跟在她身邊，陪她一起走著。她費勁拖著大大小小的行李，年輕的公務員卻視若無睹。

「離開多久了？你是在國內出生的吧？」

「十五年了。」

「還會講僧伽羅話❷吧？」

「還記得一點點。待會兒在車上能不能別和我說話，我時差還沒調過來，只想看看風景。眞想盡快喝點椰漿❸。幫人做頭部按摩的迦伯芮髮廊還在營業嗎？」

「嗯，還在寇路皮地亞❹，我認識老闆的爸爸。」

❷僧伽羅語（Sinhala）乃斯里蘭卡法定語文之一，是主要族裔僧伽羅人操用的語言。另一較少數族裔使用的塔米爾語（Tamil），則在該族裔的力爭下，遲至一九八八年才被列入法定語文。

❸椰漿：原文為toddy，是斯里蘭卡的尋常飲料，以椰子汁經些許發酵而成，略具酒精度，若再經深度發酵則成為椰子燒酎（arrack）。

「我父親也認識他。」

年輕的公務員支使僕役將安霓尤的行李搬上車，完全不勞自己動手。「哈，椰漿啊！」他邊說邊笑，話匣子一時還不肯闔上：「去國十五年，回來頭一樁就想起這個……眞是浪子回頭啊。」

「我不是什麼浪子。」

一個鐘頭後，車子停在他們預先爲她租賃的小屋前。他步下車子用力地和她握手：

「明天安排你會見狄雅仙納先生。」

「多謝。」

「你在本地還有舊識吧？」

「沒有。」

安霓尤很高興她這趟返鄉沒驚動任何人。雖然還有寥寥幾個親戚住在可倫坡，但她並沒有

❹寇路皮地亞（Kollupitiya）：可倫坡市共分為十五個行政區。寇路皮地亞即「可倫坡三區」，在市區西側，瀕臨印度洋岸。

通知大家她要回來。她從皮包裡掏出一顆安眠藥，擰開吊扇開關，挑了一件紗龍❺圍在腰上，然後爬上床。所有的東西之中，她最想念的就是吊扇。自從十八歲離開了斯里蘭卡，她和故鄉之間唯一有形的牽繫，就是每年聖誕節她的父母寄給她的一襲新紗龍（而她總會乖乖穿上），同時還不忘附上最新的游泳比賽剪報。少女時代的安霓尤曾經是一名傑出的游泳健將，家族成員們似乎對此始終念念不忘，老把這事掛在嘴邊。這項技能如影隨形緊跟著她。對斯里蘭卡的家庭來說，如果家裡能出一個板球好手，這意味著大夥兒可以倚靠他的一手旋球絕技，或是在「皇家—湯瑪斯板球賽」❻打一場精彩的球賽，從此平步青雲，不愁吃穿。安霓尤十六歲就贏得了拉威尼亞山飯店❼主辦的兩英哩游泳競賽。

每年都有上百名游泳選手泅入海中，繞過一哩外的折返浮標，再游回到岸上。奪得錦標的男女選手可以在報紙的體育版上風光一兩天。安霓尤自己就有那麼一張——某個元月的早上，

❺紗龍（sarong）：一種寬鬆的布裙。在斯里蘭卡，通常只有男子穿著。

❻皇家–湯瑪斯板球賽（Royal-Thomian match）：斯里蘭卡最負盛名的運動比賽，始於一八八〇年皇家學院（Royal College）與聖湯瑪斯學院（Saint Thomas' College）之間的板球賽。

❼拉威尼亞山飯店（Mount Lavinia Hotel）：斯里蘭卡最高級的旅館之一。

她破浪而出的照片。《觀察者報》❽甚至用了這張照片做頭條——「安霓尤一馬當先！」她的父親還將剪報掛在辦公室裡。每個遠房親戚（不管身在澳洲、馬來西亞或遠在英國，還是國內的）都曾經上上下下、仔仔細細地端詳過這幀照片。他們關注的焦點並非全然集中在她的殊榮，而是品頭論足，說她是否能一路維持那個好長相。她的屁股是否看起來太大了些？

攝影記者捕捉到安霓尤帶著倦意的笑容——畫面中，她彎起右臂，正要脫掉橡膠泳帽，還一併拍到幾名沒在焦距內的落敗者（她早已忘記一同參賽者的名字了）。這幀黑白影像給整個家族留下的意象太鮮明，太難消除了。

她把被單推到床腳下，靜靜躺臥在黑漆漆的臥房中，扇槳划送的氣流迎面吹來。如今，她對這座島嶼的舊時記憶已蕩然無存，少女時代的名氣也早在十五年前拋得一乾二淨。安霓尤讀過許多資料，也看了不少新聞報導，裡頭關於家鄉的消息盡是悲劇、慘事。多年的離鄉背景之後，她總算可以隔著長距離冷眼看待祖國的一切。然而一旦重回故土，卻讓她不再能夠超然以對——雖然市容如常、百姓依舊，人們照樣上街購物、換工作、談笑……但此間不斷發生的一

❽《觀察者報》（*The Observer*）：斯里蘭卡主流英文報紙。

切，即使最黑暗的希臘悲劇也要相形失色——梟首的情形時有所聞，位於馬塔勒（Matale）的一座垃圾場中掘出數具屍骨……安霓尤於大學時代曾翻譯過古希臘詩人阿基洛克斯（Archilochus）的詩句——「吾等宜將死者遺予敵方以使忌憚於我，此乃待敵之道。」然而，這裡的受害家屬卻連這點待遇也不可得，甚至沒人告訴他們加害者是誰。

第十四窟曾經是山西省境內綿延的佛窟群之中最美的一座。如今當你步入洞內，卻發現它看起來就像是一塊被挖空的巨大鹽礦。一整排菩薩——佛陀的二十四尊分身——被人硬是以斧、鋸從牆上鑿下，只留下殷紅切口，歷歷怵目。

「萬物皆無常，」帕利帕拿如是說：「那只是一場悠遠的夢。即使藝術灰飛煙滅，但因為歷史的捉弄，其遺跡反而得以受人珍愛——這絲毫不足為奇。」他在第一堂課就開宗明義告訴考古系的學生們。他不斷告誡他們：勿拘泥典籍、藝術；唯有「觀念的精髓」方得以倖存。

這裡根本就是凶案現場。身首異處。斬手刈足。軀體無一殘留——自從日本考古學家於一九一八年發現此佛窟起，不消幾年，這兒所有的雕像都被鑿空挖盡，旋即被西方博物館收購殆盡。三尊菩薩的軀幹如今陳列在加州某座博物館中，頭顱則佚失在信德沙漠（Sind Desert）南方的滾滾河水裡，朝聖古道近在咫尺。

萬般絢爛終歸寂滅。

第二天早上，有人要安霓尤前往金西路醫院面見幾名法醫學生。這並非她此行的目的，但她沒有拒絕。她還未見到官方指派與她配合進行人權調查的考古學家——狄雅仙納先生。她被告知狄雅仙納先生出城去了，待他一回到可倫坡就會和她聯繫。

被推進來的第一具屍體才剛死亡，就在她昨天抵達後不久。安霓尤發覺這樁凶案確實發生於前一天傍晚，恰好是她在佩塔市場❾閒逛的同一時間。她得努力遏制自己不住顫抖的雙手。兩名學生互瞄了一眼。通常她不會將死者的死亡時間對照自己的作息，不過她倒是還牢記著此

❾佩塔（Pettah），即「可倫坡十一區」，境內的大市集，正對著可倫坡火車站，是繁榮的庶民民生百貨集散地。

地與倫敦、聖地牙哥之間的時差——五個半小時、十三個半小時。

「這……是你頭一回看見屍體？」其中一名學生開口問她。

她搖搖頭：「兩邊的臂骨都斷了。」血腥的現實倏地橫在眼前，令她有點措手不及。

她抬起頭打量這兩名年輕人——兩個還沒畢業的學生，還在容易受驚駭怕的階段，何況這是一具新鮮的屍體，不久前還是活生生的人。照理說，因政治因素遭到殺害的屍體不應該那麼快就被發現。她將死者的手指逐一泡進盛著藍色液體的燒杯裡，檢驗上頭是否呈現傷口的痕跡。

「年約二十，死亡時間十二個小時，你們認為呢？」

「嗯。」

「嗯。」

他們露出緊張、甚至駭怕的神色。

「你們剛說你們叫什麼名字來著？」

他們告訴了她。

「最要緊的是要大膽做出初判，然後再回頭檢視，別怕自己可能會犯錯。」（她可有資格對他們說教？）「如果一發現錯誤，便回頭重新研判一次，也許就能找到先前忽略的地方……他們如何能將他兩手打斷而不傷及手指？這就怪了，一般人通常會本能地抬起手來保護自己，手指往往會先受傷。」

「也許他當時正在禱告。」

她停下手，抬頭看了說話的學生一眼。

接下來第二具屍體呈現連枷骨折，一根根肋骨全斷了。這意味著他是從極高處——至少五百呎以上——面朝下摔落水面。強烈的氣流令體內呈現真空——直升機高速旋轉的槳葉產生的氣流。

翌日清晨她起了個大早，循著鷯哥的急切啼叫，踱進瓦德路租屋處的庭院，站在昏暗的園內啜飲早茶。當天空開始飄起小雨，她已經走到大街上，鑽進一輛停在她身旁的三輪計程車，車子隨即急馳，遁入車水馬龍的市街裡。她緊緊抓住座位前的橫桿，從毫無遮蔽的兩側灌入的雨絲打濕了她的腳踝。乘坐巴加吉[10]比起搭乘冷氣計程車更涼爽，而且她也喜歡聽車伕摁出如

[10] 巴加吉（bajaj）：一種南亞常見的機動三輪車。

鴨子呱叫般的低沈喇叭聲。

在可倫坡度過的年少時光裡，她似乎總是孤伶伶地感受著天氣的轉變——觸打她衣衫的雨點、濕氣中飄散的塵味。霎時雲破天開，整座城市頓時沸騰熱絡起來，人群相互囂嚷此起彼落，有時在一陣小雨之後，還會出其不意再下一陣。

她還記得多年前，她的父母曾在宅邸內款宴賓客，長桌就陳設在家中那座乾枯的花園裡。雖然時序已是五月末，但乾旱的氣候仍然持續著，雨季猶未來臨。就在晚宴接近尾聲時，天空開始降下甘霖。安霓尤一嗅出空氣的變化，便自臥房中醒來，飛奔到窗口朝外眺望，看見賓客們在滂沱大雨中奔竄，大夥兒慌慌張張忙著將古董椅子搬進屋內。但她的父親和身旁的一位女賓客卻繼續坐在桌前，慶祝雨季的來臨。乾地漸成泥淖，過了五分鐘、十分鐘……他們仍然安坐在那兒聊個不停，她想：或許他們只是要確認這不是一場隨時會停歇的陣雨，他們要確認這場雨終將持續下去。

鴨子呱叫般的喇叭聲響起。

急雨掃過可倫坡的市街。巴加吉載著她拐進通往考古部的小路，路旁的小鋪紛紛點亮燈光。她欠身對司機說：「請停車讓我買包菸。」車子拐到石板路旁，在一爿鋪子對面停下，司機朝著商店吆喝了幾聲，一個男子拿了三種牌子的香菸冒著雨跑過來，她付錢挑了「金葉」，三輪車再度啓程。

突然間，安霓尤對自己能再度回到故鄉感到無比喜悅，塵封的童年記憶在她心中一一燃活。當日內瓦的「人權中心」(Centre for Human Rights) 決定要遴選一名法醫派往斯里蘭卡時，她消極地遞出申請表，心底並不抱著中選的希望——即使她已經入了英國籍，但畢竟祖籍仍在那兒；何況，當局似乎也不可能會願意讓人權分子入境。多年來，來自國際特赦組織及其他人權團體的指控信函在瑞士總部堆得滿坑滿谷，但喀圖嘎拉 (Katugala) 總統仍一概宣稱：毫無跡象顯示國內發生過任何有計畫的殺戮事件。不過囿於各方壓力，同時也爲了安撫西方貿易夥伴，當地政府終於首肯讓外國顧問在當地官員的陪同下進行查訪。結果，安霓尤・堤賽拉竟然雀屏中選，成爲代表日內瓦方面的鑑識專員，將協同一名可倫坡當地的考古學家，進行爲期七周的調查計畫。但是「人權中心」上上下下皆對此項調查能否達到成果不表樂觀。

安霓尤一踏進考古部就聽見他的招呼聲：

「哦——你就是那個游泳健將！」一個年近五十、寬胸闊背的男人悠閒地朝她走來並伸出手。她暗地希望眼前這個人不是狄雅仙納先生，不幸這正是他本人。

「那已經是好久以前的事了。」

「話是沒錯……我在拉威尼亞山⓫看過你噢。」

「怎麼說？」

「當時我也在那兒，我就讀聖湯瑪斯中學，當然啦，我高了你幾屆。」

「狄雅仙納先生……我們別再談這個話題好嗎？這些早都已經事過境遷了。」

「行，行……」他用一種她後來才漸漸習慣的說話方式應和著——慢條斯理，準確又適可而止。就像亞洲人典型的頷首方式——模擬兩可地搖頭晃腦，肯定之餘不無否定的意涵。瑟拉斯・狄雅仙納連說了兩次「行」，除了官式、禮貌性的識趣虛應，也意味著「不置可否」。

她朝他露出微笑，試圖緩和初次見面就和他在言語上針鋒相對的窘況：「很榮幸能與您見面，我拜讀過許多您撰寫的論文。」

「當然啦，是我太不會看場合了，但起碼大多數的挖掘地點我都曉得……」

「我們能不能先去吃早餐？」他們走去開車時，她問他。

「你成家了嗎？有沒有孩子？」

⓫拉威尼亞山（Mount Lavinia），可倫坡南方的衛星城市。

「沒有，也不游泳了。」

「行。」

「現在每個星期都有屍體出土。雖然恐怖活動達到最高峰是在八八年和八九年，當然在此之前早已持續多年了。各方人馬都互相屠殺並湮滅證據，毫無例外。這實在算不上一場名正言順的戰爭，任何一方都不想觸怒外國勢力，所以比較像幫派間的火拼、械鬥；也不像中美洲，在這兒，政府並非唯一的加害者。曾經有三股敵對勢力——現在依然是，一個在北邊，兩個在南方，全都運用武器、文宣、高壓統治、聳動的大字報、箝制言論等手段，並且從西方國家輸入精良武器，或自行土製克難軍火。從前幾年起，人們紛紛無故失蹤，被燒得面目全非的屍體也陸續被發現。這些案件都難以歸罪於任何一方，也分不清楚到底誰才是眞正的被害者。我只是個考古學家，如此配對可不是我出的主意——一個法醫配一個考古學家。如果你問我個人意見，我認爲這實在是莫名其妙的組合。這些無法無天的殺戮大多都是無頭公案，也許是叛黨幹的，也可能是政府或游擊隊，反正他們全脫不了干係。」

「我分不清哪一方比較凶殘，那些報導太可怕了。」

他又加點了第二杯茶，眼睛瞧著已經送上餐桌的食物，他看見她特地要了煉乳和椰子粗糖佐餐。他們用過早餐後，他說：「走，我帶你上船，讓你看看我們未來的工作場所……」

「歐倫賽號」——這艘昔日行駛東方航線的客輪，曾經配備最精良的機具和極奢華的裝潢。她一度往來於亞洲和英倫之間——從可倫坡啓航到薩德港，駛進蘇彝士運河的狹仄水道，然後一路直抵堤伯里港。一九七○年代起，她轉而行駛國內航線。船上的客艙隔間被打通改建成載貨統艙，茶葉、清水、橡膠製品和米穀取代了難侍候的旅客，乘員只剩寥寥數人——譬如船東那些無所事事、渴望冒險的外甥們。她仍具備東方船隻的機能，能抵禦亞洲的燠熱氣候。船身猶殘留著鹹水、鐵鏽和機油的氣味，貨艙中則仍瀰漫著茶香。

過去這三年來，「歐倫賽號」一直碇泊在可倫坡港北端的一處廢棄船塢。這艘巨船如今儼然已成爲陸地的延伸，並交由金西路醫院作爲貯存和作業場所。囿於市區總院有限的實驗室空間，瑟拉斯和安霓尤將利用船上的部分區域充當他們的工作基地。

他們走過新生地街，踩上登船棧板。

她劃亮一根火柴，走進伸手不見五指的黑洞裡，光暈順著她的手臂迤照而上。她才剛瞥見自己纏在左手腕上的「護身符」棉繩，火光隨即熄滅。自從在一位友人的守護法會[12]中戴上這件辟邪的玩意，一個月不到，它原有的緋紅色早已褪得一乾二淨，當她在實驗室裡戴上橡膠手套，隔著橡膠手套的紅棉繩顯得加倍慘白，恍如凍結在冰塊裡。

身旁的瑟拉斯趁著剛剛短暫的火光，找到一具手電筒並將它點亮，他們跟在手電筒的光束後頭，朝一堵鐵牆前進。他們走到壁前，瑟拉斯用力地拍打牆面，他們隱約聽到牆後有些動靜——原來是一群老鼠被嚇得到處亂竄。他再拍打一次，又是一陣唏嗦。安霓尤輕聲說：「好像一對男女聽見他老婆進門，倉皇下床的聲音……」話說完她隨即住嘴，安霓尤猛然想起自己和他沒熟到可以拿夫妻關係開玩笑的程度。她還差點就脫口蹦出一句：親愛的，我回來了！

親愛的，我回來了——每當她蹲在屍體旁邊俯身確認死亡時間，嘴裡便會習慣性地冒出這句話——譏誚或溫婉的語氣，端視當時的心情而定——多半時候是一面伸出手，將手掌置於屍體上方一公厘處測量它——不再是他或她——的體溫，一面悄聲唸出這句話。

「再拍一次。」她對他說。

「這一次我要用耙錘敲。」一錘下去，金屬噪音迴盪在黝黑的空間。當回聲漸漸平息，四

⑫守護法會（pirith），斯里蘭卡佛教禮俗，各種規格並無一致，最常見的是在死者過世後第四十天自夜間十點至翌日上午八點，由親族所舉辦的跨夜誦經儀式。

周便又恢復原先的一片死寂。

「閉上眼睛，我要點亮硫磺燈。」他不曉得安霓尤曾經在採石場，在亮晃晃的硫磺燈下進行夜間作業，也在密閉的地下室裡工作過。刺眼的強光瞬間照亮了整間大艙房，角落有一座頹圮的吧台殘跡，安霓尤稍後還在吧台後頭發現一座燭台。這間四面封閉、瀰漫著消毒水惡臭的房間就是他們未來的貯藏室兼化驗室。

她發現瑟拉斯已經將一些出土古物搬進這裡來了。好幾個綑著繩索的條板箱——裡頭全裝滿透明膠膜封裹的石塊、骨片——擺滿了地板。這下可好，她可不是來對付這些老古董的。

瑟拉斯忙著開箱取出最近的挖掘成果，自顧自地喃喃說著話，她一開始沒能聽明白：

「……大部分都是六世紀的東西，我們研判那是一座專葬僧侶的墓園，就在距離班達拉威拉⑬不遠處。」

「曾發現任何骨骸嗎？」

「目前爲止找到三具。還有幾件年分相同的木壺化石，它們全都吻合同樣的年代特徵。」

她戴上手套從箱子裡拿出一根陳舊的骨頭，掂了掂重量，年分似乎沒錯。

⑬班達拉威拉（Bandarawela）：位於斯里蘭卡中央山區，亦是主要產茶區。

「骨骸上先覆蓋樹葉，再裹上布，」瑟拉斯告訴她：「最上面壓著石頭，這些石頭最後都落進骨架裡，掉入胸腔的位置。」

當屍體埋入土裡，經過許多年，地面上的表土更替，加上石塊本身的重量，致使石塊往下墜，最後掉到身體腐朽之後騰出來的空位，像是宣告亡靈正式脫離肉身。這種自然演化的儀式總是特別引起她的悸動。安霓尤年幼時曾經住在庫塔皮提亞（Kuttapitiya），有一天她一腳踩到淺淺埋著死雞的土堆，她身子的重量隔著表土壓擠著雞屍，死雞體內的一團空氣猛然從雞喙噴出，冒了一記悶叫聲，她倏地跳開，嚇得魂不附體。接著她一面刨開表土，一面還害怕會挖出一隻還沒瞑目的雞。但它的確已經死了，眼眶還塞滿了砂礫。直到現在，安霓尤只要一想起那個下午的經歷仍會不寒而慄。後來，她將那隻死雞又重新埋了一遍，然後跑得遠遠的，再也不敢靠近那一帶。

她又從那堆殘屑裡撿出另一片碎骨，並擦拭它：「這個也是在同一個地方挖到的嗎？這不太像是六世紀的東西。」

「所有的東西都是從那個僧侶墓園找來的。那兒是政府管轄的保護區，一般人進不去。」

「但是，這片骨頭——它的年代並不符合。」

他停下手邊的工作，看著她：「那個地方歸政府管，骨骸就埋在班達拉威拉岩窟附近的天然窪地裡，這些骨頭和碎片都是，照理應該不會發現其他年代的東西才對。」

「我們可以去那兒嗎？」

「大概可以吧，我去申請看看。」

他們爬上甲板，回到充斥著陽光與噪音的世界。他們清楚地聽見燃料船在可倫坡港的主水道上來回穿梭，擴音器的叫嚷聲在擁擠的海面上此起彼落。

頭一個周末，安霓尤駕著借來的車，來到距離拉加基里亞⓮一哩外的一座村落。她將車子停在層層樹叢蔽障的小空地旁，她簡直無法相信竟然有人將屋舍建在如此侷促的地方。巴豆樹蔓生的巨闊斑葉迤邐垂進中庭，屋子裡似乎空無一人。

安霓尤抵達可倫坡的翌日便發了一封信，但始終沒有收到回音，所以她有點擔心今天這一趟大概是白跑了。她也不明白這種緘默究竟是表示默然接納，抑或那封信根本就寄丟了。她上前敲門，然後從鐵窗的縫隙朝屋內窺視，一聽見有人步出門廊，她便趕緊轉身。安霓尤幾乎認不得眼前這名矮小的老婦人。她們站著四目相接，接著安霓尤趨前擁抱她。此時一名年輕女子

⓮拉加基里亞（Rajagiria）：位於可倫坡東郊。

也跟著走出來，表情木然地看著她們。安霓尤感覺得到，那名女子盯著這感傷的一幕時帶著冷峻的目光。

安霓尤縮回身子，發現老婦人簌簌流下眼淚，她伸出雙手不住地撫摸安霓尤的頭髮，安霓尤則扶住她的雙肩。一時三人無言。因爲老婦人的個子矮小加上體態龍鍾，她只好彎下腰親吻菈麗妲的雙頰。當安霓尤鬆開她時，老婦人似乎有點手足失措，年輕女子——她是誰呢？——見狀便向前一步，牽著老婦人走到椅子旁扶她坐下，然後轉頭離開。安霓尤依坐在菈麗妲身旁，靜靜握著她的手，隱隱感受到老婦人心中的痛楚。菈麗妲拿起旁邊桌上的一方大相框遞給安霓尤。照片上是五十歲的菈麗妲和她那不學無術的丈夫，還有左右懷裡各抱著一個嬰兒的女兒。菈麗妲手指著其中一名嬰兒，然後再指向昏暗的室內……原來那名年輕女子是菈麗妲的孫女。

年輕女子端著托盤送來甜餅和茶，接著操塔米爾語對菈麗妲說了一會兒話。安霓尤只能從她們交談的神態中大約聽懂其中幾個字眼。她曾經對一個陌生人講過幾句塔米爾語，但那人聽後一臉茫然，他說她講話時欠缺聲調，讓人摸不透意思，不曉得那是問句、陳述或是命令。菈麗妲似乎對於她們用塔米爾語交談感到很不好意思，聲音一直壓得低低的；而這個打從一開始和安霓尤握過手後就幾乎沒再正眼瞧過她的孫女，則是用極大的音量說話。這會兒她轉向安霓尤，用英語說：「我奶奶要我給你們兩人拍張照片，好讓她記得你來過這兒。」

她說完又轉身不見，再出現時她的手裡拿著一部尼康相機，她要她們兩個人挨近一點。沒等安霓尤擺好姿勢，她口中冒出幾句塔米爾話後便迅速按下快門，只按了一次，似乎相當胸有成竹。

「你也住在這兒？」安霓尤問她。

「不，這裡是我哥哥家。我在北部的難民營工作，我盡量每隔一周就在周末過來一趟，這樣我哥哥和他太太才能出門。你上一回見到我奶奶是你幾歲的時候？」

「那時我才十八歲，後來我就出國了。」

「你的父母都還在本地嗎？」

「他們都過世了，我哥哥也離開了，只有我父親的幾位舊識還在國內。」

「那你在這兒不就沒有親人嘍？」

「還有菈麗妲啊，我可以算是她一手帶大的。」安霓尤本想多說一些，關於她幼時受菈麗妲的諸多教誨。

「我們也全是她帶大的。」孫女說。

「你剛才提到你哥哥，他是……」

「他是個滿有名的歌星！」

「那你在難民營工作……」

「已經四年了。」

她們轉頭看看菈麗妲，發現她早已沈沈睡著了。

她一走進金西路醫院，馬上就被大廳四周的敲打和吆喝吵鬧聲包圍，一群工人正忙著敲碎水泥地板，好鋪上新瓷磚。醫學院學生和醫生們行色匆匆從她身旁走過，顯然沒人在意這些噪音是否會驚擾前來就醫的傷患或病人。不過，高階醫官裴瑞拉博士的咆哮聲更不堪入耳，他正對著一群醫生和助手大聲叫罵，怒斥他們沒將房舍打掃乾淨。雖然辱罵聲不絕於耳，但大部分員工似乎都充耳不聞。

整棟醫院裡可能只有一個人曾經對這個瘦小的男人表示友善——一名不瞭解他惡名在外的年輕女病理師曾經來央求他幫一個忙——此舉還頗讓他受寵若驚。至於其他同僚則盡可能地疏遠他，並且在背地裡寫黑函、貼大字報攻訐他。(有一張大字報上寫著他在格拉斯哥還因為一樁謀殺案而遭通緝。）裴瑞拉自己的解釋則是：這批員工全是些沒規沒矩、又懶又笨、不乾不淨且冥頑不化的傢伙。只有當他在公開場合發表言論、針貶時政或談論法醫病理學的相關話題時，他才會搖身變回一名知識分子該有的模樣。他能擠上高位似乎全得歸功於另一個溫和的分身。

安霓尤抵達可倫坡的第二天晚上曾經聽過他的演講，當時她很驚訝居然有不少身居要津的人也頗贊同他的觀點。但是今天，當她爲了使用一些設備到醫院來，卻碰見另一個乖戾、暴躁、如瘋狗般亂吠的傢伙。她瞠目結舌地杵在那兒，看著不堪其擾的員工、事務人員和工人，甚至出來散步的病人都把他當成牛頭馬面，紛紛走避唯恐不及。

一個年輕人走到她的面前：

「你就是安霓尤・堤賽拉吧？」

「沒錯。」

「你當初是拿了獎學金去美國留學的。」

她沒說什麼。從國外回來果然馬上就被盯得死死的。

「你能不能爲我們做一場簡短的演講，三十分鐘就夠了，談談毒蛇咬傷。」

關於毒蛇咬傷，他們的知識八成不會比她少。她很淸楚對方限定這個題目的用意——讓喝過洋墨水的和本土的互相較量、比劃。

「好啊，沒問題，什麼時候？」

「就今天晚上如何？」年輕人說。

她點點頭：「午餐時和我聯絡，到時候再通知我地點。」她一邊答話，一邊迂迴繞過裴瑞拉博士。

「喂！」

她轉過身，正好面對著這位惡名昭彰的醫院主管。

「你就是那個新來的吧？提賽拉？」

「是的，我兩天前聽過您的演講——很抱歉，我還得……」

「你的父親……就是那個……那個什麼來著？」

「呃……？」

「尼爾森．K．提賽拉是你的父親吧？」

「是的。」

「我和他在史彼泰醫院共事過喲。」

「哦……」

「瞧瞧這群蠢豬，嘖嘖嘖——居然把垃圾擱在屋子裡，這還像個醫院的樣子嗎？該死的混帳東西，將這兒搞得活像一間大茅坑……你在忙個什麼勁兒啊？」

她雖然可以先把正事稍稍往後挪，她很想和裴瑞納醫生聊聊，談一談關於她父親的往事。不過得趁他心平氣和且單獨的時候，而不是在他的氣頭上。「我恐怕還得去趕一個公務約會，不過我會在可倫坡待一陣子，我再另找機會專程拜訪您。」

「你還穿著西式的服裝喲。」

「只是習慣罷了。」

「你就是那個游泳好手啊？」

她誇張地點了點頭，趕緊脫身。

瑟拉斯隔著辦公桌倒讀她手中的明信片，不自覺的好奇本能讓他盯著信文不放。辨識碑石上漫漶的楔形古文對他而言早已稀鬆平常。即使在考古部的昏暗燈光下，解讀上下顛倒的信文對他來說顯然是輕而易舉。

整幢大樓充斥著打字員鄭重其事的敲鍵聲響。安霓尤被分配到影印機旁的辦公桌，因爲機器不太靈光，她周圍連珠炮似的咒罵聲沒一刻停下來過。

「苟帕，」瑟拉斯用比平常稍高的音量，把他的一名助手喚到桌旁：

「送兩杯茶來，加煉乳。」

「是。」

安霓尤噗嗤笑出聲來。

「今天是星期三，你又該服瘧疾藥了。」

「吃過了。」她很吃驚瑟拉斯竟然會關心她。

僕役端來加過煉乳的茶，安霓尤拿起她的杯子，決定進一步向他挑釁：

「舉杯敬——僕人悉心妥貼的服侍、驕矜自大的政府，和每一個靠武力撐腰的政治主張。」

「聽你的口氣眞像外國來的記者。」

「事實俱在，我沒法佯裝沒瞧見。」

他放下杯子：「你聽好，我並沒有支持任何一方，如果我沒聽擰你的暗示的話。還有，你剛說的沒錯：他們都有武力撐腰。」

她拿起明信片，用手指壓玩著：「抱歉，我太累了，整個早上我都在民權運動總部讀報告，在那兒什麼也查不到。你待會兒要不要去吃晚飯？」

「我不能去。」

她等著聽他解釋原因，但他一直悶不吭聲，只是一會兒盯著掛在牆上的地圖，一下子瞄著明信片圖片上的鳥，手上拿著鉛筆不停地點擊桌面。

「那隻鳥打哪兒來的？」

「哦……天曉得。」她也不想再多說什麼了。

一個鐘頭後，他們冒著雨跑向車子，上車時兩個人全身都已經濕透了。他開車送她回到瓦德路，車子沒熄火停在騎樓下。她收拾好放在後座的東西，丟下一句：「明天見。」然後就關上車門。

一進到門內，安霓尤便將袋子裡的東西統統倒在桌上。她翻找出明信片，重讀一次閨中密友麗芙從美國捎來的消息——有了與西方世界的些許聯繫，這才讓她的心情稍稍平復了些。她走進廚房，心思再度繞著瑟拉斯打轉：她同他一起工作已經好幾天了，她還是摸不清他的底細，既然他能在國家資助的考古部身居要職，那他到底具備多少官方色彩？他究竟是不是政府派來的耳目，美其名曰協助，其實是監控她進行人權調查並左右她的報告結果？果眞如此，那麼她究竟爲誰辛苦爲誰忙？

在政情紛擾的地方從事鑑識工作原本就吃力不討好，這個道理她明白得很——那些高深莫測的政治運作、檯面下的齷齪勾當，還有冠冕堂皇以所謂「國家利益」爲幌子的政客……有一回，一支由「人權中心」籌組的工作隊在剛果進行的調查太過火，結果大家費力採集的資料在一夕之間化爲烏有——所有的文件都被燒了個精光。就像好不容易挖出的一座古城再度強遭掩埋。安霓尤當時在那個調查小組中擔任低階的計畫助理。後來，整個行動前功盡棄，大家只好空著雙手打道回府。即使日內瓦的國際組織自以爲了不起，但是對於發生動亂的地區來說，總部的偌大招牌和巍峨門面簡直不值一文。只要當地政府叫你滾，你就得滾。別說是一盤幻燈片，就連一格底片也甭想帶走。當安霓尤在機場被檢查行李時，她幾乎被剝了個精光，只能窩在板凳上蜷縮成一團。

反覆讀著麗芙寄來的明信片——一隻飄洋過海的美國鳥。她從冰箱裡取出一些肉片和一罐啤酒，盤算著待會兒要先讀一會兒書，沖個澡，然後也許去岩面公園⑮走走，或者找一家比較新的飯店酒吧去喝兩杯，順便觀賞醉醺醺的英國巡迴板球隊球員唱卡拉ＯＫ。

這個搭檔是不是被上面派來左右她的立場？抑或他只是一名埋首工作的單純考古學家？昨天當車子駛離可倫坡的途中，他順道帶她去參觀幾個神殿，其間經過幾處他學生工作的遺址，他都喜孜孜地加入他們。他三兩下便發現了雲母的細屑，並不斷叮嚀大家哪些區域埋著鐵器的殘片——尋獲事物好像是他與生俱來的好本領。大多數瑟拉斯有興趣探求的事物多少都與「土」有關，她猜想他對周遭刻正發生的社會事件一定毫不在乎。他曾向她透露：他渴望撰寫一本書——關於島嶼南方某座不復存在的古城，不只探討它的城廓遺跡，更要完整敘述整座城市的來

⑮岩面公園（Galle Face Green）：可倫波市區西側，沿著海岸線的狹長開放綠地，是市民平日聚集、遊憩的場所。

龍去脈。這不但能原原本本交代深埋在地底的隱匿歷史，亦可充分展現他對於該地區歷史演進的豐沛知識——包括：中古時代的貿易渠道、某位國王欽定的避暑行宮所在，這些都揭載於稱頌該城市日常生活的敍事詩中。他還在言談中引述了幾段他的恩師帕利帕拿所教導的古詩。

那次在拉威尼亞山飯店與瑟拉斯享用過螃蟹大餐後的言談，是他迄今最至情至性，甚至狂熱的眞情流露。他當時佇立在海灘，雙手在夜空中舞劃，描繪出那座城市的形貌。她從他憑空指畫的無形線條之間望向遠方，她看見翻騰不定的波浪，宛如他那乍然出現、向她襲來的激奮。

列車上到處布滿軍警人員。這名男子提了一只鳥籠上車，鳥籠裡關著一隻八哥。他穿過一節又一節車廂，目光瞟越其他乘客，車上已經沒有空座位，於是他找了個角落席地坐下。男子腰圍紗龍，腳趿涼鞋，上身穿著迦勒路旁賣的尋常T恤。這是一列慢車，將行經崇山峻嶺，穿越窄峽險崖。他知道火車在抵達庫魯內加拉⑯前約莫一哩處會繞進狹窄的隧道，屆時將會噪音大作——因為會留著幾扇開敞的車窗，好供應車廂內空氣。等過完山洞回到亮處，他們就該準備下車了。

火車一鑽入山洞，男子旋即起身。剛開始還有幾盞燈微微閃動，不一會兒工夫就全部熄滅

⑯庫魯內加拉（Kurunegala）：斯里蘭卡內陸古城。

了。他聽見八哥學舌聒噪著。黑漆漆的三分鐘。

男子迅速走到先前記住的官員車廂，他廁身挨著走道邊，在黑暗中拽住官員的頭髮往前拉，將鍊子纏住官員的脖子使勁地絞。他在黑暗中默數著：一秒鐘、兩秒鐘、三……直到官員癱軟了身子。但為求保險，他仍死命絞緊鍊子。

還剩下一分鐘。他站起身，用雙臂托住那具斷了氣的軀體，先將它扶正，再拖往敞開的車窗。隧道內一排黃燈呼嘯閃過，無意間瞥見這一幕的人或許還以為是自己夢中出現的詭異畫面。

他提起官員的身體朝窗口送，車外簌簌的強風將頭、肩往後削，他順勢將身體推出窗外然後鬆手，官員轉瞬便消逝在轟隆作響的山洞裡。

當安霓尤與鑑識小組在瓜地馬拉工作時，她曾搭機去邁阿密私會庫里斯。她抵達時已筋疲力盡，垮著臉，拖著身子。痢疾、肝炎、登革熱在當地肆虐。她和組員進行屍體挖掘工作期間都在村子裡解決三餐——他們不得不吃村民爲他們準備的食物，因爲這是村民自認唯一可以略盡綿薄的事情。「在那裡，連豆子都成了珍饈，」她一邊對庫里斯喃喃說道，一邊褪去因爲趕搭末班飛機來不及換掉的工作服，然後泡進已經好幾個月沾不到邊的旅館浴缸裡：「最怕吃到生魚雜碎了，如果不幸端上來的是這道菜，只能趁人家不注意的時候趕緊偷偷吐掉。」她在朝思暮想的泡沫浴裡盡情舒展身體，對他展露疲憊的微笑，心想：眞高興能來到他這兒。而他熟悉她這副既疲倦又專注的神情，還有她述說事情時懶洋洋的含糊口音。

「我以前從沒實地做過挖掘的工作，通常都只待在實驗室裡。但是這一回我們眞的在戶外動手挖掘，曼紐爾交給我一把刷子、一把鑷子，告訴我：先把土弄鬆後再刷開……就這麼著，頭一天就挖到了五具骨骸。」

他坐在缸沿凝視著她，她則閉著眼睛，心神馳蕩到九霄雲外。她將頭髮剪短了，她更消瘦了，他看得出來：她越來越戀棧她的工作——雖然讓人疲憊不堪，卻令她振奮。

她欠起身子將水塞拔掉，然後再躺回浴缸內，感受泡澡水自她身體四周消退流盡，然後才站到瓷磚地板上，乖乖地讓他將浴巾披在她黝黑的肩膀上。

「我知道好幾個骨骼的西班牙文名稱，」她好不得意地說：「我學了一些西班牙文，omóplato就是這兒，肩胛骨；maxilar——上頜骨；occipital——枕骨。」她接著又喃喃唸了幾個字，好像進入痲醉前的自我倒數。「在現場工作眞是什麼樣的人都見得到，有那些無時無刻老想吃女人豆腐的大牌美國法醫，也有像曼紐爾那樣和大伙兒打成一片的人，他從不要求什麼特別待遇，凡事和我們其他人都一樣。他有一次對我說：當我不斷挖掘，累得實在再也不想繼續挖下去的時候，我就會在心裡想著：如果埋在裡頭的人是我，我一定不希望這時候有人停手……每次我不想再繼續挖下去，就會想起他說過的話。好睏啊，庫里斯，我沒力氣說話了，換你講話給我聽。」

「我剛寫了一篇有關挪威蛇類的東西。」

「噢，不要。」

「那麼，來首詩吧。」

「嗯，這個好。」

然而安霓尤已經進入昏睡了，一抹微笑還留在臉上。cúbito、omóplato、occipital，庫里斯坐到房間另一端的書桌前，將這幾個單字一一抄進他的記事本裡。她則躺臥在鋪著白床單的床上，一隻手露在被子外頭，下意識地規律揮動著，就像刷土的動作。

她醒來時大約早上七點，房內又暗又熱。她光著身子鑽出大床，庫里斯睡得正濃。她已經開始想念實驗室了，想念當他們撳亮鋁製解剖檯上方的手術燈時，心頭悚然一震的悸動。邁阿密的臥室布置得簡直活像一家精品店——細緻華美的枕頭、地毯。她走進浴室，洗了一把臉，舀了些冷水潑到頭髮上，這才完全清醒。她跨進淋浴間，扭開水龍頭。過了一會兒，她突然閃過一個念頭，等不及擦乾身體就又步出浴室。她打開旅行袋，取出一架舊型的大攝影機，原本她到邁阿密是要爲它裝設一具新麥克風。這是鑑識小組使用的老機器，八○年代初期的古董機型。由於頻繁的使用，她早已習慣它的笨重和毛病百出。她放進一捲錄影帶，扛在濕淋淋的肩上，開機。

她先掃視整間臥房，接著走回浴室，拍攝鏡中的自己揮了揮手，特寫浴巾的棉質表面、仍兀自嘩嘩噴水的蓮蓬頭。她站到床上，俯拍庫里斯沈睡的臉龐，順著他的左臂拍下她先前躺臥了一整夜的空床位、枕頭，再回頭拍庫里斯，特寫他的嘴，往下拍他誘人的腹肌，再回到地板上，鏡頭緩緩順著他的身體往下一路拍到腳踝，倒退拍下他們散擲在地上的衣物，然後鏡頭攀上桌面，他的記事本、記事本上的字跡，一一入鏡。

她退出錄影帶，將它塞進他行李箱裡的一堆衣服底下，再將攝影機放回自己的袋子裡，然後爬回床上挨著他。

他們躺在床上，陽光灑滿室內。「我無法想像你的童年，」他說：「我一點都不了解你。可倫坡……那兒悶不悶？」

「家裡頭悶，外頭可熱鬧得凶。」

「你不想再回去嗎？」

「不了。」

「我有個朋友去了一趟新加坡，不管走到哪兒，到處都是冷氣！他說：整整一個禮拜簡直就像被困在賽爾佛瑞茲⑰裡頭。」

⑰賽爾佛瑞茲（Selfridges）：英國大型連鎖百貨公司。

「我猜住在可倫坡的人全都巴不得可以住在賽爾佛瑞茲裡。」

慵懶散漫地、言不及義地東拉西扯，他們兩人相聚時光中最美好的部分就屬這些片刻的寧靜。對他而言：她既開朗、風趣，人又長得漂亮。而對她來說：他則是已婚、總能引起她的興趣，卻又處處自我防衛的人——三分之二都不是好事。

他們兩人是在蒙特婁初遇。當時安霓尤去參加一場研討會，庫里斯在旅館大廳無意撞見她。

「我正要開溜，」她對他說：「眞是夠了！」

「陪我一道吃晚餐吧。」

「我另外有約了，我答應今天要和一群朋友聚餐。你也來嘛，我們被這些報告折騰了那麼多天。你如果跟我走，我保證讓你嚐到全蒙特婁最難吃的食物。」

他們駕車穿越市郊。

「你會說法語嗎？」他問她。

「不會，只會英語。不過我倒是能寫一些僧迦羅文。」

「那是你的母語嗎？」

公路旁冒出一個不知名的廣場，她將車子停在「保齡球巨蛋」的霓虹招牌底下。「喏，我就住在這兒，」她說：「這就是我在西方的落腳處。」

她將庫里斯介紹給其他七名法醫，一夥人則只顧盯著他瞧，打量他的架式，考慮是否該拉他加入自己這一隊。這些人似乎來自世界各地，他們大老遠從歐洲、中美洲飛到蒙特婁，卻一個接一個從幻燈片的簡報會場溜出來，然後跑到這兒聚頭。和安霓尤一樣，大夥兒全都磨拳擦掌準備大玩幾局。他們動作俐落地張羅食物——從自動販賣機涓涓流出劣等紅酒，盛在像牙醫院給病人漱口用的小紙杯裡，還有炸薯條，沾醋和罐裝的鷹嘴豆醬。一名古生物學家忙著調整電子計分板，不消十分鐘，這群法界名人（可能是整座「保齡球巨蛋」裡唯一不講法語的一群人）全換好了尖頭保齡球鞋，滑稽的模樣活像一群小精靈，而且喧鬧個不停。那邊有人不服輸兼耍詐，這頭有人將保齡球猛砸在球道地板上。庫里斯暗地禱告：自己的屍體可千萬別落到這批連基本球步都踩錯的傢伙手裡。隨著比賽進行，他和安霓尤越來越頻繁地奔向對方，互相擁抱恭賀一記好球。他步履輕盈，不用瞄準就隨意將球往前一丟，球瓶叮叮匡匡應聲全倒。她飛奔過來親吻他，一雙唇有意無意地落在他的頸後。他們互摟著一同走出大門。

「鷹嘴豆醬裡頭一定摻了什麼鬼東西，那到底是不是眞的鷹嘴豆啊？」

「是啊。」她大笑。

「催情效果眞不是蓋的……」

「我絕不和你上床，如果你敢說你不喜歡『王子』[18]的話……快吻我，你有沒有什麼難唸的小名得害我費勁兒學的？」

「畢果⑲。」

「畢果？你是說《畢果飛向東》和《畢果尿濕床》的畢果？」

「對，正是那個畢果，我爸從小看那些書長大。」

「我才不要嫁給『畢果』呢，我一直想嫁給『補鍋匠』，我喜歡這字眼……」

「補鍋匠是不討老婆的，除非是冒牌的補鍋匠。」

「你倒是討了老婆，你敢說你沒有嗎？」

⑱此處原文作：「The Artist Formerly Known As ...」，指的是美國搖滾歌星「王子」(Prince)。他曾經一度將藝名取消，外界於是只能稱呼他 The Artist Formerly Known As ...。

⑲畢果 (Biggles)：三〇年代英國青少年系列童話書裡的主人翁 James Bigglesworth，由作者 W. E. Johns（一八九三—一九六八）虛構的一名十七歲冒險英雄。《畢果飛向東》出版於一九三五年；《畢果尿濕床》則是安霓尤促狹的說法。

*

某天夜裡，她獨自一人在船上的化驗室裡工作，一不小心被手術刀重重地沿著拇指割出一道大裂口，幾乎削掉了一片肉。她塗上消毒水後纏上綳帶，決定等回家時再順道去醫院就診，她可不想讓傷口感染——船上到處都有老鼠躲藏在隱僻的角落，也許牠們會趁她和瑟拉斯不在，偷偷爬到這些器具上頭。後來她漸漸感到全身乏力，便趕緊雇了一輛深夜營業的巴加吉去急救中心掛急診。

大約有十五個人坐在長板凳上等著，每隔一段時間就會有一名醫生踱進候診室，招呼下一名病患跟他走。她在那兒坐了足足一個多鐘頭，最後決定不要繼續再等下去，因爲越來越多傷患陸續從外頭走進來，相較之下，她的割傷似乎顯得微不足道。不過這倒不是她決定離開的眞正原因。一名穿著黑外套的男人走進來坐在他們之間，他的衣服上沾著血跡，他靜靜坐著等待救助，但他沒並不像其他人一樣去拿號碼牌，一等長椅空出三個空位，他便平躺下來，把脫下來的黑外套折成枕頭墊在頭下，但他並不就此安睡，反而炯炯張著一雙眼睛，隔著候診室直盯著她。

他的臉頰被外套上的鮮血沾濕染紅。他坐起身子，從口袋裡掏出一本書開始快速翻閱，嘴裡還喃喃唸唸有辭。接著他吞服了一錠藥片後再度躺下，這回竟然一睡不醒。一名護士走過來輕輕推他的肩膀，他一動也不動，護士的手便一直僵置在他的肩頭。接下來發生的情景安霓尤即使想忘也忘不了——他倏地一骨碌站起來，將書塞回口袋，拍拍另一名病患，接著兩人一塊兒走出候診室——原來他是一名醫生。護士則拿起那件外套將它帶走。此時安霓尤決定離開醫院。連誰是醫生、誰是傷患都讓人搞不清楚的醫院，未免太不保險了。

《斯里蘭卡全國地圖集》全書共收錄七十三幅各式地圖——每一幅地圖都呈現了這座島嶼的單一面相，只專注於某一特定觀點，譬如：降雨量、風向流動、地表上的湖泊位置、地底下日益枯竭的水層分布等。

歷史地圖揭示這個國家昔日各王朝的形成、更迭；當代地圖則依貧富差距、教育水平，各成一圖。

地質圖標示出內岡坡（Negombo）南方的穆圖拉賈威拉（Muthurajawela）沼澤內的泥炭，從安倍蘭戈達（Ambalangoda）到當卓岬（Dondra Head）沿岸的煤礦層，曼拿灣（Gulf of Mannar）海面的珍珠岩灘；地表下還蘊藏歷史悠久的雲母、鋯石、釷、偉晶岩、長石沙岩、黃玉、紅土石灰、白雲花崗石；佩拉戈達（Paragoda）附近的土質含石墨，卡圖匹塔（Katupita）和基尼嘎佩勒沙（Ginigalpelessa）則有綠斑岩，安狄嘎瑪（Andigama）的頁岩，波拉勒斯嘎穆哇（Boralesgamuwa）

的高嶺土或磁土；而全島各處都有的白花丹黑鉛——其碳含量高達百分之九十七——在斯里蘭卡已有長達一百六十年的開採歷史，尤其在兩次世界大戰時期，全國共有六千座礦坑，主要的礦脈位於波嘎拉（Bogala）、喀哈塔嘎哈（Kahatagaha）和柯隆嘎哈（Kolongaha）三地。

往下翻開另一頁則是鳥類分布圖，四百種之中有二十種為斯里蘭卡特有種，如：藍鵲、印度藍雀、六種分屬不同科的鶇、數量遞減的斑紋地鶇、水鴨、琵嘴鴨、「假吸血鬼」、針尾鶇、印度鴴和飛在雲端的灰鶺；爬蟲類生物分布圖則顯示綠穴腹蛇的棲息地——這種在陽光下視力微弱的毒蛇能憑著敏銳的感覺察覺任何欺身靠近的人所在的位置，然後像狗一樣露出一嘴獠牙，連續躍身攻擊，直到一切歸於死寂。

四面環海，這島國長年受到兩股固定的季風吹拂——北半球冬季形成的西伯利亞高氣壓；南半球冬季時則有馬斯克林高氣壓，所以從十二月到三月之間颳東北貿易風；五月到九月則是東南貿易風，至於其他月分，溫和的海風於白日往陸地飄送；入夜之後則逆向吹拂。

另有幾頁大氣等壓線圖和等高線圖。所有的地圖都沒有標示任何城鎮、地名，只偶爾出現從來沒人聽過、也沒人去過的伊魯帕拉瑪鎮（Maha Illupalama）——一九三〇年代（彷彿已然是悠遠的中古時代）氣象部曾一度設在那兒，負責測量記錄風速、雨量和氣壓。河川名也一概闕如，亦無任何人口狀況的相關記載。

庫瑪拉・威傑屯嘎／十七歲／一九八九年十一月六日／約晚間十一時三十分／於自宅。

普拉巴斯・庫瑪拉／十六歲／一九八九年十一月十七日／凌晨三時二十分／於友人家中。

庫瑪拉・阿拉契／十六歲／一九八九年十一月十七日／約午夜／於自宅。

瑪內卡・達・席華／十七歲／一九八九年十二月一日／顏比里皮提亞（Embilipitiya）中央大學球場，於板球賽進行中。

賈屯嘎・古納仙納／二十三歲／一九八九年十二月十一日／上午十時三十分／於自宅附近，與友人交談時。

普芮仙塔・韓杜威拉／十七歲／一九八九年十二月十七日／約上午十時十五分／於顏比里皮提亞，輪胎廠附近。

普芮仙納・傑雅瓦納／十七歲／一九八九年十二月十八日／下午三時三十分／於強德厘卡

蓄水池⑳附近。

波迪・威科拉瑪賈／四十九歲／一九八九年十二月十九日／上午七時三十分／步行往顏比里皮提亞市中心途中。

納林・古內瑞內／十七歲／一九八九年十二月二十六日／約下午五時／距賽倫納（Serena）軍營十五碼的茶寮門口。

維拉屯嘎・薩瑪拉維拉／三十歲／一九九〇年一月七日／下午五時／往胡蘭達瓦潘拿穆拉（Hulandawa Panamura）浴場途中。

⑳強德厘卡（Chandrika）蓄水池：位於顏比里皮提亞西南郊。

上衣的顏色、紗龍的紋樣、失蹤的時刻。

在納德桑中心（Nadesan Centre）的「民權運動」總部裡，從各地收集來的零碎資料，登錄著某人的兒子、兄弟、父親的最後一面。家屬們來信悲痛地陳述事發時間、地點、失蹤者的容貌和當時的情況……前往浴場途中、與朋友聊天時……

在戰爭與政治的陰暗角落裡，接踵而來的是超乎現實的巨變。一九八五年，在奈帕帝穆奈（Naipattimunai）發現的一處千人塚裡，一名家長辨認出兒子被抓走時身上穿的沾血襯衫。警方在一件襯衫口袋裡發現了一張身分證，立即下令停下挖掘作業。當時帶警方到現場的公民委員會會長隔天旋即遭到逮捕。東部省境內這處千人塚內所掩埋的其他人的死因、身分從此石沈大海。事後，舉發多起失蹤案件的孤兒院院長鋃鐺入獄，一名人權律師遭到槍殺，遺體則遭軍方人員帶走。

安霓尤從美國動身前，曾收到各人權團體蒐集的相關報告，早期的調查皆未能追查到任何逮捕記錄，各組織發出的抗議陳情也都被中階警方人員阻絕而無法上達，家長們尋找子弟的求援聲音顯得有氣無力。但是，他們依然盡可能地收集這場新聞風暴中的任何蛛絲馬跡，並保留下來當作證據，而且複印下來寄給在日內瓦的局外人們。

安霓尤抽出報告，研讀每一只檔案夾內列舉的失蹤案、兇殺案。她每天最不想去碰的就是這些資料，但她仍勉強自己天天讀它。

自一九八三年起，一連串危機相繼發生——不同種族的人互起衝突，政治立場相左的人互相殺戮。北邊有抱持恐怖主義的獨派游擊組織，誓言爲鄉土而戰；南邊是反政府的叛亂分子，四處製造暴動；政府方面則派出反恐怖的精銳部隊專門對付前兩者。層出不窮的焦黑焚屍、海中、河裡的棄屍、殺人滅跡後重複掩埋的屍體。

這是一場操用現代軍備的翻版「百年戰爭」，背後的資助者全都是安安穩穩置身於這池渾水之外的國外軍火、毒品販子，在在證實了政治對壘的背後少不了軍火買賣的銅臭味——「戰爭的唯一理由即是戰爭」。

瑟拉斯驅車朝東駛入高海拔地區，前往發現那三具骨骸的班達拉威拉地區。他和安霓尤幾個鐘頭前才離開可倫坡，現在已置身群巒之間。

「你應該明白：若不是你遠居國外，你或許更有資格要求別人信服你提出的質疑。」他說：「你不能這樣子硬闖進來，挖出一大堆問題，然後一走了之。」

「你是要我堵住自己的嘴嗎？」

「我只是要你瞭解這些問題由來已久。不過說不定你只想學那些住在岩面大飯店的記者，安坐在旅館房間裡，寫幾篇捕風捉影的報導，假扮慈悲地大放厥辭。」

「你和記者有過節，對吧？」

「或許站在西方的立場來看，那些報導都沒錯。但是在這兒，情形可大不相同，也危險多了。法律有時倚靠的是權勢，而不是眞理。」

「打從我一來到這兒，就老覺得被人扯後腿，不管我想做什麼總是不得其門而入。我們是專程來這兒調查失蹤案件的，但卻處處吃閉門羹，好像我們的目的到頭來只是做做樣子而已。」

接著她話鋒一轉：「那天我在船上拿的那片骨頭不是古代遺物，你其實早就知道了，對不對？」

瑟拉斯不發一語，於是她繼續說：「我在中美洲時，有一個村民曾經對我說：『阿兵哥放火把我們的村子燒了，他們說他們在執行法律，所以我想法律也賦予軍隊屠殺我們的權力罷。』」

「你講話得當心點。」

「我看是該當心我講話的對象吧。」

「對，沒錯。」

「我可是被邀請來這兒的。」

「國際組織可不像你以為的那麼神通廣大。」

「你費了不少工夫才拿到讓我們進入洞窟工作的許可吧？」

「沒錯。」

本來她沿途一直用錄音機收錄他對這一帶的考古專業見解。現在他們的話題已經轉移到其他主題，她最後問他：「銀頭總統」到底是個怎樣的人——「銀頭總統」是老百姓為喀圖嘎拉總統取的綽號，緣於他一頭蓬亂的白髮。瑟拉斯不吭聲，伸手過來一把取走她放在腿上的錄音機：「你的錄音機關掉了沒？」等他確認機器沒啓動後，才開口回答她的問題。她最後一次使用錄音機是一個多小時之前，她早就忘了它還擱在那兒，不過他還記得。

他們駛離公路，停在一家招待所前，買了午餐，坐在外頭的深谷前面。

「瑟拉斯，你看，那兒有一隻鳥。」

「那是鵰。」

她走到那隻鳥原先停留的地方，忽然感到一陣目眩——她發現自己正一腳踩在懸崖邊緣。底下是一道蔥鬱、狹隘、深邃的縱谷，遠處逐漸展開成爲平野阡陌，顏色漸遠漸淡，最後與海天交融成一片。

「你滿懂鳥的嘛，對不對？」

「還好，我太太懂的才多。」

安霓尤沒往下接話，等著讓他自己吐露更多事情，或一如往常那樣岔開話題，但是他卻一直保持沈默。

「你的太太現在在哪兒？」她終於忍不住，開口問他。

「她幾年前就已經不在人世了，她——她自殺了。」

「天啊，我眞抱歉，瑟拉斯，我實在太……」

他的神情變得晦澀曖昧：「她死前幾個月才和我分手。」

「眞對不起問你這事，我老愛問東問西，就是好奇心太強了，總是讓別人受不了……」

稍後回到箱型車上，她試圖打破先前的沈默：「你認識我父親嗎？你幾歲了？」

「四十九。」瑟拉斯說。

「我三十三歲，你認識他嗎？」

「我聽說過他，他比我大多了。」

「大家老說他是個很花心的人。」

「我也聽說過，只要人長得帥就會被別人傳成那樣。」

「我倒認爲這是實情。我只希望當時年紀夠大——可以從他身上學點東西，要是我當初再大一點就好了。」

「有一位出家人，」瑟拉斯說：「他和他的弟弟一直都是我生命中的良師——可能是因爲我成年後才受到他們的教誨吧。即使已經長大成人，我們仍需要有人對我們諄諄開導。我從前總趁他每年到可倫坡時和他見一、兩次面，而他總能幫我更清澄地瞭解自我。納芮達是個開朗的人，他會針對我的弱點解嘲一番，同時他也是一位律己甚嚴的人，他到城裡時總窩居在寺院的斗室裡，我會去找他喝咖啡。他就坐在床上，我坐的椅子還是他從大堂搬來的。我們聊著考古的話題。雖然他曾經用僧伽羅文寫了幾本小冊子，但他的弟弟帕利帕拿才是這個領域的名人，不過他們之間卻看不到任何明爭暗鬥。納芮達和帕利帕拿這一對傑出的兄弟，兩人都是我的良師。

「大部分時間，納芮達都住在罕班圖塔附近。我太太和我則會南下去探望他。我們步行經過炎熱的沙丘到海邊，來到他為失業青年設立的公社。

「剛聽到他被殺害的消息，我們都深感震驚。凶手趁他熟睡時將他槍殺身亡。比起一些過世的同輩亡友，我更懷念這位長者。大概是因為我一直盼望他能教導我如何面對老年罷。總之，每年一到他的忌日，我和我太太會準備他特別喜歡吃的菜，開車南下到他生前居住的村子。那一天往往是我們最親近的一天，也藉此紀念他的『永恆』——用『不朽』這個字眼或許更恰當些——我們可以感覺到生前愛吃瑪侖[21]、煉乳甜點的他彷彿還活著，與那些孩子一起在公社裡生活。」

「我離開斯里蘭卡以後，父母死於一場車禍，我始終沒能見到他們最後一面。」

[21] 瑪侖（mallung）：斯里蘭卡常食，以青菜、椰粉、碎魚乾拌炒而成。

「我曉得，我聽說你父親是一位好醫生。」

「我本來也應該當醫生的，但中途拐了個彎，成了法醫，大概我年輕的時候並不想步上他的後塵。我父母死後，我就下定決心再也不要回到這兒來。」

他搖了搖她的手臂，將她叫醒：

「下頭有一條河，想不想去游個泳？」

「在這兒？」

「就在山腳下。」

「噢，好啊好啊！」他們從袋子裡抽出幾條毛巾，爬到山下。

「我已經好幾年沒游泳了！」

「水溫應該滿低的，我們現在在兩千呎高的山區。」

他走在前頭帶路，雀躍的程度出乎她的想像——好像有點兒不符合考古學家的身分吧，她想。他走到河邊，躲在一塊石頭後換衣服。她故意高喊：「我正在脫衣服！我只穿著內衣。」以防他往回走。安霓尤小心翼翼地觀察她身處的樹林斜坡是否足夠僻暗，然後遠眺另一端布滿陽光的河心。

當她走到河邊，他已經悠游在水裡，仰頭看著樹梢。她站到河邊突起的岩石尖端，往前跨兩步，縱身一跳，濺起一陣水花。「哇，職業水準……」她聽見他慢條斯理地說。

最後一段車程，她的皮膚還因先前泡在沁涼的河水而一直泛著光澤——小臂上仍滿布細細的突起，汗毛則微微豎立。他們後來走出林子回到陽光下，她站在旅行車旁，用手輕輕拍乾頭髮。她將濕內衣捲在毛巾裡，只套回入山時身上穿的洋裝。

「在這麼高的山區，你只穿這樣子會著涼的。」瑟拉斯說：「班達拉威拉有一家高級旅館，但是我們會找一家招待所投宿，並在那兒設一個工作站，你覺得如何？這樣子我們可以將器材和挖出來的東西都帶在身邊。」

「你先前提到的那位僧侶是被誰殺死的？」

瑟拉斯繼續說話，彷彿沒聽見她的發問：「何況，我們也不希望離現場太遠……有個謠傳說納芮達是遭自己弟子下的毒手，所以一開始所有人都不認爲那是一樁政治謀殺案。那時候根本搞不清楚誰在算計誰。」

安霓尤說：「但是你現在知道了，是嗎？」

「現在，每個人的衣服都沾著血了。」

他們隨招待所老闆逐一檢視房間，瑟拉斯挑了其中三間。

「第三個房間裡頭長滿了霉，不過我們今晚將床鋪搬走，重新粉刷牆壁，把房間布置成辦公室和實驗室，如何？」她點點頭，瑟拉斯轉身對老闆交代其他細節。

一九一一年，班達拉威拉境內的史前遺跡紛紛出土，數百座洞窟、石室陸續被發掘。其中所發現的頭蓋骨、牙齒的殘骸，古老的程度不亞於在印度的發現。

就在此處——由官方管轄的考古保護區內的班達拉威拉某座洞窟之外，再度發現數具骨骸。

瑟拉斯與安霓尤在當地動工的頭幾天，就記錄並挖出數種遠古殘跡——淡水的棲木腹足類動物、鳥獸的骨屑，甚至遠古海洋世紀的魚骨化石——整個區域分屬好幾個不同年代。他們還發現了歷經兩萬年，至今仍滋長不息的野生麵包果的焦黑外皮。

三具幾乎完整無缺的骨骸已經出土。幾天之後，安霓尤在洞窟深處發現第四具骨骸——骨頭之間仍有乾枯的韌帶相接連著，局部有燒灼痕跡，這並非史前遺物。

「瞧，」她說（他們回到招待所檢視這具遺體）：「通常骨骼中會含藏若干微量物質——水銀、鉛、砷，甚至原本沒有的金元素……它們會從埋藏骨骸的土壤滲進骨頭裡，或者也可能自骨頭回滲到土中，這些元素能在骨頭內外來去進出，不管是否有棺木阻隔。至於這具骨骸，全身都布滿了鉛元素，但是從洞穴內的土壤樣本中卻化驗不到絲毫的鉛含量。你明白嗎？他先前必然是被埋在另一個地方，有人爲了不讓別人找到這具骨骸，便又採取了這道防範措施，這可不是普通的殺人埋屍，他先前已被掩埋一次，然後再被移到這座古墳裡。」

「搬動一具下葬過的屍體並不代表一定就是凶殺案。」

「但也有可能是，不是嗎？」

「我們可不能瞎猜。」

「好吧！你看，拿這支筆順著這根骨頭移動，你不難看出它扭曲的程度，它已經不再是原先筆直的模樣，而且也有橫向的斷裂痕跡，但我們暫時先不管它，再看看其他證據。」

「什麼證據？」

「『青的』骨骼——也就是骨頭上還附著肉的時候——焚燒時會產生扭曲現象。在班達拉威拉發現的大部分骨骸，都是經過長時間腐朽之後才被焚燒的。但這具屍體被焚燒的時候還沒完全死亡，瑟拉斯。或許，更慘的是……他們是要活活燒死他！」

她等著他的回答，他卻遲遲不發一語。這個重新粉刷過的招待所房間，四張餐檯上各擺著一具骨骸。他們將四具骨骸分別標示為「補鍋匠」、「裁縫師」、「阿兵哥」、「水手」。他們正在談論的是「水手」的骨骸。兩人隔著桌子面對面互望著。

「你曉不曉得全島有多少具屍體都是用火焚燒過的？」他終於開口問了這麼一句，卻絲毫沒反駁她先前的論證。

「這是一樁謀殺案啊，瑟拉斯。」

「謀殺……你是指一般的謀殺案……還是政治謀殺？」

「它是在一個神聖的古蹟內發現的——一處長期由政府或警方完全控管的地區。」

「嗯。」

「而且這具骨骸並不是古物，」她堅決地說：「它遭受焚燒的時間最久絕不超過四到六年，它怎麼會跑到這兒來呢？」

「那兒有數千具本世紀的屍體。安霓尤，你知不知道其中有多少是如你所說的謀殺……」

「至少我們可以從這一具找出證據來，你還不明白嗎？這是個大好機會，它是有線索可循的呀，我們是在一個只有官方人員才能進出的地方發現它的。」

她說著這些話的時候，瑟拉斯不斷用筆輕敲著椅子的木質扶手。

「我們可以針對未受燒灼的部位進行化驗，查出骨頭內所含的孢粉成分。還好他只有雙臂和幾根肋骨被燒過。你有沒有沃德豪斯的《孢粉微粒學》？」

「我放在辦公室裡，」他悄聲說：「我們得化驗土壤析出物。」

「你能不能找到法院的地質鑑識師？」

「不，」他說：「不能再找其他人。」

接下來大約半個鐘頭，他們一直待在黑漆漆的房間內，檢視第四張檯子上的骨骸，並且不斷地低聲交頭接耳……

他們將「水手」覆蓋起來並封上膠布。「把門鎖了吧，」他說：「我答應過要帶你去參觀神廟，再過不到一個小時就會錯過最佳欣賞時刻了，我們還來得及趕上黃昏的鼓陣。」

安霓尤此刻卻沒有這般閒情逸致：「你認為放在這兒保險嗎？」

「那你打算怎麼辦？難不成帶著它四處跑？別這樣子提心吊膽，放在這兒不會有事的。」

「可是……」

「別耽心了。」

她認為該是把話說清楚的時候了：「我可沒把握……呃，你的立場究竟為何……我不知道到底該不該信任你。」

他把一句剛衝到嘴邊的話先嚥了回去，然後緩緩地說：「那麼你說，我會怎麼做呢？」

「你可能會讓他憑空消失。」

他移動了僵立的身子踱到牆邊，撳亮三盞電燈：「我幹嘛幹那種事呢，安霓尤？」

「你有個親戚在政府裡頭當官，不是嗎？」

「是有一個，沒錯，我和他幾乎互不往來。也許他在這件事情上還能幫我們一把呢。」

「也許吧。你爲什麼要開燈？」

「我要找我的鋼筆，怎麼？……難道你以爲我在打信號？」

「我不知道你到底站在哪一邊。我知道……我只知道你認爲事實的原委十分複雜，而你覺得說出眞相恐怕會惹來危險……」

「每個人都變得疑神怕鬼的，安霓尤，這眞是舉國皆病啊。」

「有這麼多屍體被掩埋在地底下，就像你說過的……遭到殺害，身分不明。重點是：沒有人分得出來兩百年前的屍體和才死亡兩周的屍體——因爲全被焚燒過——有些死者的亡魂因此得以超度，有些反而因此永遠不得瞑目。瑟拉斯，我們不能袖手……」

「這兒距離可倫坡足足有六小時車程，你卻還這樣壓低嗓子說話——你自己好好想一想。」

「我現在不想去神廟了。」

「不去就算了，沒人規定你非去不可，我自己去。明早見！」

「嗯。」

「我會把燈關掉。」他說。

「在大地的眼中，我們往往都是待罪之身——不只緣於參與犯行，也因爲我們知曉罪行。」

此語出自一個終身被囚禁在地牢裡的人——*El Hombre de la Mascara de Hierro*，《鐵面人》。安霓尤必須藉助老朋友——書中的詞句，她能信服的聲音——來平撫自己的情緒。「這裡就是停屍間……」安灼拉說道。安灼拉（Enjolras）又是何許人？《悲慘世界》裡頭的人物。這是一本深受安霓尤喜愛的名著，裡頭飽含濃烈的人性，這也是一本她希望能伴她度過餘生的書。她與一位緊保私密、守口如瓶的男人一起工作。過去常有人開玩笑：一個人若是得了迫害妄想症，便表示那人一定知道所有的內情。不過，這或許正是這兒的眞實寫照也說不定。置身班達拉威拉附近的招待所房間裡，看著四具骨骸，安霓尤玩味著瑟拉斯的話：這兒距離可倫坡足足有六小時車程，你卻還這樣壓低嗓子說話——你自己好好想一想。

遠居海外多年，加上在歐洲、北美受教育，安霓尤已被馴染成一名外國人。不論置身在貝克盧線㉒的車廂內，或是開車馳騁在聖塔菲市的環城高速公路，她都能怡然自得。然而在這裡，她卻感覺像是到了異國（她的腦子裡還牢記著丹佛和波特蘭的電話區碼）。她原本指望一個一切都合情入理、條列分明的世界。然而，在這個島上，她知道自己深陷飄忽不定的法則和無所不在的恐懼之中，伸手不見五指。眞相瘖然，謠言在市井中流竄。而身爲考古學家的瑟拉斯，她想，他的例行工作免不了得爲一些部長、閣員服務，少不了畢恭畢敬地在官府衙門裡靜候差遣。檯面上的訊息則始終是模擬兩可、意在言外——彷彿事情的眞相非得這麼拐彎抹角似的。

她解開裹在「水手」身上的塑膠布。在工作中，安霓尤將人體轉化成爲種族、年齡和地點的代名詞。然而，在她曾參與的發掘工作中，最難解的謎團莫過於若干年前在萊托里㉓遺址發現的足跡——將近四百萬年前留下的一頭豬、一匹土狼、一頭犀牛和一隻鳥的腳印，經由一位二十世紀學者辨識出的這群奇異組合。四種毫無關聯的生物曾倉皇行過這道火山泥灰小徑，牠們爲何奔逃呢？附近其他幾條路徑上出現的身長約五呎高（根據腳跟的軸心估算便可得知）的古代人類足印雖然較具史學價值，但是她則對四百萬年前萊托里那四組動物的行徑比較有興趣。

㉒貝克盧線（Bakerloo line）：倫敦地下鐵路線之一。

㉓萊托里（Laetoli）：位於現今非洲坦尚尼亞北部。一九七〇年代曾在此地發現重要的原始人化石。

她知道：最精確的歷史往往留駐於最劇烈的自然變動或人爲變動的周緣。龐貝、萊托里、廣島、維蘇威火山（當可憐的老普林尼㉔才剛記下它「蠢蠢欲動」時，火山噴出的濃煙就將他嗆死了）都是例證。地殼變動和人類的凶殘暴行造就了隨機的時空定格——龐貝古城中一條狗的化石、廣島廢墟裡一名庭師的身形。但是她也瞭解：如果沒有時空的距離，置身在那些事件之中，人類的暴行可說是毫無邏輯。以眼前的情況來說，就算這些事件都在日內瓦被一一研究、存檔，卻依然沒有人能在當下明白它們所含的意義。她曾經相信：一但參透其中的意義，人類將因此得以遠離苦難和恐懼。但是，她曾眼見那些在暴行下失勢的一方喪失了言語和邏輯的力量，他們從此禁錮自己的情緒，以免禍延己身。他們所能掌握的，只剩下失蹤親友最後睡前穿的紗龍的花色、紋樣，一塊在平日稀鬆平常的布料如今變得無比神聖。

在一個充滿恐懼的國度裡，老百姓的悲慟亦被周遭不確定的氛圍碾碎於無形。如果有一名父親膽敢因喪子而四處哀告不平，恐怕另一名家人也會橫遭殺身之禍。假使有親友失蹤，只要你不大聲嚷嚷的話，他們或許還有活命的機會。這是這個國家最駭人的精神病症。死亡、失

㉔老普林尼（Gaius Plinius Secundus，二三—七九）：古羅馬作家，是一位博覽群書的學者，公元七九年觀察維蘇威火山爆發時窒息而死。

親是「無止不休」的，不容你等閒視之。行之有年的半夜抄家、光天化日的擄人、屠殺，任何想違逆這股力量的人都只是自取滅亡。所有受苦受難的芸芸眾生，只能祈盼最後的報復終會降臨在有權有勢的人身上。

而這是又誰的骨骸呢？她望著房間裡的四具骨骸，陷入沈思。使死屍復生：何其古怪的差事！將吊死的軀體解下來，將這玩意兒馱上背……不過就是死了，埋了，爛了麼？他究竟是誰？他代表了所有瘖啞的大眾，還原他的身分等於還原所有其他人的身分。

安霓尤門上房門，走去找招待所老闆。她點了一份簡單的晚餐和一杯檸檬氣泡酒，然後踱到屋前的陽台。整間招待所沒有其他房客，於是老闆尾隨在她身後。

「瑟拉斯先生——他常上這兒來嗎?」她問。

「他來班達拉威拉的時候，偶爾會來這兒。小姐，您住在可倫坡麼?」

「現在大部分時候都住在北美，我以前曾經住在這兒。」

「我有個兒子在歐洲——他想當演員。」

「是嗎，那很好啊。」

她步下打過蠟的陽台地板走進庭院，這是她所能表示最客氣撇下他的方式，她今晚不想再進行這種有一搭沒一搭的閒聊。但才走到簇紅如火焰燦開的大樹下，她又轉回頭問：

「瑟拉斯先生曾經帶他太太一塊兒來嗎?」

「是的，小姐。」

「她是個怎麼樣的人？」

「夫人直到現在都待我很好，小姐。」

他點了一下頭以示肯定，接著又微微晃了腦袋，像畫了個「之」字，似乎對自己的評斷頗有保留。

「直到現在？」

「是的，小姐。」

「她不是已經去世了嗎？」

「不，小姐，我今兒個下午才向瑟拉斯先生問候過夫人，他跟我說夫人很好。夫人還沒過世，他還代夫人問候我。」

「那一定是我搞錯了。」

「是的，小姐。」

「他常帶她一塊兒出門嗎？」

「偶爾，夫人在做廣播節目。瑟拉斯先生的堂兄偶爾也會來，他可是一位大官哪。」

「你知不知道他的名字？」

「不，小姐，我想他只來過這兒一回。明蝦咖哩煮得還可以吧？」

「可以，謝謝。」

為了避免繼續無謂的交談，她用餐時假裝翻閱自己的筆記本。她心中納悶著瑟拉斯的婚姻，實在難以想像他是個有家室的人，她已經習慣當他是個鰥夫，在他身旁並不特別避諱什麼。嗯，她想，人一到晚上多少也需要找個伴。這個四處尋訪死亡世界的書呆子，對於身旁的人倒是一點也不解風情。

用過晚餐之後，她回到擺放骨骸的房間。她還不想入睡，也不想費心揣測那名陪瑟拉斯一起到班達拉威拉的官員究竟是誰。昏暗的電燈亮度不夠供她看書，於是她又去找來一盞油燈。稍早她瀏覽了招待所裡只有一個書架的圖書室，架上盡是一些阿嘉莎·克麗絲汀、P·G·沃登豪斯、埃尼·布萊登和約翰·馬斯特的書——全都是亞洲流行的通俗推理讀物，安霓尤從童年到少女時代早就不知讀過多少本了。她只好回頭翻閱自己帶來的書——布里吉斯編纂的《全球土壤》。她對這本書早已瞭若指掌，只是打算藉書本上的文句讓自己暫時忘卻眼前的處境。讀著讀著，她覺得她漸漸將在場的其他人——黑暗中的四具骨骸——統統拋諸腦後。

她坐在椅子上，頭低垂到大腿，睡得正香時，瑟拉斯把她搖醒。

他推了推她的肩膀，取下她頭上的耳機，戴到自己的頭上，摁下播放鍵，水乳交融的大提琴組曲傳進耳中，他一邊聽一邊繞著房間走動。

她深深吸了一大口氣，彷彿乍從水底浮出水面。

「你沒鎖門。」

「是嗎，沒事吧？」

「所有的東西都還在。我已經備好早餐，時候不早了。」

「我馬上就來。」

「後頭有淋浴間。」

「我覺得不太對勁，大概是著涼了。」

「如果真的不行的話，我們隨時可以打道回府。」

她走出去拿她旅行必備的「白博士」藥用肥皂。沖澡時她猶在半昏睡狀態，腳尖踮在粗花崗岩板上，讓冷水自頭頂嘩嘩傾瀉而下。

她洗了一把臉，閉上眼睛，塗了一點薄荷香皂在眼皮上，然後用水沖掉。她的眼光越過高僅及肩的叢叢芭蕉葉，眺見遠處的藍色山巒——朦朧迷離的世界，美不勝收。

但是才到正午，她就被要命的頭痛所籠罩。

＊

她持續發著高燒，整個人癱在箱型車後座，於是瑟拉斯決定在回可倫坡的中途停車。不明的病痛像一頭蟄伏在她身體內的猛獸，讓她一下子渾身哆嗦，一會兒又不斷盜汗。

午夜過後不久，她已置身在海畔的房間中。打從小時候就她不喜歡亞拉附近的這片南方海岸，現在亦然。那幾撮以人工栽種的樹叢似乎除了提供庇蔭之外一無是處，連月亮看起來都假假的，活像一盞探照燈。

晚餐時她已然神智錯亂，突如其來一陣無由的啜泣、咆哮。而瑟拉斯則隔著餐桌拿她沒輒。她雖感到飢餓卻無力咀嚼任何食物，就連她最愛吃的明蝦咖哩擺在眼前亦無福享用，只能用湯匙不停地將微溫的豆糊送進嘴裡，再啜飲幾口萊姆汁。當天下午，她被一記撞擊聲吵醒，她勉強自己起身俯視屋外的走廊，看見幾隻猴子的身影閃過，遁失在遠處的大廳轉角，而她相信這並非她的幻覺。每四個鐘頭她就吞服幾顆膠囊以驅走擾人的頭痛，大概是中暑或登革熱，要不然就是得了瘧疾。等回到可倫坡，勢必得上醫院做個檢查。「一定是陽光太毒了，」瑟拉斯喃喃直唸：「我得給你買頂大一點的帽子。我得給你買頂大一點的帽子。我得給你買頂大一點的帽子。」他嘴裡細聲唸個沒完，而她只能氣如遊絲地應著：什麼？什麼？接著就怎麼也說不出口了。是不是有猴子？猴子們趁下午大家都在睡午覺的時候，從洗衣間把毛巾和泳褲偷走啦。她祈禱旅館不會關掉發電機，她無法想像沒有電扇可吹、沒有涼水可讓她退燒。現在最能解除她病痛的就是一通電話，她整個晚上一直盼著那通電話。

吃過晚餐，她提了一壺加冰塊的萊姆汁回到房裡，沒多久便昏沈沈睡著了。她於十一點醒來，爲了壓制頭痛，她呑服了更多藥丸，但她曉得藥效撐不了多久。她的衣衫汗濕了一大片——體外盜汗不止，心中萬念俱灰，裡外雙重折磨著她。吊扇有力無氣地運轉，甚至感受不到它的氣流。「水手」呢？她差點兒忘了這檔事。她轉身摸黑撥了內線電話到瑟拉斯的房間：「他在哪裡？」

「誰？」

「水手。」

「他很安全，在車子裡，你不記得了嗎？」

「呃，我……擺在那兒保險嗎？」

「是你要我擺在那兒的。」

她掛上電話，確定話筒確實放好之後，躺回黑暗之中。她頓覺喘不過氣來，便起身拉開窗簾，她看見門庭上迤邐的光暈。遠處黝暗的沙灘上有人在備船。如果她打開燈，從遠處看過來，她就像是一尾被囚在水族箱內的魚。

她離開房間，她得找本書來看，讓自己保持清醒以免漏接電話。她立在壁龕前望著書架好一會兒，抓了兩本書後匆匆奔回房裡。她拿了李察・艾登布祿[25]的《追尋甘地》和一本法蘭克・辛納屈的傳記。她拉上窗簾後，才開燈、脫掉身上汗濕的衣服。然後踏進浴室將頭髮泡進水裡，身子倚靠著牆角，讓沁涼的水教自己緩和下來。她好希望麗芙此刻就在身邊，陪她一塊兒唱歌……兩人可以對唱她們一起在亞歷桑納時經常唱的歌。

她步履蹣跚地走出淋浴間，全身濕漉漉地坐在床腳，她覺得熱卻不能將窗簾拉開，因爲那樣一來，她還得先穿上衣服。她開始看書，這本看膩了就換另一本，不一會兒工夫，腦袋裡累積了越來越多人物角色。燈光糟透了，她想起瑟拉斯曾經告訴她：他每回離開可倫坡出門在外，一定會準備六十燭光的燈泡。她有氣無力地爬過床，撥了內線電話：「我能借用你的燈泡嗎？房間裡的燈光太暗了。」

「我待會兒拿過去。」

他們將幾張《周日觀察報》鋪在地板上，你有簽字筆嗎？有。她背對著他，開始一件一件褪除衣服，然後躺在「水手」的身旁。她全身上下只剩一條紅色的絲質燈籠褲——通常只是為

[25] 李察・艾登布祿（Richard Attenborough，一九二三—）：英國導演，曾執導電影《甘地傳》。

了好玩才穿，從沒想過要穿給人看。她仰望著天花板，雙手遮護著前胸，舒舒服服地躺在硬地板上，磨石子地的涼意透過報紙傳到身體，感覺就像小時候睡在蓆子上那般踏實。

他用簽字筆沿著她的身體描出輪廓。你得先把胳臂放下來一會兒，她可以感覺到筆桿順著她的手臂移動，然後是腰際，往下到腿邊，接著換內側，於是藍色線條在她的腳跟下連結起來。

她從自己的身形中爬起來，轉頭一看，他也已經畫好了四具骨骸的輪廓外形。

一記敲門聲讓她回過神來，其實她根本絲毫沒移動過。整個晚上她不時會僵住，思考停止，即使兩眼死盯著書頁，卻老是陷在某些字句段落裡無法脫身，愛娃・嘉娜數落辛納屈的那幾段句子牢牢攫住她不放。她拿起床單裹住身體去開門，瑟拉斯遞給她燈泡後掉頭便走。他穿著襯衫，圍著紗龍，她正打算開口請他進……。她把桌子拉到房間中央，關掉燈，擔心觸電，便隔著床單的一角把舊燈泡旋下來，外頭傳來海浪拍岸的聲響。她奮力仰起頭將瑟拉斯拿來的燈泡旋進燈座，頓時房間內光影畢現，所有物體都變得凝重，不再旋轉搖晃。

她平躺在床上，再度全身發冷、顫抖，喃喃自語。她拿起袋子，翻找出兩小瓶從飛機上帶下來的威士忌。瑟拉斯脫了她的衣服還描了她的身體輪廓，這是真的嗎？

電話鈴聲響起，從美國打來的，女人的聲音。

「喂？喂？是麗芙嗎？天啊，眞的是你！你總算聽到我的留言了。」

「你說話已經有口音了。」

「沒，我……這通電話不是偷接的吧？」

「你的聲音怎麼一會兒高，一會兒低。」

「是嗎？」

「你沒事吧，安霓尤？」

「我生病了。現在好晚了……不，不，不要緊，我一直在等你的電話，只是生了病害我覺得離大家好遠噢。麗芙，你呢？你還好嗎？」

「嗯。」

「告訴我，有多好？」

一陣沈默之後：「我快記不得了，我快忘記你的長相了。」

安霓尤一聽簡直無法呼吸，她轉身將頰上的淚水抹在枕頭上：「你還在聽嗎？麗芙？」她只聽見長途電話的雜音：「你妹妹和你在一起嗎？」

「我妹妹？」麗芙說。

「麗芙，聽好，記不記得——茄利・瓦蘭斯是被誰殺死的？」

她聽見喀噠一聲之後一片寂靜，但是耳朵仍緊貼著話筒不放。

隔著一面牆，陣陣啜泣聲傳進鄰房仍未闔眼的瑟拉斯耳中。

*

瑟拉斯隔著早餐餐盤，伸手握住她的手腕把脈：「今天下午我們就會回到可倫坡，我們可以到船上的實驗室再繼續處理那具骨骸。」

「別忘了要看緊那四具骨骸，不管發生什麼事。」她說。

「我們會把四具都留著，四個在一起比較容易偽裝，我們就說他們全都是古代的遺物。你的燒退了。」

她把手抽回來：「我要從『水手』的腳跟取一個骨頭切片——以便追查他的身分。」

「如果我們能再採集更多孢粉和土壤樣本，就可以找出他先前埋葬的地點，然後再到船上研究。」

「有一個女人一直在這一帶研究蟲蛹，」安霓尤說：「我讀過一篇文章。我確定她人在可倫坡，那是一篇非常好的基礎研究論文。」

他一臉困惑地看著她：「這我可不曉得，等你回到醫院再問那些年輕的同行看看。」

他們面對面坐著，相視無言。

「來這兒之前，我對我的好友麗芙說：也許我這一趟會碰見毀滅我的人。我能信任你嗎？」

「你必須信任我。」

他們在傍晚前抵達可倫坡的穆瓦埠頭。她幫他將四具骨骸抬進「歐倫賽號」上的實驗室。

「你明天休息一天吧，」他說：「我得花一天去張羅一些器材。」

瑟拉斯離去後，安霓尤仍待在船上，她想再找點事情做。便步下階梯進入實驗室，她拿起他們擱在門邊的鐵棒朝牆壁猛敲，黑暗中傳出陣陣鼠竄聲響，然後四周再度回復寂靜。她劃亮一根火柴，舉在面前徐徐前行，她扳下發電機的開關，旋即發出震動低吼，接著電力緩緩輸進艙房。

她坐著盯看「水手」。全身的灼熱已逐漸消退，整個人也覺得舒服多了。她就著硫磺燈開始重新檢視骨骸，大致歸結出目前所能掌握的死因——這始終是不變的眞理，不管在可倫坡或是特洛伊。一根斷折的上臂骨、局部燒灼的跡象、頸部的脊骨損傷，頭骨上有兩處或許是子彈造成的小傷口，一進一出。

她試著從骨頭上的傷痕逐步還原「水手」生前最後的活動狀態——當步槍對著他，他將手抬高護著臉，槍口射出的子彈貫穿他的手臂，然後射進脖子。當他跌到地上，一夥人圍上前殺了他。

致命的一槍——用體積最小也最廉價的子彈，她將原子筆桿伸進點二二口徑子彈造成的小洞，仍游刃有餘。最後，他們在他身上放了一把火，並且就著焚屍的火光，動手挖坑準備掩埋他。

安霓尤進入金西路醫院，經過高階醫官辦公室，門外掛著一幅告示：

偃聲息笑，

此乃死神

坐鎮掌理之地。

告示上的句子以拉丁文、僧伽羅文和英文並列。她偶爾會到這兒借用比較好的設備，每次只要獨自一人置身在大房間裡，她便覺得自己徹底放鬆——她簡直愛極了實驗室。裡頭的凳子總有些高矮不齊，任誰坐上去總會自然向前傾身。玻璃瓶罐沿牆擺放，裡頭盛裝著深紫紅色的液體。她繞過桌檯，眼角餘光仍可看著一具屍體，一坐在凳子上便渾然不覺時間流逝，不再渴盼友朋或情人相伴，耳中只依稀聽見遠處傳來槌敲地板的聲響，木槌聲聲敲入古老的水泥，宛若直探眞理的核心。

她背桌站著，髖骨抵放在桌沿，指尖輕輕滑過暗沈的木質桌面，感覺它細微的肌理、裂縫、粉屑和濕黏。她沈湎在孤獨中。她的雙臂黝黑一如桌檯，當她將手腕靠向桌面，輕輕叩響手上唯一佩戴的一只手鐲，除此之外別無聲響，一任安霓尤的思緒穿透面前的寂靜。

這幾棟樓房簡直就像她的家。她成年之後先後待過的五、六處住所，她總是刻意並習慣讓居住條件低於她的實際經濟能力。她從未置產購屋，租來的公寓內的陳設也保持空空蕩蕩的。即使目前在可倫坡住處的那池漂花小水塘，對她來說已算過分奢華。那方位於地板中央的小水塘，同時也讓摸黑進來的偷兒感到困擾。每晚下班回到這兒，安霓尤會脫掉拖鞋，兩腳踩進淺淺的水塘，讓花瓣在趾縫間浮游，她環抱雙臂，褪去這一日大大小小的庶務，然後踩著濕淋淋的腳丫上床。

她明白自己始終是個意志堅決的人，別人也都很淸楚她的拗脾氣。其實她的名字並非一開始就叫安霓尤。家人給她取了兩個完全不恰當的名字，而她老早就覬覦「安霓尤」——這個名字原本是她哥哥尚未使用的備用名。當她十二歲的時候曾企圖向哥哥收買這個名字，代價是她會在每次的家庭紛爭中幫他撐腰。他當時並沒有爽快地答應這宗交易，但是他心知肚明妹妹一直處心積慮想要得到這個名字。

她的企圖讓家人又氣又惱，接著她開始不肯再回應任何人叫喚她的本名，即使在課堂上也不例外。最後，父母親只好就範，接下來便得說服她那脾氣也不小的哥哥，要他主動放棄他的備用名字。當時十四歲的哥哥宣稱，或許哪天他會用得著這個名字。擁有兩個名字也讓他神氣多了，何況，另一個名字代表他天性中可能還有另一面，而且這也是祖父用過的名字。事實上，兩個孩子哪裡曉得祖父叫什麼名字。他們的父母兩手一攤，宣告調處失敗。最後，這對小兄妹自行達成交易——她付給哥哥自己攢下的一百盧比、一套他覬覦已久的鋼筆組，外加一個她撿來的五十支裝「金葉」香菸鐵盒，而在交易最後陷入膠著的時刻，她還答應了他強索的性服務。

從此以後，不論是在護照上、學校的作業或填寫申請表格，她都不再使用任何其他名字。日後當她回溯童年時光，發覺記憶裡盡是渴求這個名字的心情和得到這個名字當時的喜悅。跟這個名字有關的任何事都讓她開心——它具備簡潔、俐落的特質，它充滿十足的女性氣息，即使原本是男生的名字。即使過了二十年，她對這個名字的感覺仍然絲毫未變。她對自己想要的名字之鍥而不捨，就像對於被她看上的男人一樣，窮追不放，心無旁騖。

這座城市曾經遭她離棄，城市的十九世紀氣氛又重新進駐安霓尤的心底。車水馬龍的分岔路上，蝦販們一列排開叫賣魚貨，「可倫坡七區」㉖成群的豪宅，上著光潔密實的白漆——這裡自古就是富豪、得勢政客們聚居的區域。每當父親盛裝出席晚宴前，都會讓她爲他別上袖扣，而父親則一邊戲謔地套用「頰貼頰」這首老歌的調子哼唱：「天堂……莫如可倫坡七區……」㉗。他們之間似乎總分享著這種不言自喻的默契，她知道：不管父親從舞會、其他約會或動完一個緊急手術回到家有多晚，隔天一大早，他還是照樣會開車載她穿過空無一人的街道，讓她參加「水獺會」的晨泳課。而在開車回家的路上，他們會停在路邊攤旁，喝一碗牛奶，吃些甜麵餅，那些甜麵餅總是用亮晶晶的英文畫報內頁包著。

即使是雨季，每天六點鐘一到，她仍照常冒著傾盆大雨跑出父親的車子，縱身跳進被雨水打得麻麻點點的游泳池中，氣喘吁吁地游上一個鐘頭。十個女孩和一名教練；雨點敲打在成排轎車的車頂，嘈雜不已；水面上飛濺著水花，繃著橡膠泳帽的小腦袋瓜在泳池裡來回、浮沈，

㉖「可倫坡七區」：又稱肉桂花園，是全城最富裕的高級地段。

㉗這是 Irving Berlin 一九三五年為電影《高禮帽》創作的歌曲「頰貼頰」(Cheek to Cheek)，至今猶膾炙人口，原曲開頭應為"Heaven, I'm in Heaven..."。作者在其他故事中亦時常引用。

十位家長則在一旁翻讀著《每日新聞報》。當她還是小孩時，每天的精神和力氣似乎總集中在早上七點半之前。到了國外，她依然維持相同的習慣，到醫學院上課前先讀兩、三個鐘頭的書。就某些方面而言，她日後窮究事理，不到水落石出絕不善罷甘休的一貫執著，恰與她對游泳的堅持如出一轍。

所以，儘管昨天瑟拉斯要她休息一天，但六點不到，她已經吃過早餐，動身前往金西路醫院。沿路綿延不盡的蝦販攤子，擺出昨夜撈獲的魚貨叫賣著。於鋪外燃燒著繩索，焦麻的氣味瀰漫在空氣中久久不散。小時候在街上閒晃，她總會刻意跟著這個氣味走。不知怎地，她忽然想起女子學院時代的情景——一群女生擠在陽台上，爭睹從聖湯瑪斯學院溜出來的臭男生們在樓下賣力高唱「妙船兒維納斯」，他們聲嘶力竭一直唱到舍監跑出來將他們轟走為止。

妙船兒前頭挺著那一尊——
哎喲，可別說你從沒偷偷朝她瞄
船頭昂首若女神
夜裡浪蕩成淫娃
直直往那話兒跨

這段突梯的表演總是將那些十二、三歲的大家閨秀嚇得個個花枝亂顫，但她們仍情不自禁地豎起耳朵。直到二十歲，安霓尤才在英國再度聽到這首暌違許久的歌，那是在一場橄欖球比賽結束的慶功宴上——這樣的場合似乎更恰如其分，她的四周充斥著男性嘶吼。但是，聖湯瑪斯中學的男生們作怪的本事更高明，他們會規規矩矩捧著樂譜，剛開始聽起來宛如正經八百的唱詩班合唱，顫音、伴吟、前導和聲一應俱全，他們用這法子騙倒舍監，而那些四、五年級的女孩子倒是字字聽了個明白。

船長渾名叫毛哥
儼然荒淫道上客
竊問本事有幾道
除了鏟屎沒別的

安霓尤打心底喜歡這幾句歌詞，每逢情緒陷入低潮時，合仄押韻的節奏便溜進她的腦子裡。她一向喜歡帶著火氣、憤世嫉俗的歌。清晨六點，走在前往醫院的途中，她努力回想「妙船兒維納斯」的其餘歌詞，唱起記憶鮮明的開頭那幾段，其他想不起來的部分，就亂哼一通。「果然是一首好歌，」她自言自語：「好得沒話說。」

那名撰寫幼蛹研究論文的實習生的工作地點，原來就在離停屍間不遠的某間辦公室裡。安霓尤花了不少時間試圖回想她的名字，結果一進門就看見她的名字——她正在打一份申請表。由於房間裡的濕氣，紙張變得軟趴趴，姓名欄位正好攤在安霓尤面前——姬妲．阿貝詩卡雅。她穿著一襲紗麗㉘，站在打字機前敲打字鍵，旁邊擺著兩個大紙箱和一個鐵盒——裡頭放著她的研究筆記、化驗樣本、一大堆培養皿和試管，鐵盒內則裝著她培養的幼蟲——她似乎隨身帶著工作的傢伙。

她抬起頭望著安霓尤。

「我是否打擾了……？」安霓尤瞄了一眼她剛剛打好的四行字：「你要不要歇一會兒，讓我幫你打字。」

「你就是那個從日內瓦來的，是吧？」她臉上帶著半信半疑的表情。

「是呀。」

姬妲看著自己的雙手，兩個人不約而同笑出聲來。她的皮膚上布滿了蜂叮蟲嚙的痕跡，擺

㉘紗麗（sari）：南亞婦女用以裹身包頭的長棉布或絲綢。

明了這是一雙經常往蜂窩蟻巢裡挖探的手。

「只要告訴我該寫些什麼就行了。」

安霓尤挨近她的身邊，先將姬妲的口述簡短地加以重組，再添一些形容詞。要靠姬妲那幾段生硬的平鋪直敍，想爭取到這筆研究經費恐怕希望渺茫。安霓尤在姬妲的履歷裡加進了一些生動的描述，好讓它讀起來更像是她的個人小傳。申請書大功告成後，她邀姬妲一塊去吃點東西。

「我不要去醫院的食堂，」姬妲提出很有建設性的意見：「那個廚子在太平間兼差。你知不知道我喜歡上哪兒吃飯？有冷氣的中國餐館！我們去『花鼓小館』。」

餐館裡除了她們之外，只有另外三個生意人在用餐，其餘的地方都空蕩蕩的。

「謝謝你幫我填申請表。」姬妲說。

「那是個滿不錯、也很有意義的研究計畫。你在這裡能夠完成每一項研究嗎？你找得到足夠的設備嗎？」

「我必須在這兒做……這些蛹卵、還有幼蟲……，所有的實驗都得在這種溫度下進行。而且我不喜歡英國，我將來想去印度。」

「如果你需要任何協助，盡管來找我。天哪，我都快忘記涼爽是什麼感覺了，我眞該搬到這裡來住。我很想和你討論討論你的研究。」

「不急，不急。先告訴我你爲什麼喜歡西方？」

「嗯——這個嘛……首先，我想是因爲我喜歡做任何事都可以隨我自己高興。在這兒，什麼事都得開誠布公，不是嗎？我受不了毫無隱私的生活。」

姬妲顯然對此項西方的優點頗不以爲然。

「我得在一點半以前回辦公室。」說完，她點了炒麵外加一瓶可口可樂。

姬妲打開硬紙箱，從試管裡夾出一個幼蟲放在顯微鏡下：「這是一隻才兩周大的幼蟲。」接著她把它夾出來，放進盛著一小片人肝的培養皿中，安霓尤猜想那必定是非法取得的內臟。

「這是不得已的，」姬妲察覺安霓尤的異樣目光，試圖一語帶過：「屍體下葬前先供出一丁點兒內臟，也算是小小的貢獻。比起用動物器官來培養，生長速度快多了。」她將用剩的肝臟丟進一個野餐保鮮箱，抽出她的研究簿，攤在大檯子上：「說吧，我能幫你什麼忙……」

「如果我有一具遭受過局部焚燒的骨骸，是否還能從蛹的活動情形得知更多資訊？」

姬達閉上嘴打了個嗝，她從剛剛吃過東西之後就一直不停打嗝：「如果骨骸仍在現場的話比較有可能。」

「這可不妙。我從發現它的地點採了一些土壤，但是我們研判它曾被移動過，我們不知道第一個現場在哪裡，只拿到最後一處的土壤。」

「也許我可以先檢驗骨頭，某些昆蟲會依附在骨頭上，而不是在肉上。」姬妲對她笑了笑：「所以，或許會有第一現場的蟲還留在骨頭上。只要知道那是什麼蟲，我們就可以縮小可能的地點範圍。說來奇怪，骨頭只在頭幾個月會吸引某些生物。」

「眞的滿不尋常。」

「唔，」姬達嚅著嘴，好像嘴裡含著一塊巧克力：「還有幾種蝶類也會在骨頭上吸取水分……」

「我能拿部分骨頭來給你看嗎？」

「我明天就要到內陸待幾天。」

「那麼今天晚上呢？可以嗎？」

「唔……」姬妲慢不經心地應著，專心盯著她的實驗，對照圖表測量時間。她轉過身，在一排昆蟲上搜尋，然後從裡頭用鑷子夾起一隻大小、生命期相符的蟲。

當天晚上，在船上的艙房裡，瑟拉斯將丙酮調製成的塑膠溶液倒進一只淺碟內，拿出處理骨骸的鬃毛刷。艙房內只有一團燈光，周圍充斥著發電機的低沈吼聲。

他從放置骨骸的解剖檯上拿起艙內唯一的一盞聚光夾燈，拖著長長的電線，走到艙房最裡面的小櫥櫃前，打開櫥櫃，爲自己斟了一杯七分滿的椰子燒酎，然後走回解剖檯。

四具從班達拉威拉帶回來的骨骸，現在完全暴露在空氣中，即將迅速腐敗。

他從塑膠包裝中取出一管全新的強化鋼針套在針筒上，動手清理第一具骨骸，剔除上頭的泥土殘渣，接著用一條細管子在每根骨頭上來回噴氣，就像在小孩子的燙傷傷口上吹氣一般。然後用蘸著塑膠溶液的軟毛刷，從上到下在整副骨頭上塗覆一層塑膠保護膜。完成後再將夾燈移到第二床解剖檯，進行同樣的作業。然後是第三床。當他來到擺放「水手」的檯子前，先在它的腳跟上找出安霓尤先前切開一公分深的跟骨切片處。

瑟拉斯伸了一個懶腰，走到暗處，伸手摸到那杯酒，端著它回到光束下擺放「水手」的檯子前。此刻約莫是深夜兩點鐘光景。他將四具骨骸都塗好塑膠溶液之後，做了一些筆記，然後分別爲前三具骨骸各拍攝了正面、側面的照片。

他一邊工作一邊啜飲燒酎。室內密不通風，整個艙房瀰漫著刺鼻的塑膠氣味，他打開嘎吱作響的艙門，提著一整瓶燒酎登上甲板。可倫坡城內因宵禁顯得一片闇黑，現在正是散步或騎單車的絕佳時刻——黑壓壓、沈靜的路障，索羅門迪亞茲大道（Solomon Dias Mawatha）沿途鬱鬱蔥蔥成排的老樹。在他周圍的港灣此刻卻依然生氣盎然，拖船的光點在水面上搖曳，吊車在碼頭上搬卸水泥，車頭燈投射出亮晃晃的白色光束。已經三點或四點鐘了，他打算鎖好艙門後，待在船上睡到天亮。

艙房內的塑膠氣味仍未完全散去，他從抽屜內拿出一束紙菸，點燃其中一根，用力吸進一大口濃烈、要命的雜陳焦味。他提著夾燈走向「水手」，只剩它還沒拍照。好，動手吧，他對自己說。拍兩張照片，正面，然後，側面。他站著搧動手上的拍立得相片加速它顯影。等「水手」的影像完全浮現後，他便將相片裝入一只牛皮紙袋，黏上封口、塡妥地址後，丟進他的外套口袋裡。

其他三具骨骸都沒有頭顱，但是「水手」卻是完整的。瑟拉斯把抽到一半的紙菸擱在水槽邊緣，然後挨近「水手」，拿著一把小手術刀切開連接頭顱和頸骨的韌帶，然後將整顆頭骨卸下來。他把骷髏頭捧到書桌上。燒灼並未傷及頭部，所以前額、眼窩和四周的表面均保持平滑，頭蓋骨接縫處也還依然完好。瑟拉斯先用塑膠袋包住它，然後放進一只「昆丹摩百貨行」的大型購物袋中。接著他回頭拍攝沒有頭顱的「水手」，同樣的正面、側面各一張。

他心底明白，他和安霓尤如今已經沒有退路了。

# 密林中的修行僧

長年以來，金石學家帕利帕拿都是民族派考古學界的中堅人物，自白種人手中成功奪回斯里蘭卡考古學研究的權威地位。他以解讀「巴利文史稿」(Pali scripts) 並記錄、翻譯出西葛里亞 (Sigiriya) 的岩畫而奠定名聲。

帕利帕拿曾開宗明義地宣稱：推行僧伽羅民族主義的主要動力，奠基於他對古老文化內涵孜孜不倦的鑽研和通透瞭解。當西方人認爲亞洲歷史還一片渾沌不明時，帕利帕拿早已徹底地瞭解自己的國家，而歐洲不過只是亞洲半島邊陲的一大塊陸地罷了。

一九七〇年代，一連串的國際研討會相繼召開。各國學者紛紛飛抵德里、可倫坡和香港參加爲期六天的論文研討會，夸談他們的精闢見地，還不忘爲前殖民地把脈，然後回到倫敦、波士頓。事後證明：如果歐洲擁有古老的歷史，亞洲的歷史則更爲悠久。帕利帕拿當時在斯里蘭卡學界已享有盛名，他僅出席過其中一場聚會後就再也不參加其他會議了。他是個簡樸的人，受不了那種充斥正式、隆重酬酢恭維的場合。

瑟拉斯在帕利帕拿門下受教的那三年，是他學術生涯中最難捱的一段時期，每個學生提出任何考古資料前總得十分小心戒愼，每一段鐫在岩石上的楔形文字總得在筆記本、沙地、黑板上一再摹畫，直到連睡覺也會夢見為止。瑟拉斯在頭兩年便察覺帕利帕拿不但極爲簡樸、刻薄，更是個吝於誇讚別人，對自己生活亦相當嚴苛的人。他似乎完全不曉得該怎樣誇讚別人，也從不曾招待別人喝一杯或吃一頓。他的哥哥納芮達自己沒有車，總是要求搭別人的便車，剛開始大家以爲他跟他弟弟同一個樣，不過納芮達卻是個慷慨、友善的人，從不吝於和大家分享喜悅。帕利帕拿的言談似乎總是僅囿限於史學話題，只有在印行自己論文的時候，才會展現他鋪張、無節制的一面，他總是堅持使用精緻的紙張印製套色圖表，好耐得住歲月的洗禮。只有當那本著作全部完成之後，他的注意力才會轉移，進行下一個研究。唯有如此，他才能了無牽掛地邁入另一個年代，或另一個地域。

他似乎無時無刻不是置身在歷史之中——遍布各地的皇室浴場和水景庭園的遺跡、遭掩埋的古城，加上他滿腔狂熱的民族主義，曾使他和同他一起工作的人——包括瑟拉斯在內——擁有無盡可茲記錄、考察的對象。好像他對任何一座古蹟、遺址都有說不完的見解。

帕利帕拿本人年屆中年才涉足考古學界，他能在這一行崛起並非倚靠家族關係，而是因爲他對專業技能的理解比那些條件優於他的人更通透。打從年輕時代，他就不是一個容易親近的人，多年以來，他只從眾多門生之中遴選出四名入室弟子，瑟拉斯即是其中之一。帕利帕拿六十歲的時候，他也和每個弟子都鬧翻了。這四名弟子對於帕利帕拿對他們的羞辱始終不曾釋懷，但他的學生們至今仍謹記著兩件——不，三件事：首先，他們的老師是全國最頂尖的考古理論學者；其次，他幾乎從不犯錯；其三，即使已經功成名就，他仍維持著比他們都還要簡約的生活方式，這或許是受到他僧侶兄長的影響，帕利帕拿的衣箱裡竟然只有兩套款式相同的衣服。隨著年齡漸長，他益發疏遠俗世，只有自費出版的相關著作仍未中輟。瑟拉斯已經多年沒再見到他了。

最近這幾年來，帕利帕拿在學術界的聲譽卻急轉直下，導火線正是那批震驚考古學界與歷史學界，解讀岩畫的一系列學術論著。他發現並闡釋了描述本島六世紀時的政權更迭、皇室鬥爭的圖像情節。剛開始這些論文在海內外的學報上獲得激賞，直到某名弟子放出風聲，指謫他手中並無確切證據可以證明該岩畫情節屬實，而書籍中的內容完全出於他個人杜撰，加上其他歷史學家始終未能發現帕利帕拿所提及的岩畫遺址，也沒有人知道那些關於垂死士兵的敘述、君王昭告百姓的詔書是打哪兒來的，而他指證歷歷的那些描寫宮闈戀人、密友的狎褻歌謠，在

《小史》❶中亦無隻字片語的記載。

這批鉅細靡遺的詩歌甫出版時，似乎平息了歷史學家長期的辯論與疑惑，由於帕利帕拿是一位治學嚴謹的歷史學者，其論點一向來自慎重的研究。如今，在大家眼中，他無異是對自己的事業使了一個危險動作，企圖對大眾玩一個把戲——雖然他自認這絕非把戲，更不是膽大妄爲。也許，對他而言，這不是誤入歧途，而是進入另一個境界的叩門磚，更是在他漫長的學術舞台上，最後、也最眞摯的演出。

然而，不再有人稱許這個詭奇的舉動，甚至連他的學術追隨者和入室弟子們——包括長期被導師指責治學散漫、論據不精的瑟拉斯在內——亦抱持駁斥的態度。這個狂舉——所謂「帕利帕拿的狂舉」，被公認爲他對自己所秉持的原則的背叛——而這項原則正是他之所以樹立聲譽之根源。一位大師糊塗行徑的嚴重性不容小覷，它代表輕蔑狂傲。將它視爲他個人自暴自棄或精神錯亂已算是相當客氣。

❶相對於記載遠古錫蘭（斯里蘭卡舊稱）島上古史的《大史》（*Mahāvaṁsa*），約於西元十三世紀成書的續篇《小史》（*Cūḷavaṁsa*）記述了四世紀以降的錫蘭島中古歷史，兩者皆由佛教僧侶以巴利文撰寫。

西葛里亞大石堡上的岩畫位於登山棧道前段四分之一英哩路標旁的絕壁上，這批岩畫約完成於六世紀，比起較爲人知的「鏡牆」(Mirror Wall) 上的供養仕女壁畫更古老。上頭斑駁、漫漶的鐫文對歷史學者始終是充滿魅惑的亙古謎團——原先一直都被認爲只是一大串毫無意義的字句排列。帕利帕拿本人則窮十五年光陰，耗盡心神研究這批岩畫。身兼歷史學者和科學家，他從各種不同的角度且切入解讀謎題：他捨棄隨著佩拉登尼亞大學❷的教授走馬看花，而是跟著石匠一塊兒進行工作，或是親蒞剛被發現的石池，聆聽池畔洗衣婦的閒談。他考察這些謎樣咒文的方式從不照本宣科，而是以他對該地區各項傳統匠藝的實際瞭解。他的犀利眼光不會漏掉任何一道沿著岩壁原有的纖毫裂縫、紋路描繪的岩畫線條。

他不斷研習古文直到四十歲，接下來的三十年則投入田野工作——由於他早已將史籍上記載的內容全部融會貫通，即使還未到達現場，帕利帕拿對於每一座遺址的一景一物早就了然於胸——不論是聳立於空地的石柱上的特殊紋飾，或是畫在各石室洞壁高處大同小異的聖像。一

---

❷佩拉登尼亞大學 (University of Peradeniya)：斯里蘭卡最高學府。一八七〇年成立的錫蘭醫學院與一九二一年成立的錫蘭學院，兩所可倫坡的學校於一九四二年合併並遷校至坎地 (Kandy) 近郊。

個絕不妄加臆測的人，卻擁有如此奇異的自覺。

他一一撫觸每個出土的古代文字，他逐字詳讀波隆那努瓦（Polonnaruwa）石經上的每一個字。經文刻在一塊四呎高、三十呎長的巨石上，是這個國家最早的書寫文件。他將裸露的臂膀和臉頰貼在這塊蘸滿日晒熱氣的基石，一年之中的絕大部分時間，這塊石碑總是黑壓壓、暖烘烘的，只有當雨季來臨，雨水便積在凹陷的鐫刻筆劃裡，形成一洼洼的小水窪，一如迦太基的石碑。這部靜靜躺在「波隆那努瓦神聖四角」❸草叢之中的巨書，上面勒著經文，鑲飾著連續的鴨紋。無窮無盡的鴨群，他喃喃自語，頂著正午的熾陽，嘴角泛起一抹微笑，他已從中拼湊出完整的經文意涵，像是一一揭開祕密。這個發現給予他極大的喜悅，只有以前他在米興塔勒（Mihintale）遺址一根椽石的人類群像之中，發現了一尊跳舞的象頭神，當時的雀躍差可比擬，那可能是島上最早的象頭神雕像。

他把自己在馬塔勒見識的石匠技藝與多年在現場譯讀古文的經驗相互比對、融會貫通，終於能以更真實的視野看待過去只能臆測的事物。對他而言，這自然不是愚昧，更非欺世盜名。

❸波隆那努瓦神聖四角（Sacred Quadrangle of Polonnaruwa）：十二世紀的宗教遺址，由許多佛塔、陵墓、寺院與雕像組成。

考古學的法則之所以要求嚴密精確一如拿破崙法典。爭論的癥結並非別人能證明他的理論是錯誤的，而是他無法證明自己是正確的。總之，帕利帕拿眼中的圖像逐漸匯聚、融合，他的思緒貫通古今、無所罣礙，就像凹陷筆劃內聚積的雨露終於連成一氣，而圖像亦清楚顯現。

不論他自己如何疏遠現實世界，外界對他無法實證的理論亦嗤之以鼻，不再有人頌揚他的術業，即使如此，他對自己堅稱的事實仍絲毫不因外界而動搖，亦無意爲自己辯護。相反地，他以一己之力與整個世界相抗衡。幾年前他曾與兄長造訪距離阿耨羅陀普羅❹二十哩的一座森林修道院遺址。於是，他帶著僅有的家當在此地落腳。謠傳他住在一間凋敝的「草堂」殘垣內，過著有如六世紀嚴守戒律的避世僧侶一般刻苦的日子。據歷史記載：那是由一群排拒一切宗教性的繁文縟節、美裝矯飾的隱修僧所建造的，唯一一方曾經過雕刻的鐫石，便是他們所保留的小便石❺，即使連一個小孔，他們都認爲太過雕飾。

如今他已年過七十，髮蒼蒼而視茫茫，卻仍不停振筆疾書，努力寫下他所知道的歷史眞相。

❹阿耨羅陀普羅（Anuradhapura）：斯里蘭卡第一大古城。

❺小便石：斯里蘭卡佛僧特有的禮俗之一。在石板上鑿出一個小孔，當僧人便溺時，須對準小孔。石板下方敷設三層濾石，使尿液在流入土壤前可先濾清以保持大地的潔淨。

他身形枯槁，依然穿著多年前在迦勒路旁買來的棉質寬褲、式樣相同的紫紅色布衫，鼻樑上架著眼鏡。此外，他那沙啞、睿智的笑聲也依然沒變。對那些同時認識他們兄弟倆的人來說，這似乎也是他與他的兄長間唯一的血緣關連。

他帶著他的書籍、寫字板一同遁隱在這座森林修道院裡。現在，陽光鋪滿了歷史的縫隙，雨露注滿了所有的凹槽。然而，當他埋首寫作時，他心底明白：承載這些歷史的紙張將快速腐朽。它們終將不敵蟲蛀鼠囓、日曬風吹，帕利帕拿這一介老朽在其風燭殘年終究不得不在自然法則之下俯首。

*

瑟拉斯與安霓尤驅車經坎地（Kandy）進入北方的乾燥區❻，找尋帕利帕拿的下落。昔日的恩師自然無從得悉他們即將到訪，瑟拉斯也不知道老師將會如何接待他們——先奚落一番，然

❻乾燥區：斯里蘭卡全島依年降雨量分布，大致可分成乾、濕兩大地理區域，以可倫坡與中央高地為中心向外擴展為濕潤區，濕潤區外圍則漸成乾燥區。

後不理不睬？還是勉爲其難地虛應款待？車子行至阿耨羅陀普羅，正是一日當中最燠熱難耐的時段。他們繼續前行，約莫一個鐘頭後，他們來到森林的入口。他們下了車，沿著被大圓石環繞的小徑蜿蜒步行了二十分鐘，不期然走進一片被林木包圍的空地，映入眼簾的是幾座頹圮的木石結構建物——一座已經乾涸的水景花園廢墟，幾塊大石板。一個女孩正在篩米，瑟拉斯走向她，對她說了幾句話。

女孩生起柴火燒水、沏茶，然後三個人坐在凳子上靜靜喝著茶。女孩始終不發一語，安霓尤心想：帕利帕拿大概正在其中某間黑漆漆的小屋內睡午覺。他們等了一陣子，一名穿著襯衫、圍著紗龍的老者自一間屋子裡走出來。他先繞到一旁，從井裡汲了一桶水洗臉和手臂。當他轉身時，開口道：「我聽見你的聲音了，瑟拉斯。」安霓尤和瑟拉斯雙雙起身，但是帕利帕拿一動也不動，仍呆立在原地。於是瑟拉斯趨向前去，彎下身子觸摸老者的雙腳，然後引他坐到凳子上。

「這是安霓尤・堤賽拉……她是我現在的同事，我們正在研究幾具班達拉威拉附近發現的骨骸。」

「嗯。」

「您好，老師。」

「聲若黃鶯出谷呵。」

安霓尤這時才驚覺：原來眼前這名老者是個瞎子。

他伸出手握住她的前臂，撫摸、輕揉著，感覺皮膚下的肌理。她覺得他彷彿正用這些零星的觸覺拼湊出她的容貌、身形。

「談談那些骨骸——多古老的骨骸？」他放開她的手。

安霓尤飛快地瞄了瑟拉斯一眼。老者說話時面朝四周的樹林，他究竟是對誰說話？帕利帕拿一直緩緩搖頭晃腦，好像緊盯著某個在空中飄飛的東西似的。

「哦——原來是不能讓官府知道的祕密，或者說——官府的祕密。我們現在是在修行僧的森林裡，這兒很安全。而且我是最牢靠的守密者。何況，不管是誰的祕密，對我而言反正都沒什麼差別。你早就都已經盤算好了，是吧，瑟拉斯？要不然你也用不著大老遠跑來找我了。我沒說錯吧？」

「我們必須先仔細想清楚，是不是該找人幫忙，找一個專家。」

「你們也看得出來，我現在是什麼也瞧不見啦。不過還是把你帶來的東西拿過來吧，是什麼東西？」

瑟拉斯走到放在火堆旁的袋子，拿掉包在外頭的塑膠膜，然後走過來，將頭骨放置在帕利帕拿的腿上。

安霓尤上下打量坐在面前的老者，平靜、文風不動。薄暮逐漸低垂，太陽也收起炙烈的光芒，四周的岩石此刻彷彿變得灰軟、溫和。她漸漸能夠察覺四周細微的聲響。

「貝爾於十九世紀意外發現此地,他和其他考古學家都以爲這是一處入世的避暑行宮所在，但是《小史》中早就記述著這座修行道場的由來——其實這裡是由一群拒絕儀式，反對繁文縟節的僧侶所建立的。」

帕利帕拿連頭也沒回，朝他的左邊一指，表示他現在就住在五間屋舍中最簡陋的那一間，依傍在一塊大岩壁旁，上頭新鋪著草葉屋頂。

「他們並非窮困,而是刻意過著簡約的生活——你一定明白物欲橫流的俗世和「不淨不垢」的差別吧？嗯，他們選擇擁抱後者。瑟拉斯想必對你提過那塊多此一舉的小便石罷，他老是樂此不疲。」

帕利帕拿闔上雙唇。帕利帕拿的陳述裡頭摻了一絲帶著譏諷的幽默，安霓尤還以爲他自己會率先笑起來。

「我們在這兒很安全，當然啦，前車之鑑不可或忘。維闍耶三世⑦在位期間，幾名僧侶爲

⑦維闍耶三世（Udaya the Third）：古印度摩揭陀國王。

躲避誅殺，自皇宮遁逃，他們來到修行僧的森林，皇帝帶領烏帕拉賈❽尾隨至此，逐一將他們斬首。《小史》中還記載了平民百姓對此事的反應——他們紛紛揭竿起義，『宛如風暴席捲汪洋。』是了，皇帝褻瀆了聖域，整個王國被排山倒海的怒潮一舉推翻，就爲了幾名僧侶，只因爲那幾顆頭顱……」

話一說完，帕利帕拿沈靜下來。安霓尤端詳他的手指，優雅而纖瘦的手指輕撫著瑟拉斯帶來的骷髏頭。修長的指甲自額骨上緣的凸脊伸進眼窩腔洞中。接著他捧起整顆骷髏頭，彷佛那是一塊用火烤熱過的石頭，而他正用它來溫熱雙掌。然後他測探著顎骨、齒槽鈍邊的角度。她猜想他能聽見遠處林中的鳥鳴，瑟拉斯腳下的涼鞋擦地聲，瑟拉斯扔下的火柴觸地，瑟拉斯在幾碼外抽著紙菸，菸葉燃灼的聲音……她很確信他一定全都聽得到——一陣微風、所有細瑣聲響飄過他的瘦臉，飄過他光亮平滑、黝黑、嶙峋的頭顱——全都逃不過他的耳朵。他的臉刮得乾淨爽利，是他自己刮的嗎？還是由那個女孩代勞？

「說說你們的想法——你。」他把頭轉向安霓尤。

「呃……我們的意見並不完全一致，但是我們都知道這個頭顱的骨骸不是古代的。但它是

❽烏帕拉賈（Uparajas）：維闍耶之子。

在一處十九世紀的骨塚內發現的。」

「不過，頸骨後端骨節的切口是新的。」老者說。

「那是他擅自……」

「是我切斷的，」瑟拉斯說：「兩天前切斷的。」

「而且沒有經過我的同意。」安霓尤說。

「瑟拉斯做任何事自有他的道理，他不是個唐突的人，他總是循中庸之道。」

「喝醉時的糊塗決定，我們不妨姑且這麼說。」安霓尤已經盡可能地維持和緩的口氣。

瑟拉斯看著他們兩人有趣的對話，心裡鬆了一口氣。

「繼續說，你。」他又將頭轉向她。

「我有名字——我叫安霓尤！」

「嗯。」

她看見瑟拉斯搖著頭，咧嘴暗笑。她不理會帕利帕拿，目光瞥向他住屋內的幽暗。周圍並非茂密的樹林，苦行僧總會挑選裸露的岩石並清掉表土。這種地方只有茅草屋頂和棕櫚樹。加上一間草堂。還有一些窮酸的苦行僧。

然而，這裡的確是個可以舒緩人心的地方。蟬鳴清晰可辨卻不見任何蟬隻的蹤影。瑟拉斯曾經告訴過她：當他頭一回造訪一座森林修道院，最後竟捨不得離開。他那時便猜想自我放逐的老師會隱居在阿耨羅陀普羅附近的某座草堂——一處留給苦行僧的最後淨土，而且帕利帕拿曾經說過他希望死後能葬在這一帶。

安霓尤走過老者身邊，站在井邊朝裡頭探望。「她到哪兒去了？」她聽見帕利帕拿問，口氣裡完全聽不出一絲不悅。女孩自屋內端出了百香果汁和的番石榴切片，安霓尤拿起杯子，一飲而盡，然後才回到老者面前：

「他似乎被埋葬了兩次，重點在於第二次的埋屍地點是在一個管制區內——只有警方、軍方人員和高級官員——好比說：像瑟拉斯這種層級的官員才能進入，除此之外，沒有人能進出，所以這應該不是一般平民犯下的謀殺案。我知道有些人會趁戰亂時順道解決私人恩怨，但是我不認爲他們會如此大費周章地埋葬他兩次。這具骨骸……這顆頭骨是在班達拉威拉的洞穴中發現的，我們該弄清楚的應該是這宗謀殺案到底是不是政府幹的。」

「嗯。」

「水手骨頭上的跡象並不……」

「水手是誰？」

「水手是我們爲他取的名字。他骨頭上的殘留土壤並不符合我們發現他的地點。我們在骨骸年齡上或許不一定有相同的看法，但我們都確定他之前是被葬在其他地方，也就是說，他遇害之後遭掩埋，然後被挖起，再移到另一處被二度掩埋。不只是土壤不吻合，我們還懷疑他被掩埋之前身上附著的粉孢來自另一個完全不同的區域。」
「沃德豪斯的《粉孢微粒學》上是怎麼……」
「我們查過了，瑟拉斯鎖定兩個可能的地點，一個在凱迦勒（Kegalle），另一個則是在拉特納普拉（Ratnapura）地區。」
「啊，戰火蔓延的地區。」
「沒錯，那兒有許多村民在動亂中失蹤。」
帕利帕拿站起身，將頭骨交到他們之中一個人的手上。
「天涼了，該吃飯了，你們今晚可以住下來吧？」
「可以。」安霓尤說。
「我得去幫菈瑪煮飯了，我們都是一塊兒下廚的——你們倆不妨趁這段空檔去歇會兒。」
「我想借用井水沖個澡，」她對他說：「我們早上五點就上路了。可以嗎？」
帕利帕拿點點頭。
瑟拉斯走進黝黑的草堂內，倒頭躺在鋪著草蓆的地上，他似乎因長途開車而筋疲力竭。安霓尤走回車上，從袋子裡取出兩條紗龍後回到空地。她站在井邊褪去衣物，解下手錶，身上只罩著一件薄紗，然後將水桶投進井裡，深處傳來一陣濺水聲，桶子沈入水中灌滿之後，她一拽繩子，將桶子拉了上來。她將一整桶水往身體淋下，冰涼的井水讓她的精神一下子抖擻起來；她再次將木桶擲入井中，這回她從頭上淋下，水花紛紛灑落在髮梢、肩頭，濕透了的薄布緊裹著身、腿。她當下領悟了爲何井會被奉爲神聖的象徵，它同時融合了儉樸與奢華。她寧可捨棄她所擁有的每一只耳環，只求換取在井邊的半個時辰。她一再重複相同的儀式。沐浴結束後，她脫去濕透的衣物，裸身面向習習晚風、落日餘暉站立了一會兒，然後圍上乾爽的紗龍，彎下腰將頭髮甩乾。

不曉得過了多久，她從椅子上醒來坐定，她聽到陣陣水花濺地的聲響，回頭看見帕利帕拿站在井邊，女孩正將一桶水淋下他裸露的軀體。他面朝著安霓尤的方向，毫無遮掩。他瘦極了，像是某種已經絕跡的遠古生物，幾近某種意念。菈瑪不斷地從他頭頂澆下一桶又一桶的水，他們不斷晃動身子，吃吃笑個不停。

清晨五點十五分，這群天未亮即起床的男人已經走了一哩路，行過街道邁向平野。他們吹熄了唯一一盞燈籠，信步走在黑暗中，赤足踩過泥濘、濕草。安南達·烏督嘎瑪走慣了夜路，他曉得他們正逐漸接近坑口——行經幾個錯落的遮陽棚屋，一堆堆剛挖出來的土塊散堆著，一部抽水機，然後便是地上那個三呎寬的坑洞。

四周籠罩著墨綠色的稀微天光，男人們的身形剪影在寬闊的平原上浮現，四下抖擻的鳥鳴似乎歷歷可見。他們陸續脫下背心，這群寶石礦工馬上就得潛入地底，匍匐在坑道內，在硬實的岩層中探尋礦脈。他們得在地底狹窄的坑道內攀爬，赤足涉過泥漿積水，用指掌刨挖夯土濕壁。每一班工人要在地底下待六個鐘頭。有的工人天黑進入坑道，直到天色大亮才出坑；有的則在薄暮時分回到地上。

此刻，男男女女立在幫浦旁。男人們多圍上一條紗龍，緊緊繫在腰際，將背心掛在棚架上。

安南達嘴裡含著一口汽油噴在化油器上。他一緊扯抽繩，馬達就應聲運轉，轟轟作響震動地面，接著水管便汩汩抽出積水。他們聽見一哩外的另一部馬達也啟動了。十分鐘後晨曦才會逐漸明朗，屆時，安南達和其他三個人早已經順著梯子進入洞內，從地表上消失。

工人入坑之前，七根擱在桶子內的蠟燭一一點燃，用繩索吊著送進三呎寬、四十呎深的洞內。蠟燭除了提供照明之外，也可以充當偵測空氣異變的警報器。蠟燭放在坑底，從此處岔出三條隧道，三個更深邃黝暗的深洞，就是他們即將前往的地方。

地面上現在只剩下女人，她們俐落地備妥桶、盆。十五分鐘過後，她們聽見哨音，於是動手將一桶接一桶的泥土吊上來。天光早已鋪滿拉特納普拉區的遼闊平原，幫浦的轟然聲響在整個地區此起彼落。婦女們利用坑內抽出來的積水沖洗泥土，篩濾從坑內挖到的值錢東西。

坑洞內的男人佝僂著身子賣力工作，渾身沾滿汗水和坑洞中的積水。若有人不慎被鑿刀割傷手臂或腿，流出的血水在昏暗的坑洞內即顯得烏黑暗濁。當燭火不堪洞內無所不在的濃重濕氣而熄滅，工人們便先平躺在積水的坑道內，等待離坑口最近的一名鑿工鑽進洞內，將蠟燭拿到坑外重新點燃後再送進來。

安南達值班至中午，他和一同進坑的工人們魚貫爬上梯子，在距坑口十呎處稍作停留，先讓眼睛慢慢適應洞外刺眼的陽光，然後再繼續往上爬出坑洞來到地面。他們走到土堆旁，由女人們拿著水管幫他們澆洗身體。水柱從頭上往下沖，淋灑在幾乎衣不蔽體的男人身上。

他們穿好衣服，動身踏上歸途。下午三點，在村子裡，他和姊姊、姊夫一同居住的屋子內，安南達已經喝得酩酊大醉，他從破草蓆上翻醒，拖著習慣性佝僂的身子踱到屋外，在院裡撒尿。他連站都站不穩，根本顧不得周圍是否有人盯著他瞧。

草堂內一片闃黑，所有東西都黯淡失去色彩，安霓尤能看得見的唯一發光物是瑟拉斯腕錶上的螢光指針。草堂內還擺著兩張捲起來的草蓆、一塊帕利帕拿至今還在使用的寫字板。由於他已近乎全盲，捲軸上的潦草字跡半像文字，半如塗鴉，兩者混雜在一起，難解難分。泰半清晨，他便坐在這個幽黯的房中，用筆捕捉時時流轉閃現的靈光。

大夥兒圍坐在女孩鋪在地面的布毯上，傾身以手指取用食物。瑟拉斯回想起過去帕利帕拿和學生們走遍各地，他們當時的用餐情景：帕利帕拿原本靜靜地進食，聆聽大家的討論，然後會突然發表他的意見，接著就是一串長達二十分鐘的獨白。於是瑟拉斯頭幾餐總是悶不吭聲，從不提出個人見解。他不斷暗地學習同學們和老師之間辯論的規則和方法——就像一個孩子自己手腳不動，站在場邊靜觀別人比賽，藉此學習比賽規則和技巧。若有學生們提出不成熟的意見，老師便會立即對他訓斥一頓，而大家也都信服他，因爲他一向律己甚嚴，因爲他總是剛正不阿。

你，帕利帕拿會突然伸出手指著某個人——他從來不叫名字，似乎認爲名字對於討論或研究無關緊要——開門見山便問：這個石刻是多久前鏤雕的？上頭缺了哪幾個字？繪製手臂部分的藝師叫什麼名字？

師生一行人的行程總是循著小路，下榻在三等招待所。白天用細刷清理鐫刻石板上的鑿痕，夜裡便將白日所見的庭園、宮殿的斷垣殘壁摹繪成配置圖。

「我將頭骨切下來是有原因的。」

帕利帕拿的手並沒有停下來，繼續掏碗拿菜，一面說：

「吃點兒茄子吧，這可是我的拿手菜……」

瑟拉斯心裡明白，每當帕利帕拿像這樣子突然打斷別人的發言，正是表示他急於想知道下文。那是一記小小的揶揄、嘲弄，用現實去挑動抽象概念。

「我分別拍下完整的骨骸與沒有頭的骨骸的照片存檔，同時我們得繼續分析這具骨骸——它的土壤成分、粉孢附著的狀態。茄子很美味……老師，您和我的工作始終不外乎探究古代岩畫、化石，要不就是重建乾涸的水景花園，關心大批兵卒爲何會揮軍北遷到乾燥區。我們能根據某位建築師過去修築冬宮或夏宮的特定營建技法，辨識出一座建築物出自何人之手。但是安霓尤活在現代世界，她運用的是現代科技，她可以用先進的鋸子切出骨頭切片，精確地算出骨骸的年代。」

「哦，怎麼辦到的？」

瑟拉斯閉上嘴，好讓安霓尤自己回答。她揮舞著沒用來抓食物的手，開始說明：「將骨頭切片放在顯微鏡下，便可以看見十分之一公釐那麼細的血管。隨著年齡增長，這些血管——正確的名稱應該是血道，這些血道會逐漸分裂、碎開，數目變得越來越多。要是現在我們手邊能有一部切骨機，要猜出正確的年代就不難了。」

「還是得用猜的啊……」他喃喃著。

「只有百分之五的誤差。我猜你看過的那顆頭顱屬於一個二十八歲的青年。」

「你有多大把握……」

「比起光在這兒摸摸、那兒捏捏有把握多了。」

「多神奇啊，」他轉向她：「你實在太厲害了。」

她尷尬地羞紅了臉。

「我猜你一定也能憑著一根骨頭，看出我這個糟老頭子的歲數嘍。」

「您今年七十六歲。」

「咦？」帕利帕拿折服了：「從我的皺紋？指甲？還是從哪裡看出來的？」

「我們離開可倫坡前，我已經先查過《錫蘭大百科》了。」

「哦，沒錯，沒錯，你運氣好，還能找到舊版的，新版本已經將我除名嘍。」

「那我們就得爲您立一座雕像了。」瑟拉斯說，好像有點吹捧過了頭。

接著是一陣彆扭的沈默。

「我這輩子看夠了石刻、雕像，我可不信那些玩意兒。」

「廟堂裡也有不信神的英雄啊。」

「你剛才說你切下頭骨是爲了……」

「我們還不清楚他是多久以前遇害的，十年前？五年前？還是最近？我們沒有設備可以查出來，他被掩埋的情形我們也無法得知，又不能找別人幫忙。」

帕利帕拿沈默不語，垂著頭，叉著手。瑟拉斯繼續說：「您曾經只憑目視就組合出一整座廢墟，也曾延請繪師將幾片殘岩重新拼湊成完整的圖象。我們現在有了這顆頭骨，我們需要找人重現他的外貌。設法查出這名在二十八歲身亡的人的身分，這是得知他遇害時間的唯一方法。」

沒有人挪動身子，這會兒連瑟拉斯也低垂著頭。他繼續說：「但是我們沒有專家，也不曉得該如何做，所以我才把頭骨帶到這裡來，由您告訴我們該往哪兒走，該做些什麼，這件工作得低調進行。」

「嗯，這當然。」

帕利帕拿先站起來，他們也跟著起身，然後他走出草堂步入夜色之中。帕利帕拿的舉止沒個準兒，他們只能一路隨他興之所至，如同跟著一頭脫韁犬。四個人漫行走到普庫納❾，立在黑黝黝的水畔。安霓尤心想：以帕利帕拿的微弱視力，這種四下無光的環境反而一點兒也難不倒他。而她自己踩著斜坡上砌嵌的石階，或是沿著石壁鑿建的磚石、棧板，簡直成了一頭在草地匍匐鑽爬的緩行獸。帕利帕拿即使視力有限，對這兒錯綜複雜的地形卻瞭若指掌。我再也不想離開這個地方，安霓尤心底想著，同時油然記起瑟拉斯也曾對她說過同樣的話。

「可曾聽過『開光大典』？」帕利帕拿喃喃問道，像是自言自語。他舉起右手指著自己的臉。他的問題似乎是衝著她，而不是瑟拉斯或女孩。

「這是一個『點睛』的儀式。需要由一名特別的藝師將佛像的眼睛畫上，這道手續必須留到最後才執行。這同時也是賦予聖像生命的儀式，如同電燈得裝上保險絲才能點亮一般，眼睛就像是那截保險絲。經過這道儀式，方能使毗訶羅❿裡供奉的雕像或畫像具有法力。諾克斯⓫

❾普庫納（pokuna）：湖泊或浴池。斯里蘭卡自中古時代即有蓄水的觀念，可說是斯里蘭卡中古文明勃發的重要因素。這類以人工修築的蓄水池幾乎遍布全島。

❿毗訶羅（vihara）：原意為「精舍」，苦行比丘的住所，在森林的一個住所、茅舍、單人房。

和庫瑪拉斯瓦米⓬都曾先後在著作中描寫過這項儀式，你該不會沒讀過庫瑪拉斯瓦米的著作吧？」

「讀過，不過這部分我不記得了。」

「庫瑪拉斯瓦米指出：未畫上眼睛之前，佛像只不過是一塊鑄鐵或一方頑石，但是只要經過這道程序，『祂從此成為神祇』。當然，佛眼也不是隨隨便便就能畫的，通常得由國王執筆，但是，若由一名專職的藝師、工匠來做則更爲妥當。現在當然已經沒有國王了，而且能夠不讓國王插手開光大典是再好不過了。」

⓫諾克斯（Robert Knox）：英國船員，一六五九年奉派到錫蘭東岸執行東印度公司的貿易任務，被坎地王羈留在島上。直到一六八一年才成功脫逃，回到英國後，出版他在錫蘭的所見所聞，該書是最早描述錫蘭風土民情的英文著作。

⓬庫瑪拉斯瓦米（Ananda Kentish Coomaraswamy，一八七七—一九四七）：研究印度、南亞藝術史的先驅，兼具斯里蘭卡和英國雙重血統。

安霓尤、瑟拉斯、帕利帕拿和女孩來到了一座安巴拉馬⑬，一行人圍坐在四方形的木造平台上，台子正中央點著一盞油燈。老者先前曾說過，他們可以到這裡聊天，甚至過夜。這是一座木造建築，周圍沒有牆，只有一頂高聳的天棚。白天，旅人和朝聖客用它遮陽擋日；夜裡，黑暗包圍著這座嶙峋的木製骨架，幾道簡單的樑桁架構出精巧的秩序感。這座依石而建的亭台，與周遭林樹、石礫渾然融爲一體。

天色已近全黑，他們隱約嗅到從湖面飄散過來的空氣，也依稀聽見隱匿的角落傳來蟲獸蠕動的聲音。每天晚上，帕利帕拿和女孩都會穿越樹林，來到這座安巴拉馬過夜。夜裡他會自行起身摸黑到平台邊緣小解，毋需喚醒女孩爲他帶路。他躺在平台上，聽著陣陣嘈雜聲穿透周圍的樹海。遠方的戰場，槍手無來由地放槍，耽溺在征戰的興奮之中——戰爭已經成了戰爭的主要目的了。

女孩在他左側，瑟拉斯在他右邊，安霓尤則面對著他。他察覺到這名女子站起身子，眼光並沒有投向他或遠處，而是望著水面。他也聽見水花飛濺，不知名的水中動物在平靜的夜裡出沒。一隻禿鷹振翅飛離林梢。橫在他與女子的中間——石頭上，昏黃油燈旁——則是那顆他們

⑬安巴拉馬（ambalama）：斯里蘭卡傳統建築，以四根柱子撐起茅草頂的木造涼亭。

帶來的骷髏頭。

「有一個男人，曾經擔任過點睛師，他是我所知道有史以來最傑出的一位，但是他已經歇手了。」

「不再點睛了？」

他從她的聲音裡聽出重新被挑起的好奇心。

「在典禮開始的前一晚，有一項專爲藝師舉行的準備儀式。善哉，藝師是特地被請來爲佛像畫眼睛的，而這項工作必須在清晨舉行，五點正，這也是當初佛陀得道的時刻。於是，準備儀式得在前一天晚上便開始，一一進行誦經、妝點寺院等工作。

「沒有眼睛並不僅僅代表盲瞽，亦是諸法皆空。藝師賦予神像的不只是眼界，也是眞理、存有。等到一切工作完成後，他會受到頂禮餽賞，獲贈土地或牛犢。他得穿過重重的佛殿大門，一身如王子般華麗的裝扮——全身披滿珠寶，腰際佩掛寶劍，頭頂覆罩金色紗蓄。跟在身旁的助手則負責捧著筆、墨和一面銅鏡。

「他蹬上架在佛像上的梯子，助手也同時爬上另一架梯子。這項儀式已行之數千年，善哉，許多文獻上的記載甚至追溯至第九世紀。藝師將筆蘸入墨中，轉身背對佛像，佛像的巨大雙臂恍如要將他擁入懷中。現在，筆已經飽蘸墨汁，助手面對著他，舉起手中的鏡子，藝師握著筆的手越過自己的肩頭，透過鏡子中反映的佛顏，不偏不倚地將墨塗進眼眶——只有鏡子能夠映照佛像的正面。整個儀式進行當中，任何人的眼睛都不能直視佛像的眼睛。經文持續朗誦迴繞著整座佛殿：萬般有為法，盡納諸佛界；加日月光華，庇種作益增……我佛慈悲，從此光明！

「他的工作可能得耗費一個鐘頭，或者在幾分鐘內完成，端視藝師當時的身心狀態而定。而他自己也全程不能直視佛眼，只能看到鏡中佛眼凝視的倒影。」

安霓尤立在稍後將用來就寢的木頭平台邊緣，心裡想著庫里斯。不曉得他現在人在哪兒，想必已經重回髮妻的懷抱，正忙得不可開交吧。安霓尤總是一昧逃避，不願面對他的另一面，那是他不願讓她介入太多的世界，而她自己也一直寧可掩耳盜鈴。

「爲什麼你不願放手，庫里斯？我們就到此爲止吧，這樣子繼續下去還有什麼意思？在一起兩年了，我仍然只像是你的午妻罷了。」

她和他並躺在床上，沒有肉體的接觸，只想盯著他的眼睛，一字一字明明白白地告訴他。他突然伸出左手，一把拽住她的頭髮。

「無論如何，別離開我。」他說。

「爲什麼？」她想抽身，但他絲毫不肯鬆手。

「放開我！」

他仍緊緊抓著。

她把心一横，往後一伸手，抄起他剛剛用來切鱷梨的小刀，刀刃在空中畫出一道弧線，然後捅進死抓著她的手臂裡。他大嘆一聲，啊——她彷彿看見黑暗中一道拖得長長的尾音ㄚㄚㄚㄚ……和他手臂肌肉上的刀柄。

她盯著他的臉，直視他平日湛藍的眼珠子剎那間變得無比灰黯，她眼睜睜地看著他原有的四十出頭的溫柔眼神轉瞬間消失無蹤。他的表情僵硬，情緒卻不斷高張，面對她出其不意的強烈反抗，他的腦中還是一片紛亂。她緊握著刀子的手雖然已經鬆開，但仍輕輕扶著刀柄。

他們互望著對方，誰都不肯讓步。她也不願抑制自己的怒氣。她再次把頭甩開，這回他終於放開抓在指間的濕頭髮。她轉過身子，拿起電話走進亮著燈的浴室，撥電話叫了一部計程車。她走回臥室，對他說：「記住我在柏芮哥泉（Borrego Springs）對你幹的好事，你愛怎麼告訴別人都隨你高興。」

安霓尤在浴室穿上衣服，化好了妝，然後回到臥室。她打開所有的燈，動手收拾行李。房間內所有的東西全都攤在亮晃晃的燈光下，她不致漏掉任何一件衣服。接著她將燈全熄了，坐下來等車。他仍直挺挺地平躺在雙人床上，一動也不動。她聽見計程車停下，摁了幾響喇叭。

她走向車子，感覺頭髮仍潮濕未全乾。計程車從「棕櫚汽車旅館」的招牌下駛離。這段拖了長久時日，在暗地裡進行，幾乎沒有其他人知曉的親密戀情，竟以如此決絕的方式嘎然而止。

直到她坐上計程車，直駛巴士總站，一路上她的胸口依然噗噗狂跳不止，恍若甫將一樁陳年祕密和盤托出。

她抬起一隻手攀在頭頂上方的橫椽，感覺自己此刻宛如化成一條長鞭，只要奮力一抖，就能擊送到遠處。帕利帕拿面朝著安霓尤又唸了一句：我佛慈悲，從此光明！瑟拉斯一邊聽著帕利帕拿說話，煤油燈的昏黃光暈下，她蒼白的手臂清晰可見。「當工作完成，點睛的藝師被蒙上雙眼，由別人引領他步出佛殿。國王則會犒賞在場參與儀式的所有人，這些都有記錄可查：他重新釐定疆界——高山、平原、叢林、湖泊。他御賜繪師三十袋稻籽、三十件鐵器、十頭公水牛引進柵、十頭懷著幼犢的母水牛。」帕利帕拿的談吐好像總是摻著他牢記在心的古籍中的文句。

「母水牛與幼犢，」安霓尤輕聲地自言自語：「稻籽……待遇可眞不賴啊。」不料，她的話還是全被帕利帕拿聽進耳朵裡了。

「可不是嗎……古時候，國王也算是禍源之一哪，」他說：「即使是當時，也沒有什麼是可以讓人篤定相信的。我們從未眞正擁有過眞相，就算你用骨頭也找不著。」

「我們用骨頭來探尋眞相，『有了眞相才能得到眞正的自由。』⑭我相信這句話。」

「在這個世界上，大部分時候，眞相有時候只是片面之辭。」

遠方傳來一記響雷，大地和樹林彷彿都應聲迸裂、移位。木造的安巴拉馬宛若一葉扁舟，也像一張四板拼成的大床，在黑暗虛無間漂蕩。或許他們根本不是碇泊在岩上，而是浮盪於河心，漂漂無所依。她躺臥在平台前緣的一片床板上。方才的雷聲已將她驚醒，她聽見帕利帕拿每隔幾分鐘就輾轉反側，好像他始終找不到適切的入睡姿勢。

安霓尤又潛回自己的思緒中，再度想到庫里斯。無論他此刻身在何方，她總覺得身上似乎與他繫著一條絲線，越過汪洋、風暴，彷如孱弱的電話纜線，被樹枝纏繞，被深海的岩層阻障。他是否還牢牢記著她走出柏芮哥泉旅館房間的那一幕？兩人原本都還期盼共度一個花好月圓的春宵。那天夜裡她曾決定稍晚要打一通電話給他，好確定他的意識是否仍然清醒，但是滿腔高漲的怒火讓她終究沒有採取任何行動。

⓮原文為：「The truth shall set you free」。語出《聖經・約翰福音》第八章，三十二節：「You shall know the truth and the truth shall set you free.」（你們必曉得真理，真理必叫你們得以自由。）

瑟拉斯在安巴拉馬旁的岩石上劃亮一根火柴。原來底下並不是一條河。閃動的火光中，她聞到紙菸的焦味，一隻昆蟲在草叢內蠕行，聲如旋緊手錶發條，牠也是修行僧森林中的居民。「酷虐殘殺永難止息啊。」她聽見帕利帕拿的聲音。

黑暗中，他持續說道：「即使身爲僧侶——就像我的兄長，激情或虐殺終會找上你。因爲，如果社會不存在，僧侶亦無安身立命之所。要遁入空門，你得先成爲社會的一分子，並從中去參悟道理。此乃隱修的弔詭之處。我的兄長爲了避世而藏身於佛門之中，紛擾的俗世仍舊如影隨形緊跟著他。他被殺身亡時年屆七十，或許自他頓悟起便種下了殺身之禍的因——要決然避世，談何容易啊。所有的兄弟姊妹只剩下我一個人至今還活著，我的妹妹也已經去世了，這個女孩便是她的女兒。」

這個女孩——菈瑪，幾年前曾親眼目睹自己的雙親被殺。在父母遇害後一個星期，這名十二歲的孩子被送到可倫坡北部，寄身在一所由比丘尼管理的官方救濟院，這個機構專門收容在內戰中失去父母的孩童。歷經雙親被殺的驚駭，小女孩的內心深處因而產生巨變，她的語言和行爲能力雙雙退化至幼兒階段，加上伴隨年齡漸長的乖戾情緒，她從此閉鎖自己，不願再讓外界侵擾她。

她鎮日都躲在角落，不肯開口說話，毫無反應長達數月之久，也從不踏出房門到戶外活動筋骨。菈瑪還長期遭受惡夢的折磨，對周遭可能發生的危險缺乏應變能力。即使身處乾淨的房舍、舒適的床鋪，這個孩子也知道粉飾著宗教太平的環境是多麼虛假易碎。當帕利帕拿——她僅存的親人——前來探望她時，才發現院方無法給她適切的幫助，任何突然的聲響都會嚇著她。她會將指頭戳進食物裡翻攪，擔心裡頭藏著蟲子、碎玻璃，她不敢安安穩穩地睡在床上，老是躲進床鋪底下。而當時正是帕利帕拿遭逢事業危機的時期，加上他青光眼末期的殘餘視力也正在不斷消退。儘管如此，他還是將這個孩子領出來，一老一小搭了火車北上到阿耨羅陀普羅。整趟旅程途中，小女孩都驚恐不已，接著他帶著女孩坐上牛車進入森林修道院，在修行僧的密林裡的草堂和安巴拉馬落腳。沒有任何人知悉他們的行蹤。就這樣，一名老者帶著一個十二歲的稚女——對人世間的一切事物驚駭不已，即使面對著這個曾經帶著她進入乾燥區的親人也充滿恐懼的女孩——一起逃離了世界。

他費盡心思要將女孩自後天的閉鎖狀態中拯救出來。她將過去習自父母的一切都深埋在心底，於是帕利帕拿——這位舉國最偉大的金石學家，從兩方面親自調教她——一方面教導她背誦字母的技巧和造詞能力，另一方面則將自己所有的知識傾囊以授。在此同時，他的視力漸漸消失，行動漸趨遲緩，只好誇張地加強加大動作（要一直等到後來當他慢慢習慣了黑暗和女孩，動作才變得和緩許多）。

即使她滿懷忿懣，對世界極力排拒，但他仍始終對她充滿信心。他巧妙地將戰爭、中世紀的經頌、巴利文和語言融進日常的言談之中；他說所有的歷史、征戰都將一一遠離，只能存活於記憶之中——一如寫在草紙上編成貝葉書的經頌，都會被蟲齧蠹蝕，風摧雨殘，終將漫漶、消失——而人類一切苦難、華美的印記只有石、岩能永恆留駐。

女孩多次隨他一起遠行——步行兩天到米興塔勒的古代會館遺址，一步一步拾級登上一百三十二級的長石階，怯生生的女孩緊緊攙扶著盲眼的老人。當他執意搭巴士到波隆那努瓦，只爲了能在生前最後一次面對石經，親手撫摸上頭的鴨紋雕飾——綿延無止盡的鴨紋。他們搭上牛車，他能依憑嗅覺和聽覺，感知橡膠樹林的氣味和嗡嗡囈囈之聲而得知身處何地。一察覺附近有一座半頹的佛寺，嶙峋老者便下了車，而她則亦步亦趨跟隨。「芸芸蒼生，而我亦然，皆由歷史所形塑，」他說：「但我所鍾愛的三個地方——埃蘭卡勒（Arankale）、喀魯地亞古浴場⑮、芮提嘎拉（Ritigala），卻不在此限。」

於是他們的行蹤再度延伸至南方，直抵芮提嘎拉。他們乘坐牛車徐徐前行，她惶惑不安的心境漸漸平復。接著他們耗費數個鐘頭登爬聖山，穿越充斥聒噪蟬鳴的燠熱叢林，迂迴徒步上

⑮喀魯地亞古浴場（Kaludiya Pokuna）位於米興塔勒南郊的蓄水湖。

山。當兩人步入森林時，沿途只摘折了一節樹枝當做供禮，此外無所取損那兒的一草一木。

他所造訪的每一根古代石柱，他都一一貼近並加以擁抱，一如陳年舊識久違重逢。他大半輩子從石壁、岩刻上發掘歷史，直到晚年，他才發現那些被刻意隱埋的歷史眞貌，這也改變了他早年的史觀和認知，同時也領悟了：基於某些需要，歷史亦不得不加以隱藏、虛構。

他曾在雷電交加中辨識岩石上的細淺刻紋，冒著雨一一記錄它們，唯一的光源只有岩洞外沿上，一盞小小的硫磺燈或一簇用細枝燃起的火堆。古老、隱晦的刻痕之間娓娓對話，長年獨自往來於官方與非官方領域的踏查行腳，長達數星期的靜默不語，使得他只能與石壁進行對話——一名金石學家從四世紀以來石匠的特殊鑿工中，無意間發現了不爲人知的諱史隱匿在字裡行間，一段遭君王、國家、僧侶聯手壓制的史實。這些詩文記載了被掩隱的歷史黑暗面。

菈瑪總是不發一語，眼觀、耳聽他口中不斷唸唸有詞，心中則默默記下老人的喃喃訴說。他將斷簡殘篇補綴起來，拼湊成完整的圖像。不管她是否能夠明辨他的見解是否爲眞，畢竟，這個與他——她母親的親生哥哥——一路相伴的女孩總算得到內心的安穩。午後，他們在草堂內席地而眠；夜裡，便住進安巴拉馬。幾近眼盲的老者將畢生所知全部灌注給她，而殘存視力的最後幾日，他只是專注地凝視著她。

當他終至全盲後，她取得了他過去不曾賦予她的權力，日常作息皆由她全權安排。她在周圍的一舉一動，他都已經看不到了。她卸除了上衣，半裸地生活，某種程度顯示了她的心裡狀態。她像個男子般圍上紗龍，帕利帕拿完全看不見這些改變，也不知道兩人談話時，她的左手把玩著自己鼠蹊部甫長的恥毛。除了確保老者的安適之外，沒有任何旁務能夠規範她的行爲。當他行進時，她會彎下身子提醒他橫在腳前的樹根。每日晨起，她便燒水幫他洗臉，然後爲他刮臉。他們早睡早起，作息依循日月的昇落。在瑟拉斯和安霓尤出現前，她已經和他過了整整兩年這樣的日子。他們來了以後，他們闖入的是其實她的家，而非帕利帕拿的，但女孩還是退居一旁；他們擾亂了她日常生活的規律節奏。安霓尤偶爾會見到老者表現出謙遜或和藹的手勢、言談，那都是對著菈瑪，而說話的音量，只及一步之遙，他們也絲毫毋需顧慮安霓尤與瑟拉斯會聽見。傍晚時分，女孩會盤坐在他的腿彎中，而他的雙手揉梳著她的長髮，用纖細的手指爲她挑揀頭蝨，她則搓揉著他的雙足。他起身行走時，她則會輕扯著他的袖子爲他引道開路。

*

帕利帕拿死後，女孩將遁入叢林中，晝伏夜出，在林中僵靜宛如樹皮。

她會在帕利帕拿裸露的遺體上披覆椰葉——這只是葬禮的其中一道步驟；然後將他生前最後的筆記縫綴在他的衣物上。她已在湖畔備妥火葬用的柴堆——他一向喜歡湖邊的各種聲響。此刻，粼粼波光映照著閃動的火光，她將帕利帕拿的睿語刻在岩石上——那是他最早對她說過的幾句話之一，牢牢支撐著她度過那段惶惑不安的日子。她將字句鐫在岩石接近水面的位置，隨著潮汐升降，水中的倒影與正像相映成爲兩組文字。她站在湖中，水深及腰，照著帕利帕拿曾經對她形容過的藝師勒石一般，專心致志地將一個個僧伽羅字母鑿進石面。他曾在眼力漸失時，仍帶著她四處造訪古蹟、遺址，引領她目睹那些椽紋——永無止盡的鴨紋，於是她也依樣將鴨紋鐫在他的句子兩側。一呎來長的銘文如今仍然泡在喀魯地亞古浴場，時隱時現，成爲一則古老的傳奇。而在帕利帕拿彌留的最後一個禮拜，女孩立在水中奮力鑿刻，將帕利帕拿搬移到湖邊，將他的手托放在水畔的石面上，其實並非久遠前的事。他點點頭，憶起他曾說過的這些話語。從那一刻起，他便躺在湖邊，沒再離開。每日清晨，女孩裸身攀下岩石，用力敲鑿。生前最後這幾日，他便伴隨著這刺耳卻又充滿無盡包容的聲響，彷彿她大聲地絮絮訴說。岩石上只刻著一個句子，沒有他的名字、生卒年月，只有她謹記不忘的一句溫柔話語，此刻化爲摩崖勒石，與湖光水色爲伴。

他將歷盡風霜的眼鏡留給女孩，當女孩在他衣服上縫綴完所有的筆記，身上只帶著這副眼鏡，就像揣著一只護身符，逸失在森林深處。

*

然而，那天晚上，安巴拉馬裡來了兩位陌生人，女孩察覺出安霓尤輾轉反側、難以成眠，也看到瑟拉斯嘴上叼著的紙菸在黑暗中明明滅滅。帕利帕拿一起身，女孩便知道他要開口接著前一段話，渾然不覺先前已靜默了一個時辰。

「我提到的那個人——那名藝師——曾經遭逢巨變。他現在是一名寶石礦工，每個星期有四、五天得進坑工作。我聽說他是個嗜酒之徒，和他一道在坑底工作可不大保險。也許他還在那兒。他曾經是個擔任點睛的藝師——延續他父親、祖父的工作。我認爲他是其中最傑出的一位。我想他就是你們該找的人。還有，你們得付錢給他。」

安霓尤說：「付錢給他做啥？」

「他能將顏面還原。」黑暗中，瑟拉斯喃喃說道。

翌日他們啓程準備返回可倫坡。對於要離開這位充滿神祕魅力的老者和這座森林道場，兩人都深感依依不捨。他們一直待到太陽下山，氣溫轉涼，等帕利帕拿和女孩到安巴拉馬安歇後才動身離開。過了馬塔勒以南約莫一個鐘頭，車子拐過一個轉角，瑟拉斯突然瞥見迎面出現了卡車的燈光，他趕緊急踩煞車，一陣劇烈的顫抖，車子滑行到路肩的碎石地上。他們這才發現前方的車燈並沒有移動，卡車和他們面對面停在路面上，車頭燈仍兀自亮著。

他鬆開煞車，車子緩緩向前滑行。她本來睡得正安穩，這會兒她將頭伸出窗外探望。卡車的車頭正前方有一個男子，敞開雙臂仰臥在路面上。他的身軀上方的卡車顯得巍昂巨大，刺眼的車頭燈直挺挺射向前方，但是男子的身軀位於光束下方的暗處。他上身赤裸，兩隻光腳丫大剌剌地翹得老高，兩手也張得大大的。他們原先的驚嚇被眼前突梯的滑稽景象取代。他們的車子靜靜地滑行，四下無聲，甚至沒有狗吠、蟬鳴。卡車的引擎也是靜悄悄的。

「他是司機嗎？」她悄聲地問，生怕戳破一片闃靜。

「有時候他們會這樣子休息、小寐片刻。就這麼把車子停在逆向車道上，亮著燈，然後往路面上一躺，睡個把鐘頭。或許他只是醉倒了。」

他們繼續往前趕路。安霓尤現在完全清醒了。她背靠著車門，以便可以看著瑟拉斯說話。強風不斷從開敞的車窗灌入，她聽不清他講了些什麼。因爲工作的關係，他時常開夜車，自從妻子過世後，跑夜路的情形就更多了，他說，每個星期總得跑兩趟——北上普塔蘭（Puttalam）或南下到海岸區。他常帶著一班學生，沿著明蝦養殖池的堤岸，一路搜尋古蹟、遺址的蛛絲馬跡，或是到阿耨羅陀普羅監督石橋的修復工程。

車子甫行經安倍普沙（Ambepussa）不遠，再過不到一個鐘頭就會進入可倫坡市郊。「我年紀還小的時候，我父親常和我們玩打賭遊戲——賭我們會路經幾個睡在卡車底下的醉漢，賭我們會路經幾條狗，如果睡著的人身旁有一條狗則可以加分。有時候還會一口氣看見三、四條狗躲在卡車的影子底下哩。他用這種遊戲好讓自己開車時保持清醒，他可眞愛打賭。」

沈默了好一會兒，瑟拉斯才繼續說：「他這一輩子都好賭，我們小時候還不瞭解這些。他有一份規規矩矩的正當職業，而且還是一位頗孚眾望的律師，我們原本是個穩當的家庭，就因爲他沈迷賭博，家境也跟著時好時壞。」

「孩子最需要的就是一個安定的環境。」

「沒錯。」

「當你認識你的妻子時，你很確定，你是否……你們兩人是否……？」

「我只知道我愛她，但我從不確定我們是否合得來。」

「瑟拉斯，你先把車停下來好嗎，」他右腳放開油門，她聽見車身發出低沈的悶吼。車速減慢，但並未完全停止。她緊閉雙唇，兩眼直直盯著前方的一片漆黑。他將車子駛到路肩，兩個人呆坐在黑漆漆的車廂裡。

「剛剛那兒，卡車旁邊連一條狗也沒有。」

「嗯，我剛剛話才說完也注意到了，有點兒不對勁。」

「也許那個村子不養狗……我們得回頭。」她的眼光從路面移向他，接著汽車緊急迴轉了半圈，重新駛進北上車道。

二十分鐘不到，他們回到了卡車停車處。車身底下的男子還活著，但無法動彈，幾乎不省人事。他的兩個手掌分別被兩枚大鐵釘固定在柏油路面上。他是這部卡車的司機，瑟拉斯與安霓尤一走近，他的臉上登時泛起驚恐的表情，似乎以爲原先那班人回頭要對他施加毒手了。

瑟拉斯撬起鐵釘鬆開司機的手，她則用雙手托住他的臉。

「你得暫時將釘子留在他的手中，」她說：「先別拔出來。」

瑟拉斯向男子解釋她是一名醫生。他們從卡車上找出一條毛巾爲他包紮手上的傷口，然後將他攙到汽車後座。車上只剩下不及半瓶的提神飲料，他一口喝光了。

他們再度啓程往南趕路。她每次回過頭察看男子的情形，只見他始終睜著一雙大眼睛回瞪他們。她對瑟拉斯說他們需要食鹽水。一看見前方有稀微的燈光，她便將手攀在瑟拉斯臂上要他停車。汽車靜靜地停下，他關熄引擎。

「這是哪裡？」

「嘎拉匹提村（Galapitigama）——美女村，」他說，口氣像哼歌。她瞅了他一眼。「不是我說的，是麥克阿爾賓（McAlpine）說的。」

她下了車，朝一戶亮著燈的民家走去，一陣菸草氣味撲鼻而來。瑟拉斯跟過來，對著門內說：

「我們想跟你們要點兒鹽巴和熱水，如果沒有熱水，冷的也行。請裝在小碗裡，我們要帶走。」

門一打開，映入眼簾的是一屋子人，正蹲坐在地上忙碌著。七個男子在地上圍成一圈，有的人負責捲菸葉，有的人拿秤子秤菸草，有的人則用細繩將捲好的紙菸捆成小包——黑夜裡進行的非法勾當。每個人都只圍著一條棉布紗籠，全擠在燠熱、門窗緊閉的屋子裡，地板上擱著三盞油燈和幾堆已經處理好的紙菸。在搖曳的燈火映照下，所有人的身體都呈現一半暗褐、一半亮紅。每個人身上的紗龍全都是同款式的藍綠花格紋。

開門的赤膊男子盯著他們身後的汽車，因不清楚叩門者的來意而顯得緊張兮兮。瑟拉斯向他解釋他們需要一壺熱水和鹽之後，隨之靈機一動，開口問那名男子是否肯賣給他一些紙菸，這下子男子才露出笑容。

她和瑟拉斯站在門檻前等候，房內另一名男人從房間另一端的門走出去，他再現身時一手捧著鹽，另一隻手托著一隻小碗。安霓尤抓住他拿鹽的手腕輕輕一扭，將鹽撒進碗中，不一會兒工夫，鹽巴便在水裡化勻了。

她鑽進汽車後座，坐在卡車司機旁邊，瑟拉斯轉頭朝他說了幾句話，這名男子才遲疑地伸出左手交給她。安霓尤就著頂燈的微弱光線，將手帕泡進食鹽水裡，再取出來擰在還留著穿掌大鐵釘的男子手掌上。接著換另一隻手，然後再和前一隻手輪流交替。

瑟拉斯重新發動引擎。

空蕩蕩的公路兩旁沿途盡是樹林，引擎的低吼充斥在一片寂靜裡，安霓尤和瑟拉斯和這個受傷的男子，寂靜的世界中，三人彷彿被一根無形的線緊緊相繫。偶爾行經一處村落，偶爾經過一處無人路障，車子便減慢速度，小心翼翼從狹縫中穿過。當他們行經一盞路燈，安霓尤看到水碗裡現在已經全成了血水，但她仍繼續敷拭他的傷口，因爲這樣可以讓他平靜並保持清醒，防止他休克。一施一受之間，兩個人無言地交流著。不斷重複的動作讓他們都覺得有點睏了。

「你叫什麼名字？」

「古納仙納。」

「你住在這附近？」

男子的頭微微一晃，機警地不置可否，安霓尤露出一絲苦笑。過了一個鐘頭，他們駛進可倫坡市區，然後將車子直接開到急救中心。

# 小弟

北中省❶境內每一所基礎醫院的手術室裡，必定都會擺著這四本書：哈蒙的《越南地區二千一百八十七宗連續性腦部貫穿創傷案例分析》、史汪父子合著的《槍傷研究》、C・W・休夫斯的《韓戰期間的動脈修補術》，和一本《外科手術年鑑》。醫師動手術時，總會由一名醫院的護工在一旁爲他依序翻頁，好讓醫師能先草草讀過內文，然後再回頭繼續操刀。連著兩個星期下來，每天持續工作十五個小時之後，他們已經毋需再藉助教科書，也都能動作流利地處理傷口或進行縫合，但這幾本書仍被保留著，以供新進醫師訓練之用。

❶北中省：斯里蘭卡全國共分為九省，從北到南分別是：北省、北中省、北西省、東省、中央省、烏瓦省（Province of Uva）、西省、沙巴喇嘎穆瓦省（Province of Sabaragamuwa）以及南省。

不知道哪個人在這所北中省醫院的醫生休息室裡留了一本《門當戶對》，和一堆破破爛爛的平裝小說混在一起。這本書一直被冷落在一旁，歷經整場戰爭，只有候勤的人偶爾會隨手取來翻幾頁，讀讀封底文案，然後再規規矩矩地放回原位。其他較受青睞的幾本書則是厄爾・史丹利・嘉納、蘿絲瑪麗・羅傑斯、詹姆斯・希爾頓和華特・泰維斯的小說，就像匆忙中囫圇吞嚥一個三明治，這些書才是適合用來消磨個把鐘頭，暫時忘卻戰爭陰霾的理想讀物。

組成整座院區的幾幢建築物大多已有近百年的歷史，若非戰事持續擴大，它現在恐怕還只是慘澹地營運著。承平時期即已陳設的告示，歷經一波接一波的暴力摧殘，仍兀自矗立在中庭的草坪上。奄奄一息的士兵若想晒太陽或吸點兒新鮮空氣，便被安置在那兒嚼著嗎啡藥錠，身旁就是一面「禁止嚼食檳榔」的告示牌。

一九八四年三月起，陸續開始出現所謂「計劃性暴行」的受害者。幾乎清一色全是二十來歲的男性，遭地雷、手榴彈或迫擊砲的彈屑所傷。值班醫生紛紛放下手中的《棄卒保后》或《茶莊新娘》，動手忙著止血。他們開刀取出肺臟裡的鐵片，縫合裂開的胸膛。年輕的醫生迦米尼曾經在醫學教科書裡讀過一句他喜愛有加的句子：「診斷出血性創傷時，須格外提高警覺。」

戰爭開始的頭兩年，超過三百名被送到醫院的死傷者皆因爆炸造成，後來隨著武器逐步升級，北中省分的戰鬥也加倍慘烈。游擊隊不但取得軍火販子走私的國際水準級的武器，並且自行研製土製炸彈。

搶救生命是醫生們處置傷患時的優先準則，四肢的保全與否則爲次要考慮。大多數死傷者都是由手榴彈造成，一方硯池大小的炸人地雷則幾乎毫無例外地將雙腿炸斷。只要鄉間有基礎醫院的地方，附近就會有新聚落如雨後春筍般冒出來，以因應大量的復健需求，「假腳」的產業也隨之出現。在歐洲，配一枝全新的義足得花兩千五百鎊，而在這兒，只需花三十鎊就能裝一根假腳——便宜多了，因爲在亞洲，斷腿的人用不著穿鞋。

單單一次攻擊事件就能讓醫院在一周內用罄所有的止痛藥，接下來只好聽任傷患們被陣陣痛楚折磨得死去活來。院內到處充斥著令人肝膽俱裂的淒厲哀號，爲了不讓自己神智錯亂，傷患們只能倚賴身上僅存的感官，緊緊攫抓周圍任何熟悉的事物——用來刷洗地板、牆壁的沙威隆消毒藥水的氣味、「幼兒注射室」牆上的卡通人物……。戰爭進行著，醫院的古老使命也持續著。午夜時分，迦米尼甫結束一場手術，他穿過中庭走進收容病童的東側病房。母親們也都一直待在那兒，她們坐在凳子上，上半身趴在病床上，挽著孩子的手入睡。這種時節看不到多少父親。他看著那些孩子，他們根本感覺不到父母親的臂膀。他剛才在五十碼外的急診室裡，還聽見成年男子們哭爹喊娘，他們不住地慘叫：「別走呀」、「我知道你不會丟下我！」從那一刻起，他徹底不再相信一切人世間所謂的公理正義，他唾棄所有支持這場戰爭的人。什麼國家統一的偉大理想，什麼國土不容分裂，甚至連伸張個人權益的任何主義也不再能打動他，這些動機到頭來總是以無法控制的混亂爭鬥收場，這批人比起他們的敵人好不到哪裡去，全都是一個樣。他只相信這些伴著孩子入睡的母親，她們散發出偉大的母性光輝，孩子們才能在夜裡安穩入眠。

十張病床靠著病房的牆邊安置，房中央擺著一張給護士用的桌子，迦米尼喜歡這種嚴密守護下的秩序感。如果只有幾個鐘頭的空檔，他總是寧可不回醫生宿舍而選擇上這兒來，隨便挑一張空床躺下。即使無法入睡，他仍能感覺自己被這個國家其他地方已蕩然無存的某些東西圍繞著。他企盼母親的手也能牢牢地擁他入懷，環抱著他，為他遞上一方沁涼的擦臉巾。他轉頭看著黃疸病童沐浴在灰藍色的光線中，儼然一幅古典透視畫。固定波長的迷濛藍光泛著猶勝白光的暖意，「把病傳給我。給我一道光束。」迦米尼盼望自己也能沐浴在那團光暈之中。護士看了看腕錶，離開座位走過來喚醒他，他並沒有睡著。他起身和她喝了一杯茶，然後離開也是滿室苦愁的小兒科病房。當他經過壁龕時，伸手摸了摸裡頭的小佛像。

迦米尼穿越雜草蔓生的中庭，回到戰傷病房。等候開刀的和已動過手術的傷患看起來所差無幾，唯一不變的是：明天還會送來更多死傷者——遭刀砍箭刺的、遭地雷炸傷的、面目全非的、肚破腸流的、全身癱瘓的……

若干年前，可倫坡盛傳著一則關於林納斯·科利雅醫生的小道消息——林納斯·科利雅是一位自行開業的神經外科醫生，繼承三代的醫學世家傳統，其家族名聲一如銀行金庫一般堅實響亮。戰端初啓時，林納斯．科利雅年近五十。就像其他大多數同業一樣，他也認爲這場內戰純屬不智，不同於其他人的是：他的私人診所在戰爭期間仍持續開業，而且首相和反對派的頭子都是他的顧客。每天早上八點，他會上迦伯芮髮廊做頭部按摩，九點開始看診直到午後兩點，然後帶著一個貼身保鏢去打高爾夫球。他會在外頭用餐，趕在宵禁前返家，在冷氣寢室內安歇。他結婚十年，育有二子。他是個廣受愛戴的人，不管對誰總是彬彬有禮，因爲這是不惹禍上身的簡方良策，他行事低調、謙恭，因爲這不但可以避開那些不相干人等的耳目，這小小的卑屈還能讓他安然躲在一層保護膜裡。他對街坊百姓根本沒有興趣，或者說，根本無暇關照，但他總表現出某種禮貌、某種姿態來掩飾。他還喜好攝影，晚上會自己沖洗照片。

一九八七年的某一天，當他在果嶺上揮桿時，隨扈被槍殺身亡，而他則遭到綁架。幾個人從樹叢中緩緩現身，不在乎被他看見的從容神態讓他更是驚駭莫名。他原先一直與隨扈在一起，現在隨扈已癱倒在他腳旁，一伙人將他團團圍住，他們剛剛在四十碼外開了一槍，準確地射中隨扈的眉心，不偏不倚。

他們冷靜地操著一套自創的語言對他說話，這再度加深了他的焦慮。他們狠狠地揍了他一拳，一根肋骨應聲斷折，這是要他安分聽話的警告。接著一伙人押著他走回汽車，隨即離開現場。過了幾個月，依然沒有人知道他的下落。家人曾向警方、首相、反對派的首領求助，而他們全都只能深表憤慨。始終未聞綁匪要求贖款的訊息。這就是發生於一九八七年的可倫坡奇案，雖然懸賞啓事不時見諸報端，但一切都宛如石沈大海。

林納斯·科利雅失蹤八個月後的某一天，他的夫人與兩個孩子待在自宅的時候，一名男子登門交給她一封丈夫捎來的信。男子走進家門。信文很簡短，上頭寫著：如果你還想見我，帶著孩子一起來。如果你不想，我也會諒解。

她一靠近電話，男子便亮出手槍，她嚇得不敢動彈。她的左側有一方漂浮著幾朵花的小水塘，值錢的東西都擱在樓上。她呆立在原地，萬般思緒閃過心頭，孩子們都待在他們自己的房間裡。這並不是一段很愉快的婚姻，雖穩當安適卻稱不上快樂，說穿了她只不過是貪慕這種衣食無缺的生活。然而這封短箋僅有寥寥數語，卻滿載著她始料未及的情意。這封信令她進退維谷，短短幾句簡單的陳述，卻透著鮮明的慈悲體諒，歷歷分明。事後她想，要不是這樣，她絕不會動身前去見他。她低聲告訴男子她的決定，他回了幾句她聽不懂的自創語言，讓她想起在她丈夫失蹤之初，曾有部分新聞報導說成一樁外星人的擄人事件。此刻站在自宅玄關，這些古怪的想法又無端湧進她的心裡。

「我們跟你走。」她又大聲地說了一遍。此時，男子向她走來，遞給她另一封信。

同樣沒頭沒尾的信文，寫著：請將這幾本書帶來。下頭列出幾本書的書名，共有八本。男子告訴她：這些書就放在醫生的看診室裡。她要兩個兒子多帶些衣物和鞋子，而她沒有爲自己準備任何行李，只帶著他交代的書。他們一行人走出屋外，男子要他們登上一部引擎已經發動的汽車。

林納斯・科利雅摸黑走到帳篷，一鑽進帳內便一頭栽倒在行軍床上。現在是晚上九點，如果他們現在動身的話，大約得花五個鐘頭才能到得了這兒，他交代過那個男子，他的太太會獨自在家的大約時刻。他需要睡眠，他已經在療傷帳篷內工作了將近六個小時，即使午餐後曾小寐片刻，現在他也已經筋疲力盡了。

自從在可倫坡被人強行帶走，他就一直被羈留在這座叛亂分子的營區裡。他們大約是在兩點過後不久逮捕他，不到七點就已經置身在南方的丘陵地。一路上沒有人對他說話，他們只是用他聽不懂的蠢話相互談笑取樂，他不明白他們這麼做究竟有什麼用意。直到抵達營區之後，他們才操僧伽羅語吩咐他該做什麼事。他們要他擔任他們的醫生，完全不用幹其他任何事。口吻並不嚴厲，他沒有感受到言語中有絲毫脅迫的意味。他們告訴他：幾個月後就會讓他見到家人，還說他現在可以先去就寢，但是天一亮他就得幹活。幾個鐘頭後，他們喚醒他，告訴他有急診，然後提著燈籠引他來到療傷帳篷中。他們把燈籠吊在一具半死不活的軀體上方，要他在火光下施行頭部手術。這個人顯然已經回天乏術了，但他們仍堅持要他開刀。他自己身上被打斷的肋骨猶隱隱作痛，每次只要一彎身就令他痛不欲生。過了半個鐘頭，那名傷患終究還是嚥了氣，他們提起燈籠，巡到下一張病床，上頭靜靜躺著另一名被子彈射傷的傷患。那人膝部以下的雙腳必須進行截肢，不過這回傷患畢竟是存活下來了。直到深夜兩點半，林納斯・科利雅終於得以休息，六點鐘一到，他們又將他叫醒開始工作。

過了幾天，他要求他們為他準備幾件白袍、幾副橡膠手套和一些嗎啡，他列了一張清單交給他們。當天夜裡，他們便突襲了古魯圖拉瓦（Gurutulawa）附近的一家診所，為他搶來了醫療用品，還順道擄來一名護士。而這名護士，說來奇怪，同他之前一樣，對自己的遭遇始終沒發出任何怨言。雖然他私下對這整件事頗為不悅，並對這個世界竟變得如此不堪感到心灰意冷，但是，過去的生活中慣常抱持的虛偽態度，還是得在這兒繼續下去。他實在無法感激他們為他幹的好事，從此，若非萬不得已，他絕口不提他需要的任何物品。而他也漸漸習慣物資匱乏的工作方式，甚至頗為自豪。他曉得如果他開口要求任何一樣東西——不管是注射針筒、繃帶，或是一本書，只要開一張清單交到他們手上，快則一周，慢則六個星期，他總能拿到手。頭一椿醫院攻擊事件是他們唯一一次專為他策劃的行動。

他不確定他們打算羈押他多久，於是他陸續將各項手術所需的技術傾囊傳授給那名護士。羅莎琳年約四十，外表看似平庸其實卻相當聰慧。他總要她跟著他在一群傷患之中一起動手術。

在此地過了一個月後，他自覺不再思念妻小，甚至將可倫坡的生活也拋諸腦後。倒不是因為他在此過得自在愜意，而是忙碌的工作盤據了他的所有思緒。

他的心中再也無力感覺憤懣或羞辱。清晨六點持續工作到中午，兩個小時稍事午膳、小寐，然後接著繼續工作六個小時，如果是戰事進行期間，他還得加班。護士則始終緊跟在他身邊，她也穿上一件他之前要來的白袍，這讓她頗爲沾沾自喜，她每天晚上洗好它，好讓它隔天穿起來仍潔白如新。

又是一個一如往常的日子，唯一不同的是：今天是他的生日。他走在通往營帳的途中才猛然想起：他已經五十一歲了，而這將是他頭一回在山裡過生日。到了中午，一部吉普車駛進營區，將他和護士趕上車。車子開了一段路之後，他被蒙上眼罩。又過了不久，他被揪出車外，他完全束手無策。歘歘強風迎面吹來，他探了探腳，發覺自己正踩在地面的邊緣，難道是懸崖？有人推了他一把，他頓時墜入深淵筆直往下疾墜，就在還來不及感到駭怕前他就掉進一泓池水裡，山區特有的沁涼湖水。他毫髮無傷，扯開眼罩的同時他聽見一陣歡呼聲。護士和衣自岩石上一躍而下，游到他的身旁，其他人也跟著陸續跳入水中。他們不知怎地得知今天是他的生日。從那一天起，如果時間許可，他每天的行程加了游水一項。每天他總會邊盼著游水邊入睡，這總讓他對未來的一天更加雀躍。唯有游泳值得期盼。

家人抵達營區時，他猶沈湎在睡夢之中，護士曾試圖喚醒他，但是他累得不省人事。她提議夫人與兩個孩子不如先到她的帳篷休息，讓醫生繼續安睡，因爲再過幾個小時，他就又得起身幹活了。幹什麼活？夫人不解地問。他是醫生呀，護士答道。

這樣也好，路途險阻顛簸，她和孩子們也都累壞了，此刻畢竟不是寒暄談話的恰當時機。當他們醒來時已是隔天上午十點，而她的丈夫已經持續工作了四個鐘頭。他上工前曾端著一杯茶走進他們休息的帳篷內，注視著他們好一會兒，然後才和護士一道上工。護士對他說她很驚訝夫人竟然如此年輕，醫生笑了笑。如果現在是在可倫坡，他聽到這種話恐怕不免臉紅甚至感到微惱，不過他瞭解這個護士有一副直腸子。

他的太太和孩子醒轉時，發現沒有人理會他們。那名護士不在了，原先見到的那些士兵也都各自忙著自己的事。母親叮嚀大家好好跟緊，三個人在營區到處亂走，活像一群迷了路的觀光客。後來他們總算看見那名護士在一座髒兮兮的帳篷外洗滌使用過的繃帶。

羅莎琳走到醫生跟前，對他說了幾句話，但他一時沒意會過來，於是她重說了一遍。她告訴他：夫人和兩位公子就在帳外。他抬起頭朝外望去，問她能否接手工作，她點了點頭。他便從聚精會神的工作中抽身，跨過地上四處橫陳的傷患，走向他的妻子和孩子們，護士看見他幾近雀躍的背影。當他走到妻子面前，她發現他的白袍上沾著血跡，她怔了一下，「我沒事。」他說完旋即將她摟入懷中。她伸出手撫摸他的鬍鬚，他完全沒料到自己的鬍子已經冒出來了。這裡沒有鏡子，所以他瞧不見自己現在的模樣。

「你見過羅莎琳了？」

「見過了，昨晚就是她招呼我們的，她怎麼也叫不醒你。」

「嗯——，」林納斯・科利雅笑著說：「他們一刻也不讓我閒下來，」他停頓了一下，接著說：「一切都是命。」

*

一旦公共場所發生爆炸事件，迦米尼便會駐守在醫院入口，負責在第一時間做好傷勢分級。他對送進來的傷患一一歸類，迅速地診斷每個人的傷害程度，再將他們分別安排送往加護病房或直接推進手術室。這一次炸彈攻擊事件中首度出現女性傷患，因爲爆炸發生在街頭。所有爆炸點外圍的生還者在一個鐘頭內全都被送到醫院，醫生們迅速標示各個傷患——不註明名字，僅用不同顏色的牌子掛在傷患的手腕或右腳踝——因爲某些傷患的胳臂已經被炸掉了。紅色牌子送神經外科房，綠色牌子送整型外科室，黃色牌子則直接推進開刀房。光憑顏色牌看不出傷患的職業、種族，這也是他喜歡的方式。稍後如果有人可以開口說話，再補上姓名。從每個傷患身上抽取的十毫升血液樣本則掛在他們各自的病床旁邊，同時附上一根拋棄式針頭，以備萬一需要重複使用。

傷勢分級還可以將垂死傷患從必須即刻開刀與可以稍後處理的傷患中隔離出來，這時就直接讓他們服用嗎啡藥錠好早點結束折磨。至於其他人就棘手得多，街頭炸彈往往包藏小鐵釘或碎珠子，在五十碼外就能把人炸個肚破腸流，爆炸產生的劇烈震波也會將內臟撕得四分五裂。「我的肚子怎麼了？」一名婦人叫嚷著，害怕是炸彈的金屬碎片炸穿了她的肚子，其實是高速穿透的氣流割裂了她的胃。

一枚在公共場所引爆的炸彈，往往會造成每個人情緒上難以平復的創傷。即使事件發生過後好幾個月，生還者紛紛移往康復病房，但他們仍惶惶終日，依然擔心自己終會喪命。對於那些事發當時站在外圍的人，雖然被四射的彈屑、碎片射穿身體，但奇蹟似的避過重要器官，加上爆炸產生的高熱將碎片都消毒過了，所以傷口不致發炎壞死，傷者反而得以倖存。然而眞正造成傷害的卻是心理的震駭。劇烈的爆炸聲響也瞬間造成許多人全聾或半聾——端視他當時頭部是否正對著爆炸點，而只有極少人有能力負擔耳膜重建的高昂費用。

在歷次動亂之中，資歷較淺的醫生負責施行外科整型手術。通往較大型醫療院所的道路不時遭到封鎖，因爲路上布滿地雷，而載送傷患的直升機也無法在夜間起降，於是形形色色的創傷、灼傷患者全擠到實習醫生四周。全國只有四名神經外科醫生：有兩位腦神經專家在可倫坡，一位在坎地，還有一位是私人開業的醫生——但是，他已於多年前遭到綁架失去蹤影。

同一時間，遠在南部的醫院也不得安寧。一群暴徒強行闖入可倫坡的瓦德路醫院，造成一名醫生和他的兩名助手喪命，那群人是爲了追捕某一名傷患而來，「某某某在哪兒？」他們質問院內的醫療人員，「我不曉得。」接著便是一陣混亂，他們大肆搜索整座醫院。等到他們找出該名傷患，旋即抽出長刀當場將他剁了，並脅迫護士們不得再繼續收容傷患。護士們隔天還是照常來上班，只是刻意避穿制服，改穿家居服和拖鞋。雖然她們明知醫院屋頂上有狙擊手埋伏，而且到處都有告密者，但是，瓦德路醫院仍照常營運。

反而地處偏遠的基礎醫院鮮少發生類似的政治動亂。迦米尼和他的助手卡山和蒙尼卡只要一有空檔就盡量在醫師休息室打個盹兒，每日長達半天的宵禁讓他們即使有家也歸不得。迦米尼輾轉反側難以成眠，因爲最近開始服用藥物，使他體內的腎上腺素持續分泌，不斷刺激他的大腦、感官，讓他疲憊不堪。於是他起身步出室外，頂著夜色踱到樹下。幾名傷患的親屬也在院子裡吸菸。他無意與人交談，只是覺得全身血脈賁張。他回到屋內，隨手拿起一本小說，盯著書頁，裡頭的情節彷彿是發生在另一個星球的故事。最後，他還是踱回兒童病房，打算爲自己找一張空床安歇，他在這兒是個陌生人，在這兒才能讓他有安全感。幾名母親抬起頭，滿臉狐疑地打量這名陌生人，她們像母雞一樣，露出護衛孩子的神色。她們最後終於認出他就是那名醫生——兩年前被派到這兒來的醫生，那名總是輾轉難以成眠的醫生。她們眼看著他爬上一張沒有床單的病床，和衣仰臥著，然後一動也不動，最後他轉頭朝向左側，直直盯著藍色的燈光。

他後來總算睡著了，坐在桌前的護士走過來，爲他解開鞋帶並幫他脫掉鞋子。他發出震耳的鼾聲，甚至吵醒了幾名病童。

他當時年方三十四，那時還不算形勢最惡劣的時期。三十六歲時，他被調往可倫坡的「意外傷害醫院」，即大家口中的「槍傷大本營」。但是他仍念念不忘北中省的那棟小兒科病房，黃疸病童頭上那盞藍光燈泡同時也撫慰著他，維持著四十七億分之一公釐到四十九億分之一公釐波長的藍光徹夜點亮，持續擊退病童體內的黃色素。他也想起那幾本書——四本醫學教科書和那堆他始終沒有機會好好讀完的言情小說，雖然每當他坐在藤椅上試圖休息時，總會捧一冊在手上，試圖讀進一些故事裡所描述的平凡人間情節，然而到頭來，襲上心頭的終究是一片黑暗，即使兩眼緊緊盯著書頁，腦中閃現的卻是這個時代的悲慘景象。

汽車穿過灰濛濛、空蕩蕩的市區街道，瑟拉斯和安霓尤抵達可倫坡市中心時已經是深夜一點鐘了。車子停在「急救中心」前，她說：「沒問題吧？我們這樣子搬動他？」

「沒問題，我們帶他去找我弟弟，若我們運氣好，他或許還在裡頭。」

「你有個弟弟在這所醫院裡？」

瑟拉斯把車停妥，整個人動也不動，過了好一會兒才吐出一句：「天哪，我眞是累壞了。」

「你要不要留在車上睡一覺？我可以帶他進去。」

「沒關係，還是讓我先去和他打聲招呼比較好，如果他在的話。」

他們搖醒沈睡中的古納仙納，然後三人一同走進醫院大廳。瑟拉斯向櫃台人員說了幾句話，接著三個人坐下來等候。古納仙納的雙手擱在如拳擊手特有的厚實大腿上。掛號櫃台四周依然繁忙一如白晝，不過每個人都靜悄悄、緩緩地走動。一名穿著條紋襯衫的男子朝他們走過來，先和瑟拉斯談了一會兒話。

「這位是安霓尤。」

穿條紋衫的男子對她點了點頭。

「舍弟——迦米尼。」

「哦。」她平淡地應了一聲。

「這就是我的小弟——他就是我們要找的醫生。」

他和瑟拉斯自始至終不曾碰觸對方，兩人連握手都省了。

「來——」迦米尼扶著古納仙納站起身，然後一行人隨他走進一間小房間。迦米尼取出一個瓶子，拔開瓶塞，倒出液體擦拭古納仙納的手掌。安霓尤發現他並沒有戴上手套，甚至連白袍也沒穿。光從外表看，他簡直就像一個剛從牌桌上被臨時叫來的傢伙。他正將麻醉劑注射到古納仙納的雙手。

「我倒沒聽他說過，原來他還有個弟弟。」她率先打破沈默。

「哦，我們不常往來。何況換作是我，我也不會向別人提起他。沒錯，我們各過各的日子。」

「不過他曉得你在這兒工作，也還記得你的值班時間。」

「這樣子啊。」

他們兩人在對話中都刻意將瑟拉斯排除在外。

「你和他共事多久了？」這回換迦米尼問她。

她回答：「三個星期了。」

「你的手……不抖了，」瑟拉斯說：「你都戒乾淨了？」

「你瞧，」迦米尼轉頭對安霓尤說：「我就是那個不可外揚的家醜。」

迦米尼從古納仙納上過麻醉藥的手裡將大鐵釘拔出來，接著再從塑膠瓶內倒出暗紅色的消毒藥水澆洗傷口。他一面處理傷口，一面輕聲細語對著古納仙納說話。不知怎地，安霓尤對於他竟然如此溫柔頗感到驚訝。他拉開抽屜，拿出另一支拋棄式針頭，爲他注射了一劑破傷風預防針。「你欠這家醫院兩支針頭，」他沈著臉地對瑟拉斯說：「街角有一家店鋪，你得趁我下班前去買來。」他示意要瑟拉斯和安霓尤先出去，將傷者留在房內。

「依我看，今天晚上是找不到空床位了，沒有床位可供這種傷害程度的人用。明白吧，這年頭連榤刑都不算嚴重創傷了……如果你不方便帶他回家，我會找個人看著他，讓他在大廳睡一晚──我是說，這事我可以安排。」

「我們可以帶他走，」瑟拉斯說：「如果他願意的話，我會幫他找個開車的差事。」

「你最好快去補齊那些針頭，我馬上就要下班了。」他轉頭問安霓尤：「你想不想去吃點東西？到岩面公園的堤岸走走？」

「現在是半夜兩點欸！」瑟拉斯說。

她卻回答：「好啊，走。」

他則對她頷首。

迦米尼先為她打開後座車門，然後自己鑽進前座，與他的哥哥坐在一起，後座則讓給安霓尤和古納仙納。這樣也好，她心想，正好可以好好地端詳兄弟倆。

空曠的街道上杳無人跡，只有一隊士兵靜悄悄地沿著索羅門迪亞茲大道兩旁濃密的行道樹拱廊下步行巡邏。他們停在路障前，戍守的衛兵一一查驗他們的通行證。車子再往前開了半英哩，來到一個熟食攤，迦米尼下車為大家買了一些吃的。路面上映著這個小弟的影子——和他的身體同樣瘦削、桀傲不馴。

他們讓古納仙納留在車上睡覺，然後三個人一起步上岩面公園，挑了一處靠近防波堤的草地坐下，眼前就是一大片黝黑的海洋。迦米尼二話不說，開始享用宵夜，安霓尤則點燃一根香菸，其實她一點也不餓，倒是接下來的一個鐘頭，迦米尼連吃了好幾份蕉葉粽。她暗地吃驚：一個骨瘦如柴的人竟能吞進那麼多東西。她還發現他偷偷將一顆藥丸藏在手心，然後和著一大口橘子汁一併服下。

「這種傷我們可見得多了……」

「你是說把釘子戳進手裡？」連安霓尤也發覺自己語氣裡的驚駭。

「現在這種局勢，還有什麼怪事我們沒碰過？工地用的釘子拿來當武器已經算是相當稀鬆平常的了。小螺釘、大螺帽——他們把任何鬼玩意兒都往炸彈裡頭塞，好讓你就算沒被當場炸死，也會因爲傷口發炎而去掉半條命。」

他又剝開另一份蕉葉粽，用手指抓著大啖起來：「……還好今天不是滿月。滿月日❷可就慘了，每個人都跑出來賞月，結果一腳踩在地雷上，」他接著說：「你就是專程來調查那些剛挖出來的骨骸的吧？」

「你怎麼會知道這件事？」她突然緊張起來。

「這可不是挖東西的好時機啊，上頭可不想看到結果。政府現在腹背受敵，可不打算惹來更多非議。」

「這我當然明白。」瑟拉斯說。

❷滿月日（Poya Days）：每個月的陰曆十五，在斯里蘭卡是佛教假日。

「可是她呢？她明白嗎？」迦米尼停了一下：「你們可得提高警覺，沒有人是完美的，沒有人永遠不會出錯。何況有太多人曉得你們正在進行的調查，有人隨時緊盯著你們的行動。」

一陣短暫的靜默之後，瑟拉斯開口詢問他的弟弟最近在忙些什麼。

「不是睡覺就是工作嘍，」迦米尼打了一個哈欠：「其他什麼也沒幹。我的婚姻也泡湯了，眞是白花力氣辦那些婚禮——不到幾個月，全都雲消霧散啦。我眞不曉得當時是哪根筋燒壞了。我也能算是某類型心理創傷的病例了，是吧，這就是一頭栽進去的後果。我他媽的婚姻，還有你那撈什子調查有個屁用。那夥安居在國外的叛黨，滿口什麼公理、正義——還不由得別人辯駁。我倒希望他們到這兒走一趟，他們該來瞧瞧我每天都動些什麼手術。」

他彎身向前，跟安霓尤拿了一根香菸，她幫他點燃，他對她點了點頭。

「我說啊，我現在對所有的爆破武器都瞭若指掌：管它是迫擊砲、指向地雷，還是包藏硝化甘油和黃色炸藥、殺人不眨眼的地雷……而我只不過是一個醫生呀！剛剛才動了一個膝部以下的截肢手術。他們全都意識不清、血壓下降，要是給他們做腦部掃描，裡頭不是內出血就是腦水腫。我們得動用甲氟烯索（dexamethasone）和人工呼吸器——這表示我們要讓他的腦袋開花啦。最常見的是慘不忍睹的毀容、斷肢……屢見不鮮。一團污泥、草屑、鐵片，混在一條殘腿上，靴子全給地雷炸得糊進腿肉、生殖器裡。所以啊，你要是沒事想到布雷區逛逛，最好穿上網球鞋，那可比穿著長筒軍靴保險多了。哼，埋下這些玩意兒的傢伙還被西方媒體稱爲『自由門士』……而你們竟然還對政府搞調查？」

「但是，也有無辜的塔米爾人在南部慘遭殺害啊，」瑟拉斯說：「而且手法極度凶殘，你該去讀讀那些報告。」

「那些報告我都有，」迦米尼的頭往後一仰，正好靠在安霓尤的腿上，但是他似乎沒有察覺：「我們全都被惡整了，不是嗎？我們全都束手無策，只能蒙著頭往裡頭跳。所以，別再對我唱那些高調了行不行，光打仗死人還嫌不夠慘啊？」

「有一些報告……」安霓尤說：「有許多家長投訴孩子們無故失蹤，這可不是能夠輕易抹煞，或在短時間之內可以平復的。」

她推推他的肩膀，他的手微微抬起了一下，然後頭一斜，她這才發覺原來他已經睡著了。她看著他的頭頂，一頭雜亂未整的濃密虯髮，他疲憊身軀的重量壓在她腿上。睡魔快讓我解脫，她腦際閃過某一首歌的歌詞，但是忘了曲調，她只隱隱記得：睡魔快讓我解脫……最後，她只記得瑟拉斯望著黑黝黝的茫茫大海出神。

阿密戈達拉❸。

打從頭一回聽到這個字，安霓尤就覺得它的發音充滿了斯里蘭卡風味。當年在倫敦蓋氏醫院進修，有一次她動手切除腦幹邊緣的組織，一個神經細胞組成的小小纖維球結露了出來。站在一旁的指導教授口中喃喃唸出這個詞：阿密戈達拉。

「那是什麼意思？」

「沒意思，只是這個部位的名稱，大腦的黑暗面哪。」

「我不明……」

❸阿密戈達拉（Amygdala）：扁桃體，大腦和感覺系統間的交界面。

「這是一個儲存恐怖記憶的地方。」

「只有恐懼嗎？」

「我們還不能十分確定，憤怒大概也有吧，但是這個部位專司恐懼，那是一種純粹的情緒。目前的研究還無從得知更深入的細節。」

「爲什麼呢？」

「嗯——我們還不能證實它能否透過遺傳，傳遞給下一代，也不知道這些恐懼是代代相傳？還是幼年留下來的？對未來、晚年的恐懼？抑或對犯下罪行的恐懼？或許它只是在體內自行映射了恐懼的幻想。」

「就像夢。」

「沒錯，」教授也同意：「不過夢境有時並非全然來自幻想，而只是綜合了某些我們所不自覺的舊習。」

「所以，它也可能是我們自己創造出來的嘍，經由自身的經歷，對不對？即使同一個家族裡的人，每個人的這個球結都不同於其他人，因爲每個人總有一段不同的的過去。」

教授繼續往下說明前停頓了一會兒，訝異於她的高度興趣：「我想，現在還不能肯定這些扁桃體之間有哪些異同，或者它們是否具備基本型式。我個人一向偏愛十九世紀的小說，裡頭描述分居不同城市的手足能互相感受到彼此的痛楚，擁有相同的恐懼……啊，我扯得太遠了。

總歸一句話，這些都還未能證實，安霓尤。」

「這個字唸起來像是個斯里蘭卡名字。」

「哦，你不妨去查查它的字源，它聽起來是不太像科學字彙。」

「嗯，倒像是某個惡靈。」

她牢牢記住了扁桃腺體的位置。此後，每次當她進行人體解剖時，總是習慣性地回頭暗中察看阿密戈達拉，這個儲藏恐懼的地方——它掌管一切。舉凡我們的所作所爲、決策的模式、尋覓一樁良緣美眷的忐忑、建構安居家園的心態……

有一次她和瑟拉斯開車的時候，他先問她：「你的錄音機關了沒？」「關了。」他才開口：「可倫坡至少有兩處地下拘留所，其中一個地點是在寇路皮地亞的哈夫洛克路盡頭。有一些被抓來的人會被囚禁在那兒長達一個月，但是刑求本身用不著那麼久，大部分的人也許連一個鐘頭都撐不住，而更多像我們這樣的人，光想到接下來即將發生的事，可能早就什麼都招了。」

「你的錄音機關了沒？」瑟拉斯說話前先問清楚。「是的，關了。」只有先確定她關了錄音機，他才會說出這些話。

「我欲探求統馭一切生命的共通法則。我發現了恐懼……」

安霓尤——也就是十三歲時向她的哥哥買來的這個名字——在開始名正言順使用它之前，還曾經還有過一段波折。十六歲的安霓尤，在家族中是個既神經質又暴躁易怒的孩子。父母帶她到威拉瓦塔❹拜訪一位命理師，打算藉由他的法力，緩和她性格中的負面因子。算命先生寫下安霓尤的生辰八字，掐指一算，再檢視她的命宮之後，他說：問題就出在這個名字上——他還不曉得這個名字背後的一段原委——改個名字就能調和她狂風驟雨般的脾氣了。當然，他對那椿用金葉香菸和盧比達成的交易一無所悉。一家人擠在小房間裡聽他努力擠出誠摯、睿智的口吻娓娓道來。簾幕後頭則挨著其他家庭，等著看相卜卦，順道探聽別人家裡的八卦。從頭到

❹威拉瓦塔（Wellawatta）：即「可倫坡六區」，在市區最南端。

尾，他們只聽見裡頭不斷傳出小女孩堅決的拒絕叫嚷。算命先生最後不得不妥協，他硬著頭皮修正解決方案——只要改個字尾，將「安霓尤」改成「安霓菈」也行。這麼一來，她的人和名字都會更加女性化，字尾一改，無來由的怒氣自然也就煙消雲散了。可是，她還是寧死也不肯退讓半步。

回顧過往，她如今理解了那些桀傲不馴只是生命中的特定階段。在每個人的成長過程中，往往會有某個時期，生理的無政府狀態會紛至沓來：小男孩的內分泌在這個時候開始暢旺迸流，小女生則像個毽子般陰晴不定，在父母之間的角力場拉鋸，一會兒黏著媽媽，一會兒又膩著爸爸。人類的青春期就像一個布雷區，得等到她與父母的關係徹底斷絕方能罷休，才得以航向——或更貼切地說——泅向下一個階段。

家族中的爭鬥始終在她體內反覆上演，即使她出國習醫仍未曾止息。在法醫實驗室裡，她盡可能區分女性與男性的基本差異，並將此視爲重點工作。她歸結出一個結論：女人總是比較容易因爲情人、丈夫的忽視而心灰意冷、發怒動氣；然而在專業領域中，她們卻比男人更能保持鎮靜且臨危不亂。女人的身體天生就具備生育的機能，善於護衛孩子並且能在危難中導引他們；而男人們一旦面對殘破的屍體總會躊躇不前，只能強用外在的冷酷來武裝自己。在歐、美的習醫過程中，她一再見證許許多多事例。身處混亂、危險的場合，女醫生總是較具自信，不管面對的是一名老婦人、年輕的俊男或幼童的屍體，她都比男人更能保持平靜。但是當她眼見一名三歲小女孩的屍體——身上依然好端端地穿著父母爲她穿上的衣物，安霓尤仍一度無法自持，不可自拔地陷入哀戚。

我們渾身上下都充斥著無來由的騷亂因子。我們明知不該脫掉衣服卻故意脫光，我們一到了國外便行爲不檢。在斯里蘭卡，每個人都承擔著整個家族的規範，大家都曉得你一整天當中見了哪些人，沒有任何事能瞞得了別人。但是，當我在其他國家遇到一個斯里蘭卡人，而我們有一整個自由自在的下午，雖然未必會發生什麼事，但是兩人都心知肚明：我們想幹什麼沒人能管得著。這是一種怎樣的內在？你說呢？這就是我們之所以會給自己招惹無謂的風風雨雨的原因？

安霓尤這些話是說給瑟拉斯聽的。她懷疑他還走在長大成人的半路上，仍受父執輩的教條所束縛。他——她很確定——仍謹遵毋需盡信的規矩。他絲毫不明白他該享有性自主權的事實，即使他滿腦子充斥著騷亂因子。要不然，她想，他壓根就是個生性靦腆的男人，因此不敢主動示愛。不管怎麼說，她明白他們兩人都來自同一個世界——情愛與婚姻關係中總是充滿凶險的勾心鬥角，被星象主宰的混亂體系。有一回，在招待所用餐時，瑟拉斯告訴她關於他家族中曾經出過漢那唬魯（henahuru）的事……

一個人能否成爲適任的配偶皆由生辰命宮注定。一個落在火星星象第七宮的女人，打出生起便帶著「剋夫運」，誰娶了她注定得送命。換句話說：按照斯里蘭卡人的想法，這種女人合該對她男人的死亡負起全責，他等於是被她害死的。

舉例來說：瑟拉斯的父親有兩個哥哥，大哥娶了一名和家人相識多年的女子，不到兩年，他便發了一場高燒猝死了，這期間她不眠不休地照顧他。他們生了一個孩子，由於他的慘死，這名女子心中萬分悲慟，從此斷絕與外界的一切關係。家人把二哥找來，叫他去勸勸大嫂，要她看在孩子的份上回到家族裡。他帶了一些伴手禮送給小孩，並且執意帶著這對母子跟他一塊到山上度假。結果，他和這名女子——他哥哥原來的妻子，雙雙墜入愛河。從各方面來看，這回的戀情都比前面那段婚姻來得更熾烈，也更微妙。她和早逝的夫婿之間從未發展出那種戰戰兢兢的情愫交流。總之，這名女子終於回到家族裡了，而年輕、帥氣的弟弟則是滿心歡喜。於是，重拾慾念的女子在車行途中展露出一整年以來首度的笑顏，這不啻是對先夫的背叛，因爲大家總認爲弟弟迎娶哥哥的遺孀似乎不成體統。他們終究還是結了婚，他則擔負起養育哥哥幼子的責任，兩人後來又生了一個女兒。接著，又過了一年半載，他也得了病，最後也死在這個妻子懷裡。

當然，最後眞相大白——原來這個女人命中帶著剋夫運。這種女人只能嫁給命宮和她們相同的男人。所以任何命中帶剋妻運的男人都會被這樣的女人追索。剋妻的男人也得娶一個跟他命宮相同的女人，但是一般認爲在這種婚姻狀況下的女人比男人危險得多。剋妻的男人如果娶了一個不會剋夫的女人，女方不見得會死。但是角色一旦互換，男人八成活不了。這種女人便是個不折不扣的漢那唬魯——意思是「脖子痛」，當然實際情況比字面上嚴重多了。

很弔詭地，三弟的兒子——瑟拉斯隔了幾年後出生，始終和這名曾先後嫁給兩個伯父的女子沒有來往——但是，他的星象居然也是火星第七宮。「我父親娶了一個他心儀的女人，」瑟拉斯說：「他從來沒查問過她的生辰。他們生下我，接著生下我弟弟。好幾年後，我才聽別人談起這段陳年舊事。我總把這些星象、命宮之說當成老太太們的無稽傳說。這種迷信似乎只是中古時代人們尋求慰藉的自圓其說罷了。如果星象果眞這麼靈驗，這麼說吧：我在國外唸書那幾年一定是木星罩頂，幫我考試過關。我一回國，金星取而代之，驅使我墜入情網。金星可不太妙，它讓人三心二意、拿不定主意。總之，這些我全都不信。」

「我也不信，」她附和說：「我們的命運都掌握在自己手裡。」

安霓尤上完她在倫敦蓋氏醫院的第一堂課步出教室。一整節課，她的筆記簿上只抄下這麼一句話：大腿骨的重要性無可比擬。

她愛極了授課者開場的方式——乍聽之下彷彿是一句隨性無心之語，卻帶有無比莊嚴的氛圍，彷彿必須憑藉這麼一句珠璣片語，方能跨入更高深的學問。法醫研修課程便由這根無可比擬的骨頭揭開序幕。

教安霓尤驚訝的是：當老師在台上講述課程和研究範圍時，英國課堂裡竟然一片寂靜。要是在可倫坡，教室裡鐵定充斥著鬧翻天的聲響：鳥啼聒噪、卡車轟隆、狗群吠鬥、幼稚園學童朗朗誦課、街頭小販殷殷叫賣——各式各樣的聲響全從開敞的窗戶登堂入室。熱帶地區絕對蓋不成象牙塔。安霓尤在鴉雀無聲的課堂裡抄下埃迪寇博士的話，過了幾分鐘後又加畫一道底線，其他時間她只是聽著課，欣賞老師的學者風采。

那段不堪回首的慘烈婚姻就是安霓尤在蓋氏醫院研修期間發生的。她當時才二十出頭，她絕口不對日後結識的人提起這段往事，即使到了今天，她仍不願回想那段往事，也不想費心衡量這樁婚姻帶給她的傷害。她寧可將它視爲一則當代警世寓言。

那名當事人也是來自斯里蘭卡，現在回想起來，她明白當時之所以會愛上他，就是因爲她太孤單了。她會和他一塊兒煮咖哩料理，她可以和他聊那家位於班巴拉皮提雅[5]的髮廊，她只要輕聲呢喃，說她想吃椰子粗糖或波羅蜜果，對方也都能心領神會。對於初抵異國的不適、怕生，這幾件小事都起著極大的慰藉功效。或許是她自己的不安定感和羞赧讓她過度緊繃，她原以為在英國的扞格不入只會發生在頭幾個星期，一個世代之前亦曾渡海而來的叔伯長輩必定美化了他們的移民經歷，他們總是說：只要你的言行得宜，凡事總能通暢無阻。父親的朋友P．R．C．彼德森博士也告訴過她關於他在十一歲被送到英國唸書的逸事：頭一天上課，同學就叫他「土著」，他馬上起立，嚴正地向老師報告：「很抱歉我必須向您報告，羅斯布洛同學顯然不明白我的來歷，他叫我『土著』，這是不對的——在這個國家，他才是土著，而我是外來者。」

然而，要融入一個新世界顯然並不像他們言談中那麼輕描淡寫。做為可倫坡小有名氣的游泳選手，害羞的安霓尤並不擅於顯耀自己的長處，她很難找到可以說話的伴。後來，當她在法醫工作中漸漸展露天賦，她才明白大膽秀出本事才是取得優勢的途徑，而且別人也不會再對自己另眼看待。

在倫敦的頭一個月，她老是搞不清楚東西南北。（蓋氏醫院的教室數量之多，也令她咋舌！）開學後第一個星期，她就因為找不到教室而曠了兩堂課。於是，有好一陣子，她都只好每天一

❺班巴拉皮提雅（Bamablapitiya）：即「可倫坡四區」，在市區西南，瀕印度洋。

大早提前到校，坐在門前的台階上等候埃迪寇博士，然後跟在他身後，穿過那幾扇推門，上樓，經過一道接一道昏暗的走廊，然後進到未標號的教室。（有一回她還一路跟他進了男仕盥洗間，把教授和裡頭的男人都嚇了一跳。）

她似乎連獨自一個人的時候也會害羞。她感到無比失落、多愁善感，變得像她的老處女姑媽一樣老是喃喃自語。一整個星期她都省吃儉用，等存夠了錢便打一通電話回可倫坡。她的父親不在，她的媽媽也不方便來接電話。大概是半夜一點，電話鈴聲吵醒了奶媽菈麗妲。她們才談不到幾分鐘，隔著天涯海角的電話兩頭便哭成一團。一個月後，像被下了咒一般，她遇見了她未來的丈夫——而很快地——終究成了她的前夫。

他似乎也是出身斯里蘭卡的豪門望族。同樣也是醫學院的學生，一點也不會害羞。他們相識才沒幾天，他就在安霓尤身上下足了工夫——千方百計地討她歡心：猛寫情書，不斷送花，殷勤地來電留話（他三兩下就收服了她的舍監）。他精心設計的熱情攻勢也讓她毫無招架之力，她曉得他在遇見她之前，身邊篤定也從沒空閒過。他向她誇耀，說那些醫學院的學生都被他唬得一愣一愣的。他爲人風趣，他也抽菸，她見識他夸夸而談他們的橄欖球隊有多神勇，而且他們的交談老是充斥著這類話題，直到她倒背如流——他老是提到他的隊友、死黨，事實上他和那些人也才只有兩個星期的交情。他們還互相給每個人取了綽號：連搭電車也會吐的勞倫斯，家醜外揚的珊卓拉和培西．路易士姊弟，還有寬臉的賈克曼。

他和安霓尤閃電結婚。她旋即懷疑，這樁婚姻只是讓他可以名正言順地拖著她一起出席晚宴的另一個藉口罷了。他是個一頭熱的戀人，即使在公開場合，他也是始終精力旺盛。他想當然爾地擴展他們的臥房版圖——他執意要在隔音不良的客廳做愛，在邊間公用浴室搖搖晃晃的浴缸裡做愛，甚至在板球賽進行中，鄰近後野守備邊線的草地都成了他們交合的場所。這些幾乎在光天化日下進行的私密活動，呼應了他的社交性格，親密關係和泛泛之交對他而言幾乎毫無差別。後來，她從書本上讀到，原來這正是妖魔的基本性格。不過，他們在一起生活的初期，兩人倒也都相當樂在其中。然而，她逐漸了解：回歸現實，繼續她的學術研究才是最要緊的事。

當她的公公造訪英國，將他們召來上館子共進晚餐，這個兒子才頭一回乖乖地閉上嘴。他的父親企圖說服他們搬回可倫坡定居，好好地爲他生幾個孫子。他滔滔不絕，自訣他是何等慈祥和藹，這顯然讓他自以爲從他嘴裡說出來的話永遠都比別人更有道理。隨著晚餐的進行，她益發覺得自己彷彿成了「可倫坡七區社交大全」裡的反面教材。他反對她出外謀職，對她堅持不冠夫性不以爲然，更氣她老是頂嘴。當她趁著上甜點的時候，描述解剖課的細節時，他終於再也耐不住性子發了火：「你還有什麼事情做不出來？」而她竟然回答：「我不會去和一群達官貴爵玩骰子戲。」

第二天，這位公公只約了他的兒子一道吃午餐，然後便搭機返回可倫坡。

經過這件事之後，他們開始無事不吵。她懷疑他欠缺對事對人的洞察力和理解，而他顯然將剩餘的所有精力都用來博取同情；當她哭，他也跟著哭。自此之後，她再也不相信會掉眼淚的人(她後來到了美國西南部，絕對不看劇情中出現掉淚的牛仔和牧師的電視劇)。在那段封閉、互鬥的期間，兩人唯一共通的活動只剩下性交，她和他不約而同堅持這檔事，她認爲這多少讓他們的關係勉強算正常——日復一日的爭鬥、交媾。

她自覺與這個男人已然徹底恩斷義絕，以致她從此不再回顧兩人在一起的歲月。她被他的殷勤、花言巧語所愚弄；而他老是動不動就哭，連帶拉低了她自己也所剩無幾的智商。恰如瑟拉斯的自況：水星過去曾讓人昏了頭，該是由木星取而代之的時候了。

她有時在實驗室待晚了，一回到家就碰翻他的醋罈子。剛開始他還懂得裝出濃情蜜意的嫉妒，不久後她便看出他只是一心一意想阻攔她的研究和學業。這成了婚姻的第一道枷鎖。有一段時間，她幾乎被囚禁在他們位於雷柏洛克林街❻的小公寓裡。當她逃離他之後，她便再也不願提及他的名字。只要她看見信封上有他的筆跡，即使不拆封，一股恐懼與憂閉感便又會再度襲上心頭。事實上，這段婚姻期間的點點滴滴，只有一件是她仍願存留在自己往後生命裡的，那便是范．莫里森的那首「船過水無痕」❼，只因裡頭提到雷柏洛克林街。留下唯一這麼一首

❻雷柏洛克林街（Ladbroke Grove）：倫敦市區西北部街道。

❼「船過水無痕」（Slim Slow Slider）：收錄在莫里森一九六八年發行的專輯《*Astral Weeks*》。

歌，只因裡頭提到分手。

今天一早見到你
乘著簇新的凱迪拉克
摟著嶄新的男友……

她總是一邊唱，一邊暗禱他不要也正一把鼻涕一把淚地唱著，不管他現在人在哪裡。

你已遠走另尋新歡
而我明知你不會回心轉意

她自認這段結縭與分手、緣起與緣滅是一樁莫大的罪過，而且深深令自己蒙羞。蓋氏醫院的課程一結束，她便溜得遠遠的，讓他遍尋不著。她在結業時略施小計，以免還會被他騷擾——這是他最擅長的了，他正是那種時間太多用不完的男人。放手，死了這條心！她一收到最後一封他寫來的裝模作樣搖尾乞憐的情書，便用連寫體正楷字將這句話端端正正地寫在信封上，原封寄還給他。

身邊少了個伴，陰霾盡去。她迫不急待等著新學期開始，重拾課業前的那幾個月她終日無所事事，一重返學校，她變得比從前加倍用功積極，連她自己都倍感意外。她不可自拔地愛上在夜裡工作，而且有時她還會捨不得離開實驗室，累了就直接趴在實驗檯上滿心歡喜地小寐片刻。從今以後再也毋需顧慮情人的禁足，也不用再爲任何人委曲求全了。直到深夜她才返家，一到八點便又起床。每篇研究報告、每件實驗過程都在她的腦子裡活靈活現、歷歷如繪。

她後來聽說他終於返回了可倫坡。而隨著他的離去，她再也用不著去記迦勒路上有哪幾家他們喜歡的髮廊、飯館了。她最後一次用僧伽羅語交談是向菈麗妲哭訴她想念煎蛋餅和煉乳加椰糖，此後她絕口再也不講僧伽羅話，她全心全意活在當下，心無旁騖地投入解剖病理學和其他法醫學科，將史畢茲與費雪的論著牢背得滾瓜爛熟。後來她獲得研究獎學金赴美，在奧克拉荷馬州，她對申請加入人權機構從事鑑識工作產生興趣。兩年後，她在亞利桑納州鑽研骨頭的物理、化學變化，不僅是活體的骨骼，也包括死亡後遭掩埋的屍體。

她從此鎮日浸淫在專業領域。大腿骨的重要性無可比擬。

安霓尤置身於可倫坡的考古部，她沿著大廳，一幅接一幅瀏覽各式地圖。每幅地圖都揭示這個島嶼的某個單一面向：氣候、土壤成分、植被、濕度、古蹟遺址、鳥類、昆蟲分布。這個國家的繁複面貌恰似某個讓人愛恨交織的友人。瑟拉斯遲到了，她得等他來了之後，才能一起把東西整理打包放到吉普車上。

「……Don't know much en-tomology（昆蟲學我一竅不通）……」她一邊哼著歌❽，兩眼則盯著礦脈分布圖——上頭顯示著綿延如游絲的黑色礦藏。她瞥見倒映在圖框玻璃上的自己

❽作者在此引用山姆・庫克（Sam Cooke）所寫膾炙人口的情歌 What a Wonderful World 的曲調，並更動了部分歌詞，原詞為「……Don't know much biology……」。

——一個身穿牛仔褲、涼鞋和寬鬆絲質襯衫的女子。

如果現在還待在美國，或許她正一面聽著隨身聽，一面操作切骨機鋸出一片片骨環。這是她和奧克拉荷馬州的同僚之間固有的傳統。毒物科和組織科的人堅持只聽搖滾樂，一踏進那扇密閉氣鎖門，就會聽到揚聲器傳出陣陣節奏強烈的重金屬樂音，三十六歲、體重僅九十磅的佛儂·傑金斯埋首顯微鏡研究肺部組織，耳中聽著震耳欲聾的雜沓樂聲；隔壁就是警衛室，人們從那兒進來指認死去的親戚朋友。拜那堵密閉氣鎖門之賜，那兒倒是一點也聽不見音樂，也絲毫無法察覺戴著頭戴式對講機的工作人員之間簡捷的對話：「把那個『湖中女』推進來。」「把那個『自找的』推進來。」

她喜歡他們慣有的儀式。每天一到午休時間，這群成天窩在實驗室裡的人便拎著保溫瓶、三明治，不約而同晃到溫室，邊吃午餐邊看電視上猜商品價格的問答節目。專注、虔誠地看著高潮起伏的節目，讓這群在死人多過活人的地方工作的人，彷彿好歹過了一丁點正常人的生活。

她到奧克拉荷馬州不到一個月，他們便成立了「遜斃尤利克法醫學派」❾，這不僅揭櫫了

❾尤利克（Yorick）是莎士比亞悲劇《哈姆雷特》中的丑角，原為丹麥王的弄臣，最後只剩一只骷髏，被哈姆雷特捧在手上，用來嘲揄生命。

他們在工作上不可或缺的輕佻態度，同時也被拿來當作他們合組的保齡球隊隊名。每到一個地方工作——不管是一開始的奧克拉荷馬州，或是後來的亞歷桑納州——每晚一收工，她總是跟著大隊人馬，一手拎著啤酒，一手拿著起司玉米餅，浩浩蕩蕩殺到當地的保齡球館，換上外星小矮人穿的尖頭鞋，恣意地為隊友加油、漏氣。她愛極了美國西南部，她思念那段和男生們廝混在一塊的日子，跟在倫敦的時候相比，她的性格簡直相差十萬八千里。經過一整天的繁重工作，他們會驅車前往土桑或諾曼鎮外的荒野酒店，腦子裡迴盪的全是山姆・庫克⑩的歌曲。溫室裡張貼著一張表，列出州境內每一家領有販酒執照的保齡球館，他們對於來自禁酒地區的工作邀約一概不予理會。他們藉著沈溺在音樂裡和裝瘋賣傻迴避死亡的陰影。走廊裡的每台推車上都貼著「及時行樂」的拉丁文警語。他們還故意在工作中使用戲謔的詞彙交談：「蒸發」或「化為碎片」指的是那些支離破碎的死屍，他們無暇思索死亡，這玩意在工作中已經夠多了。連將收音機轉個台，他們也會故意戴上橡膠手套。

同時，亮晃晃的鎢絲燈泡將實驗室照得一清二楚，聚精會神工作得太久而腰痠背痛時，毒物科裡頭的音樂正好可以用來扳直身子、舒筋活骨。她耳中正聽著兩個老小子俐落地談論著一

⑩山姆・庫克（Sam Cooke）：美國搖滾歌手。

具陳屍在車子裡的屍體：

「她被報失蹤多久啦？」

「她已經失蹤了……嗯，有五、六年嘍。」

「她把車開進湖裡，克萊德。在這之前她曾停車，把車門打開，她醉得一塌糊塗，她老公說她帶著狗一塊兒離開。」

「狗沒在車裡啊？」

「車裡沒有狗，雖然裡頭全是爛泥巴，我才不會漏掉一隻吉娃娃哩。她的骨頭全給水泡軟了。車燈還亮著。跳過那張照片，拉菲爾。」

「這麼說來——她把車門打開，先把狗放走，她是蓄意的嘍，這是一名『自找的』。水灌進車裡的時候，她慌了手腳，所以爬到後座，她就是在那兒被發現的，對吧？」

「她該先做掉她老公的……」

「也許他是個好樣兒的。」

她始終喜歡他們在解剖時嘰哩呱啦連珠砲似的對話。

她飛抵可倫坡之前的好一段期間，先後待過美國西南部幾座荒涼的高科技沙漠小城。再怎麼說，她最後工作的地方——柏芮哥泉——對她而言實在算不上荒涼，大街上到處都是卡布其諾吧和服飾店。不過，一個星期過後，她倒適應了這道狹長的文明地帶——被一大片不毛之地環繞的二十世紀中期的閒散調調。這裡的美是隱而未見的。在西南沙漠裡，那一大片空曠可不是一眼就能看穿的，你得耐住性子，領略它遲滯的空氣。在這兒，所有的生物都必須奮力才能生存，不像她童年所居住過的海島，隨便往哪兒啐一口痰，那兒就會蹦出一叢小樹來。

安霓尤頭一回進入沙漠時，她的嚮導在皮帶上掛了一瓶早蒸發得差不多的水壺。他指著一株散著細長葉片的植物要她看，還摁著她的頭湊近它，她聞到一股焦苦味。只要一下雨，這株植物便分泌出毒素，逼退任何打算靠近它生長的東西——好霸占住區區方寸的一小塊水源供自個兒獨享。

她見識了龍舌蘭，這玩意少說有七種用途，包括能拿來當針用的尖刺、可以做成繩索的粗韌纖維。她還看到奶菊（cheeses bushes）、酢漿草、「死人指頭」（一整年只有一個月能供食用的一種多汁植物），和具備罕見根脈系統（地下的根鬚長得跟地面上枝葉的尺寸、形狀一模一樣）的黃櫨樹，還有掉光葉子以保存水分的墨西哥刺木，還有那些平常灰淡如洗，經曙光一照卻艷光奪目的植物。她鮮少待在H街上跟人合租的小房子裡，不到七點半，她已經帶著咖啡、牛角麵包進了平頂的古生物實驗室。到了傍晚，她便和幾名同事駕著吉普車駛進沙漠裡。三百萬年前，這兒還曾經出現過斑馬、駱駝，還有一般常見的食葉、食草動物。她走在埋藏著古早滅絕的生物骨骸、沈放著七百萬年前海洋世紀環狀珊瑚礁遺跡的大漠裡。有人遞給她望遠鏡要她看一隻鷂鷹，她不經意拂過那人的手，一絲情愫油然而生。

無獨有偶地，她和這群法醫鑑識師重拾對保齡球的熱愛，或許是一整天拿著細鑷、輕刷，加上小心翼翼的精密作業，讓他們只想喝個爛醉，砸點東西。柏芮哥泉當地沒有保齡球館，於是大夥兒全得擠進博物館的箱型車，駛離山谷到鄰近的山城。他們都帶著自己的「大鎚」——特別增重的比賽用球。無數的夜晚，即便保齡球館的點唱機收羅的歌曲不可勝數，她還是老愛唱同一首哀怨的歌：牢中日子無限好，當你面對牆根背朝我……雖然那這段日子她一點兒也不哀怨，但她好像希望藉著歌曲訴盡衷情，結果一語成讖，預告了後來和庫里斯的衝突。

熱戀中的愛侶不管看書或觀畫，只要看到關於情愛的主題，目的大抵都是爲了要印證他們擁有的愛有多麼堅實、穩當，故事情節越混亂、離奇，被愛沖昏頭的人反而會更加信服。只有極少數的繪畫作品呈現偉大、教人信賴的愛情，而不管變得多有名，這些作品說穿了都只是一成不變地維繫著脫序和私密的主題。它們無法讓人的腦筋變得更清澄，只會帶來更多渾噩、折磨。

作家瑪莎・蓋爾宏（Martha Gellhorn）曾說過：「住在相隔五條街外，性情幽默，而且老是忙得不可開交才夠資格當最棒的情人。」嗯，她的情人庫里斯正是如此，只是條件得改成相隔五個州、五千哩外，而且已婚。

分隔兩地似乎才是他們愛意最濃的時候，一但在一起，他們便會過分戒愼恐懼，深怕嚐太多甜頭便會招來苦果。她在柏芮哥泉時只要和他通通電話便已心滿意足。他曾對她說過：女人就愛保持距離。

柏芮哥泉事件發生在他們相聚的頭一晚。她隔天一早還得上工：出了一點突發狀況——一顆漂亮的牙齒不期然出了土。但她先前沒告訴他這件事，他千里迢迢坐了好久的飛機，幾個鐘頭前就到了。他對於事先安排好的周末假期橫生枝節頗感不快，這也逼得她將積壓許久的怒氣傾洩而出。兩人同床異夢、心照不宣，由來已久。

她起床沖了個澡，坐在浴盆邊，任由水花兀自噴灑在臉上。憤怒的雙拳仍攥得緊緊的，蒸氣瀰漫了整個房間。早在庫里斯到來之前的一個星期，她便爲兩人訂了「棕櫚汽車旅館」的房間，他原先計劃搭乘星期五晚上八點從機場開出的巴士來這兒和她相聚，共度爲期三天的周末假期，誰曉得那顆牙齒跑來湊熱鬧。

到巴士站接他時，她帶了一株她從沙漠裡精心挑來的薰衣草送給他，他竟然在塞進鈕扣眼的時候，粗心地將它折斷。

一名優秀的考古學家能從一培泥土裡讀出錯綜複雜的歷史情節。只要骨頭上有任何一道被岩石輕輕刮過的痕跡，她知道，瑟拉斯便可以自蛛絲馬跡查出可能的來源，就像她也曾用一把膠槍，將「水手」頭骨上的幾個碎裂部位補綴起來。但是她在可倫坡所能勉強湊到的器材，遠不及他們實際需要的一半。要是在美國，要什麼有什麼，管它圓鍬還是鐵鏟，圓的還是扁的。她找遍了卡基爾百貨行，只買到幾支刷子和一把小掃帚。

＊

瑟拉斯總算踏進了考古部。他走到她身旁，陪她一起觀看牆上的地圖。這是他們和他弟弟一起在岩面公園之後沒幾天。隔天她曾試圖聯絡瑟拉斯，但是他好像消失了，遍尋不著。同時她也收到姬妲寄來的包裹，她當天下午便將這名昆蟲學家打字打得一塌糊塗的筆記讀完銷毀，然後從袋子裡取出道路圖。

接著，這個星期日的清晨，天才剛亮就接到瑟拉斯打來的電話，他既沒對大清早來電道歉，也沒解釋這兩天他到底去了哪兒、爲何失去聯絡。只在電話中要她即刻趕到辦公室和他碰頭：「一個鐘頭以內到，」他說：「你知道該怎麼走吧？你一出門右轉，然後抄進牛販路。」

她掛上電話，回頭眷戀地望了一眼暖和舒服的床鋪，然後走進浴室沖澡。

「我採到了第一埋屍地點的土壤樣本，」他說：「從頭蓋骨的縫隙裡找到的。可能來自某個沼澤區，他們暫時將他埋在濕土裡，這很合理，省了不少挖土的工夫。他們可能將他先擱在水田中，然後再移藏到這個管制區域，僞裝成古代遺物。我想，第一埋屍地點不會離這兒太遠，」——他伸手指著地圖——「拉特納普拉區。就在這兒的東南方。我們還得去查查這兒的地下水位。」

「一定是某個有螢火蟲的地方。」她說，他則一臉不解地看著她。

「我們還可以更篤定一些，再縮小範圍，」她接著說：「有螢火蟲，代表那裡一定人煙稀少、空曠，例如人們不常去的河邊。我曾向你提過的昆蟲學家——姬妲，她來過船上分析了那些看起來像雀斑的痕跡，並且做了筆記。她有好幾百張圖表登載了島上所有的昆蟲，她說那些痕跡是「即鳴即死」的蟬——棲息在像芮提嘎拉那樣的森林地帶——產蛹時留下的。她還爲我們畫了一份地圖，並標出幾個可能的地點——這幾個地點都比你說的更往南許多，再剔除掉和你的土壤樣本不符的幾個地點……可能是在獅王森林（Sinharaja Forest）周圍的某個區域。」

「應該是在它的北邊，」他說：「附近其他幾處都不符合土壤樣本。」

「好，從這裡延伸到這裡。」

瑟拉斯用紅色簽字筆在地圖的玻璃上畫出一個長方形區域，西到威達嘎拉（Weddagala），東抵莫拉戈達（Moragoda），涵蓋拉特納普拉區和獅王森林區。

「八成是這個區域裡的某個沼澤或是小湖泊，某個森林裡的普庫納。」他明確地說。

「沒有人會想到是那種地方。」

由於考古部已經人去樓空，他們可以從容地收集各種可能派得上用場的地圖、書籍。瑟拉斯不斷走進走出，將東西搬到他借來的吉普車上。她不知道他們這回會離開可倫坡多久，也不曉得將會住在哪兒，或許是瑟拉斯喜歡的某家招待所吧。瑟拉斯查閱著各種土壤表，她則從圖書架上抽出一本野外手冊。

「那我們要住在哪兒？拉特納普拉嗎？」她大聲地問他，她喜歡讓回聲在大屋子裡來回傳盪。

「比那兒更遠，有個地方可以讓我們落腳，一幢瓦拉瓦（walawwa）——一幢古宅，我們在那兒還可以繼續工作，碰巧那裡現在沒人住。那兒一定是『水手』遇害的地區，甚至他生前就住在那一帶。我們還可以順道去找帕利帕拿提過的那名藝師。我建議你最好別再和姬妲聯絡了。」

「你是說，你也沒向任何人提過囉。」

「我還得去見幾名官員，向他們簡報我們的調查進度，但對他們來說，我們的調查根本是一文不值。我什麼也沒說。」

「你果眞忍得住不講？」

「你不曉得情勢曾經壞到什麼程度。不管政府現在打算做什麼勾當，當局勢混亂時，更惡劣的事他們都幹過。你當時還好端端地在國外——每個人都目無法紀，除了幾名還有良心的律師。出自各方人馬之手的恐怖事件頻傳。若要等到你的外國正義到達，我們早就都沒命了。於是，政府組織地下武裝部隊予以反擊，而老百姓們只能被夾在中間。就像三個原告一起擠在一個房間裡，個個雙手都沾滿鮮血。幾乎是家家戶戶對任何一方進行殺戮、擄掠的事情都略知一二。我現在告訴你一件我親眼看到的事……」

雖然瑟拉斯置身在空蕩蕩的大樓內，但他仍四下張望了一下。

「當時我人在南部……那時天色已近黃昏，市場已經打烊。兩個男人——我猜是叛軍分子——逮住了一個人。我不知道他犯了什麼罪，也許他是組織內部的叛徒，也許他曾經殺了他們的人，或是不服從他們，也可能只是應答不夠機靈。那段日子，罪不分輕重，都有可能被就地正法。我不知道他是否即將遭到處決，或者只是被盤查、訓斥一頓，還是——最最不可能發生的——當場開釋。他當時身上穿著一條紗龍，長袖白襯衫的袖子捲著，襯衫下襬沒紮進紗龍裡，也沒穿鞋。他被蒙上眼罩，他們將他抱起，讓他侷促地坐在腳踏車的橫桿上。其中一人跨上車鞍，另一個拿步槍的人則跟在一旁。當我看見他們的時候，他們正準備離開。被捕的人看不見四周的情形，也不知道會被他們帶往哪兒去。

「當他們開始騎動腳踏車時，被蒙住眼睛的男人必須找東西穩住身體，於是他一手握著車把，另一隻手只好勾住騎車那個人的脖子，狀似親密的動作對照當時的實際情形實在很不協調。他們搖搖晃晃地騎走，帶槍的人則騎著另一部腳踏車尾隨在後。

「如果他們全都下車步行或許大家都還比較輕鬆些。他們爲何要那樣做，看起來就像在進行一場艱難的儀式。或許腳踏車有其象徵意義，而他們非騎在上頭也未可知。爲何偏偏要用腳踏車載一個蒙著雙眼的人？把大家搞得險象環生，不過這也讓他們在那一刻似乎顯得平等。好像只是幾個喝醉酒的大學生。蒙著眼睛的人爲了平衡，不得不與待會兒可能會殺他的人相互配合。腳踏車騎到離市場遠遠的街道那一頭，拐個彎不見了。當然，因爲他們不尋常的處置方式，實在教人很難忘掉當時的情景。」

「當時你有沒有採取什麼行動？」

「完全沒有。」

岩壁上有幾幅或刻或畫的圖像——一幅從鄰近山頭俯視一座村落的透視畫，和一幅以單線描繪出一個彎身俯抱孩子的婦人——這幅畫曾經改變了瑟拉斯對他所身處的世界的認知。多年以前，他與帕利帕拿曾進入一處不知名的岩洞，點燃火柴後隱約浮現一些顏色，他們走出洞外，砍了一些石南花樹枝，回到洞內生火照亮洞窟。火光伴隨著苦辣的煙霧，瀰漫在坑洞中。

在政治局勢最險惡的年代中，考古發現也紛紛出土。伴隨著千百椿大大小小的種族互戕、政治爭鬥，集體的瘋狂、金錢的豪奪。戰火蔓延一如劇毒侵染四體，無可救藥。

透過煙影火光，洞內的圖像緩緩顯現。深夜的審訊、白天四處隨意擄人的箱型車、他親眼目睹被腳踏車載走的男子、在蘇里雅甘達（Suriyakanda）的村民集體失蹤、安庫姆布拉（Ankumbura）、阿克密瑪納（Akmeemana）兩地的千人塚。似乎，正當半個世界逐步被埋進土中，眞相被恐懼掩蓋的同時，歷史正藉著一簇石南花枝葉的火光，緩緩地掀開面紗。

安霓尤無法理解這種古老又爲人默許的平衡。瑟拉斯明白，對她來說，此行的目的就是爲了獲取眞相。但是，眞相會引領他們陷入何種境地？就像在一池汽油旁點起一株火苗。瑟拉斯曾眼見眞相被支解成碎片，被西方媒體斷章取義，配上毫不相干的照片。這些資訊四處流竄，就像對亞洲國家不斷地輕率挑釁，將連帶勾引出層出不窮的報復與殺戮。在一個不友善的國度裡，雙手奉上眞相，無異自取滅亡。身爲考古學家，瑟拉斯奉眞相爲圭臬，亦即：爲了眞相，他隨時願意獻出性命，但必須是對現況有所助益的眞相才行。

然而在私底下（瑟拉斯每日入睡前總會再三思量），他心知肚明，他也願爲這一方刻著護子婦人的上古岩畫獻出性命。他猶記得在明明滅滅的火光中面對著它，帕利帕拿的手臂指著母親因愛意或悲痛而彎背的弧線，孩子隱沒不見，只看得到母親護衛的姿勢，瘖啞的嘶喊狀態。

這個國家正危危顫顫走進墳墓。行蹤不明的學童、被刑求致死的律師、賀甘達拉（Hokandara）千人塚裡埋藏的死屍、穆圖拉賈威拉（Muthurajawela）沼澤中無數的冤魂。

# 安南達

from vision

大塊 LOCUS 文化

to fictio

謝謝您購買這本書！

如果您願意，請您詳細填寫本卡各欄，寄回大塊文化（免附回郵

即可不定期收到大塊NEWS的最新出版資訊及優惠專案。

姓名：＿＿＿＿＿＿ 身分證字號：＿＿＿＿＿＿ 性別：□男 □女

出生日期：＿＿年＿＿月＿＿日 聯絡電話：＿＿＿＿＿＿

住址：＿＿＿＿＿＿

E-mail：＿＿＿＿＿＿

學歷：1.□高中及高中以下 2.□專科與大學 3.□研究所以上

職業：1.□學生 2.□資訊業 3.□工 4.□商 5.□服務業 6.□軍警公教 7.□自由業及專業 8.□其他

您所購買的書名：＿＿＿＿＿＿

從何處得知本書：1.□書店 2.□網路 3.□大塊NEWS 4.□報紙廣告5.□雜誌 6.□新聞報導 7.□他人推薦 8.□廣播節目 9.□其他

您以何種方式購書：1.逛書店購書 □連鎖書店 □一般書店 2.□網路購書 3.□郵局劃撥 4.□其他

您覺得本書的價格：1.□偏低 2.□合理 3.□偏高

您對本書的評價：(請填代號 1.非常滿意 2.滿意 3.普通 4.不滿意 5.非常不滿意)

書名＿＿＿ 內容＿＿＿ 封面設計＿＿＿ 版面編排＿＿＿ 紙張質感＿＿＿

讀完本書後您覺得：

1.□非常喜歡 2.□喜歡 3.□普通 4.□不喜歡 5.□非常不喜歡

對我們的建議：＿＿＿＿＿＿

105

台北市南京東路四段25號11樓

大塊文化出版股份有限公司　收

廣告回信
台灣北區郵政管理局登記證
北台字第10227號

地址：　市　鄉／鎮　路　段　巷　弄　號　樓
縣　市／區　街

姓名：

(請寫郵遞區號)

吉普車在通往內陸山區的蜿蜒道路上曲折前行。

「我們手邊的器材根本不夠進行那種工作，」她說：「你應該很明白才對。」

「如果這名藝師果眞像帕利帕拿所形容的那麼厲害，那他應該能夠就地取材。你以前有沒有參與過這種工作？」

「沒有，我從沒做過顏面重建工作。我必須承認我們有點不屑於這類工作。對我們來說，那簡直就像老掉牙的漫畫、針孔攝影或諸如此類的玩意兒。你帶的是頭骨的石膏翻製模吧？」

「爲什麼？」

「在你將這顆頭骨就這麼交給這個來路不明的傢伙之前，我要恭喜你，我眞高興我們決定把所有的希望寄託在一個酒鬼身上。」

「要翻製石膏模一定會驚動整個可倫坡。我們就直接給他這顆頭骨。」

「換作是我，就不會這麼做。」

「要不然，我們就得再多花好幾個星期的工夫。這裡可不是布魯賽爾也不是美國，這個國家只有精良的武器可以媲美外國。」

「唉，反正我們先找到這個傢伙，看他還拿不拿得穩畫筆再說。」

他們抵達一座小村落，整座村子裡只有幾間稀稀落落的夯土茅屋。結果，那個名叫安南達·烏督嘎瑪的男子已經遷出他妻子的娘家，移居到鄰村了，現在住在一座加油站旁。他們繼續開車，安霓尤看著瑟拉斯頻頻下車，從村頭走到村尾，向村民探詢他的下落。當他們找到他的住處時，他顯然才剛剛自傍晚的惺忪午睡中醒來。瑟拉斯向她招手，她下車走過去和他們會合。

瑟拉斯先向他說明他們打算委託他做的工作，並且提及帕利帕拿的名字，還說他們會付酬勞給他。戴著厚眼鏡的男子開口要他們先準備幾件東西：幾個橡皮擦（附在學童鉛筆末端的那種）、一些針。然後他說他想先看看整副骨骸。他們打開吉普車的後車廂，男子拿著他們的手電筒探向骨骸，光束循著肋架從上照到下，照出肋架的弧度、曲線，安霓尤打心底不相信他這樣子能瞧出什麼名堂來。

瑟拉斯說服男子跟他們一道走，一陣輕微的搖頭晃腦之後，他走進他居住的小屋。再度現身時，只見他帶著一個裝著私人物品的小硬紙盒。

車子駛入拉特南普拉前兩個鐘頭，他們被阻攔在一道路障前。道路兩側的陰暗處冒出了幾名無精打采的士兵朝他們走來。他們乖乖坐在車內，默不出聲，假裝恭馴的模樣。一隻手蠕進車窗，彈了一記響指，他們便乖乖地將身分證件交出來。安霓尤的證件似乎頗讓衛兵們傷腦筋，其中一人打開她的車門，等在一旁。她摸不清他們要她做什麼，直到瑟拉斯壓低聲音對她解釋後，她才下了車。

那名士兵彎身鑽進車內，提走她的袋子，然後把裡頭的所有東西嘩啦嘩啦地倒在引擎蓋上。所有的東西全攤在陽光下，一副眼鏡和一支鋼筆甩彈到路面，他也不理會，直到她俯身撿起來後，他才伸出手要她繳出來。頂著正午的豔陽，他逐一拿起面前的東西，慢吞吞地檢查：先旋開小香水瓶嗅了嗅，再看看印著鳥的明信片，掏空她的錢包，然後將一根鉛筆穿過錄音帶旋孔，靜靜地轉動。她的袋子裡頭沒有什麼眞正値錢的東西，但是他刻意的慢條斯理讓她既難堪又憤怒。接著他打開她的小鬧鐘背蓋，掏出裡面的乾電池，接著又翻出一盒未拆封、還裹著膠膜的電池，他將這些乾電池全數交到另一名士兵手中，另外那名士兵拿著這些電池，鑽進路旁用沙袋堆成的壕洞裡。士兵檢查完畢，撂下她的袋子和所有物品，手一揮，頭也不回地走了。她聽見黑漆漆的吉普車內傳出瑟拉斯的聲音：「千萬別幹傻事。」

安霓尤不管三七二十一，開始動手收拾東西，然後坐進吉普車前座。

「電池是製造土製炸彈不可或缺的材料。」瑟拉斯向她解釋。

「我曉得！」她頂了回去，又補上一句：「我曉得！」

車子駛離檢查哨時，她回頭瞟了一眼坐在後座的安南達，他的手裡把玩著一根鉛筆，一副事不關己的表情。

一幢位於埃克奈里苟達（Ekneligoda）的瓦拉瓦，此宅原本隸屬世居五代的衛克拉瑪辛訶（Wickramasinghe）氏族，最後一位衛克拉瑪辛訶是一名畫家，於一九六〇年代仍在此居住。他去世後，這棟擁有兩百年歷史的古宅便由考古學會和史蹟局接收（該家族有一個遠房親戚與考古界有淵源）。但是當這個地區陷入動亂，充斥著擄人的事件，這棟建築物便人去樓空，恍如一口儲水枯盡的空井，呈現出一片空蕩蕩的氛圍。

瑟拉斯首度造訪這座宅院時年紀還很小，當時大家都忙著料理他弟弟的臨終事宜。「白喉病，」不管跑了幾家醫院，每個醫生全都對他的父母低聲說：「嘴裡長了白色的東西。」於是，家人帶迦米尼回家之前，先將瑟拉斯送上車。帶著幾本他最喜歡的圖畫書，瑟拉斯一路平平安安被直接載送到埃克奈里苟達。衛克拉瑪辛訶家族當時正在歐洲旅行，於是整整兩個月，只留下一名奶媽獨自照料這個十三歲大的小男孩。他鎮日徜徉在他們的庭院裡，於灌木叢中尋找貓鼬的足跡，在腦子裡營造幻想中的王國、居民。與此同時，可倫坡碧徑路上的老家則門窗緊閉，家人們準備讓來日無多的孩子好好走完生命的最後一程。迦米尼被服侍得妥妥貼貼，活像個小皇帝，而他自己卻還不曉得那是死前的舒服日子。

到了三十幾歲，瑟拉斯只要到這一帶進行田野調查，都會重訪這幢古宅，但是距他上一次造訪也已經超過十年了。如今，他看著空蕪殘敗的屋舍、庭園，心中頓生失落之感。他還記得所有的鑰匙都埋藏在圍牆柱腳下，多刺的灌木叢仍然在庭院角落兀自虯結蔓生，沙地上的貓鼬行徑依舊斑斑可辨。

他逐一打開每一個房間，讓跟在身旁兩側的安霓尤和安南達可以各自挑選他們的工作間和臥房，然後再一一鎖上用不到的房間，他們只打算在此暫時落腳，沒有必要盤占所有的空間。他和安霓尤走在如今對他而言顯得小了許多的房子裡，竟然產生了同時置身於兩個年代的感覺。他向安霓尤描述幾十年前牆上掛的每一幅畫，他在這兒過了兩個月的自在日子，至今仍未能全然忘懷。當時他十分確信，小弟得了白喉病，一定是活不成了，而他亦欣然接受小弟將不久人世的消息，如此一來，他馬上又可以成爲獨生驕子了。

此刻，安霓尤躡足走在他的身邊。他們走進天井另一頭的房間，他聽見她小聲地問：「那是什麼？」——有人用炭筆在房內的大牆上留下了兩個大大的僧伽羅字——「瑪坎庫魯卡」，和對面牆上的「瑪丹納拿加」。「那是什麼？人名嗎？」「不，」他伸出手，手指幾乎觸及焦黑的字跡：

「不是人名。瑪坎庫魯卡是一個……嗯，很難解釋——如果說某人是個瑪坎庫魯卡，意思就是指他非常擅於興風作浪，是一個煽動者，一個看待事情和其他人大相逕庭的人，也可能是指一個魔鬼，一個夜叉。但奇怪的是，瑪坎庫魯卡也被供奉在廟堂，擔任聖域的護衛——沒有人知道爲什麼會由這種角色擔任那樣的重責大任。」

「另一個字呢？」

「另一個字就更怪了。瑪丹納拿加的意思是『欲仙欲死』，性亢奮。這個字只能在古代的情愛文獻中找得到，並非一般通用的白話。」

安南達忙著處理那顆頭骨時，安霓尤則打算繼續進一步深入探究「水手」的骨骸，她試圖抽絲剝繭，找出他的「職業標記」。她與瑟拉斯共事已經超過三個星期，他們老是在外頭跑，不曾和瑟拉斯在可倫坡城裡的官方關係有所接觸，所以沒有人會料到他們竟然會到這幢宅院來，而且鄰近「水手」第一次被掩埋的可能地點。或許「水手」是當地「舉足輕重」或「有頭有臉」的重要人物，他們在此將更逼近答案，而且不會受到干擾。

他們到達此地隔天一早，安南達・烏督嘎瑪沒向任何人說一聲，就率自溜得不見蹤影。這件事簡直就像當頭澆了瑟拉斯一頭冷水，而安霓尤則識相地保持緘默。她在中庭的榕樹斑斕陰影下陳設了臨時的工作檯和化驗設備，並將「水手」搬到戶外。瑟拉斯則決定一個人使用大餐廳進行自己的研究工作，他偶爾必須回可倫坡採買補給品，並向上級例行簡報他們的工作進展情形。這兒沒有裝設電話線路，除了瑟拉斯那具要使用時才開機的行動電話，他們在此地幾乎可說是與世隔絕。

至於安南達，其實那天清晨他一大早就起身，前往鄰村的市集。他買了一些新鮮的椰漿，趺坐在公共水井旁。他與同坐在一旁的村民閒話家常。他還掏出自己所剩無幾的香菸請大家抽。他坐在那兒留心看著周遭的熙攘市集，觀察每個人的舉手投足、當地人特有的身型、姿態和面貌特徵。他想弄清楚當地人都飲用什麼飲料，究竟是哪些食物，讓此地居民的兩頰高鼓異於常人，雙唇長得比巴締喀羅亞地區的人更豐厚；還有各式各樣的髮型、眼光的神韻；他們都用雙足步行，抑或較常以腳踏車代步；椰子油除了食用外，是否也施敷於頭髮上。他在村子裡足足待了一整天，然後到幾處野地分別收集了三麻袋泥土，準備用兩種褐土和另一袋黑土調配成各種色澤。接著他又回到村子裡，買了好幾瓶椰子燒酎後才返回那幢瓦拉瓦。

他往往在黎明時分起床，然後就蹲在照進房間地上的那方陽光裡，然後隨著陽光的移動緩緩挪移他的身體，像貓那樣。他偶爾會朝那顆頭骨瞄幾眼，除此之外，根本不動手工作。他有時會溜到村子裡，回來時帶著一堆花花綠綠的染色紙、羊脂膏、和食物染料，有一天竟搬回了兩部舊唱盤和一張七十八轉的老唱片。

在這幢大宅院裡的所有可用空間中，安南達挑了從前那位畫家使用過的房間，他並不知道這座古宅的來龍去脈，純粹是中意這個房間的採光，而這也就是牆上寫著瑪坎庫魯卡和瑪丹納拿加的房間，他的窗戶外頭則是安霓尤工作的中庭。他開始實際動手工作那一天，安霓尤一大早就聽見他房內傳出音樂聲——先是猛然一記拔尖的男高音，接著幾段激昂急促的謳歌之後，在終曲前逐漸變得柔緩。安霓尤好奇地走進他的房間，看見安南達正在上緊留聲機的發條。旁邊是另外一部唱盤，他在那部唱盤上捏塑了一個黏土粗坯基座，頭骨則被一層黏土包覆在裡頭。他可以輕而易舉地轉動那尊塑像，就像操控拉陶坯的旋轉檯一樣。看到他已經進行到喉頭的部位，安霓尤悄悄地退出房間。

她一眼便認出他所採用的面容重建術。他在整顆頭骨上插了許多大頭針，每一根針上都塗著紅線，標示出各區域的肌肉厚度；接下來他會根據不同的厚度標示，將一層一層或厚或薄的黏土塡進各區塊內；然後會再用橡皮擦壓觸黏土塑出臉部細節。如果再隨手拼湊幾件東西，這顆頭顱現在的模樣簡直和廉價商店裡賣的塑膠妖怪頭罩沒兩樣。

每個星期瑟拉斯都會暫離古宅前往可倫坡三天，這段期間她與安南達之間幾乎不通聲息。這個人曾從點睛藝師變成爛醉的礦工，這會兒居然搖身一變，成爲顏面修復師了。兩人在屋子裡活動時，都盡量迴避著對方，基本禮儀從他們初見面那一刻起就被丟到九霄雲外。直到現在，她依然認爲這整件事都是瑟拉斯個人的荒唐決定。

每天入夜後，她都將所有怕被雨水淋壞的器材一一搬進穀倉，這個時候，他早就已經醉醺醺的了，他正式開始工作後，酗酒的情形更變本加厲。而且他也開始變得動不動就發脾氣，只要一發現他放在廚房的食物被稍稍挪動了位置，或是被自己的工作刀割傷——一天得發生好幾回——他便勃然大怒。某天午後，當她正在院子裡測量骨頭時，他爲了要晒得到太陽，硬從她身旁廁身擠過，他的紗龍裙襬拂掃過她的桌面，她才咒罵了他一聲，而他竟然也怒不可遏地轉頭回罵好幾句。雖然兩人都即刻閉上嘴不再爭吵，但雙方的怒氣似乎更難消了。他氣呼呼地邁開大步踱回他的房間，而她則在心裡暗咒他轉檯上的頭顱滾下來砸到他的腳。

那天晚上她提著一盞燈出門找尋他的下落。晚餐時他沒現身，這倒讓她鬆了一口氣（他們平日各自烹煮自己的食物，但是兩人會一塊兒用餐——卻始終互不交談）。到了十點半，他還是不見蹤影，她想在鎖上大門——平日這都是安南達的工作——之前，至少裝裝樣子找一找他。於是她便提著油燈出門，走進黑暗中。她在一堵矮牆旁邊發現躺在地上不省人事的安南達，他全身上下只剩一條紗龍。她使勁拽起他的身體，蹣跚地揹起他全身沈甸甸的重量回到屋子裡。

安霓尤最厭惡酒鬼，她覺得喝醉的人既無趣也不浪漫。她好不容易才將他攙進玄關，他卻馬上癱倒在地上，兀自呼呼大睡起來，她既叫不醒也拖不動他，便走回房間取來隨身聽和一捲錄音帶，打算對他進行一場小小的報復。她把耳機套到他的頭上，然後摁下播放鍵，湯姆・衛茲❶的「白雪公主和七矮人」如雷貫進他腦子裡：「噠！噠！噠！噠！」他整個人倏地彈起來，驚恐萬狀。他八成以爲自己聽見了從地獄傳來的咆哮聲。看著他全身顫抖，彷彿逃不出穿腦魔音的折磨，她才扯掉他頭上的耳機。

她坐在院子的台階上，掛在天上的月亮垂視著這座衛克拉瑪辛訶家族的老宅院。她將錄音帶快轉到史帝芬・厄爾那首節奏雜沓、歌詞放肆的「無懼於心」❷。心情最糟的時候，還是只有史帝芬・厄爾的歌曲管用。每回只要聽他狂暴卻又悵然若失的謳歌，她就會血脈賁張，情不自禁地扭腰擺款起來。她邊踩著舞步，邊跳進院子裡，輕快地跳過「水手」身旁。今晚夜色晴朗，她可以放心地將他擱在這兒。

但是稍後當她在房內寬衣時，想到「水手」此刻正孤伶伶地被膠布包裹得密不透氣，便又返身走進院子將裹布拆開，讓夜色、晚風充分浸透「水手」周身。歷經焚燒、掩埋，此刻他躺在木頭桌上，靜靜地沐著月光。她踱回房間，音樂帶來的高張情緒已然消退殆盡。

❶湯姆・衛茲（Tom Waits）：美國著名另類歌手、音樂家。

❷「無懼於心」（Fearless Heart）：美國搖滾歌手 Steve Earle 的歌曲，收錄在一九八九年的專輯《*Guitar Town*》。

她憶起與庫里斯同床共枕的那些夜晚……他會用手指若即若離地飄拂過她的胴體。他會蠕向床尾，先輕吻她黝黑的臀腿，接著嗅聞她濃密的恥毛，最後湊進她深邃的私處。當他們分隔兩地時，他在來信中提道：他最愛聆聽她的喘息，一會兒緊促，一下子鬆弛，一陣狂催急趕，一陣停駐流連……好像正蓄勢待發，似乎明白接下來將要迎接一段漫長的過程。然後他的雙手在她的兩腿上游移，他的臉湊進她的股間舔舐著，她則張開雙掌扣抓他的頸背，或是她跨坐在上位，看著他在她手部激烈的動作中迸射。發出既清晰卻又含混的濁音，兩人相互盯視著對方。

安南達晃悠悠地從她的面前蹓進院子——一具形銷骨立、爛醉如泥的軀體，依舊裸著上身。他的雙手不停搓著手臂、嶙峋的胸廓，整個人繞著院子像個遊魂似的東飄西蕩，完全沒能察覺她正蹲踞在某個幽暗的角落。

他在她的工作檯前站定，雙手背在身後以防弄亂任何東西。接著他彎下腰，透過厚鏡片的眼鏡盯著她的測徑器、重量表，那神態就像置身在鴉雀無聲的博物館中的參觀者。他壓低身子，嗅嗅那些器材。還滿有科學概念的嘛，她心想。前一天她留意到他的手指十分纖細修長，上頭還薰染著工作時留下的赭黃顏色。

安南達忽然捧起骷髏，以雙臂環抱住它。

她對他的舉動絲毫不感意外。經過好幾個小時聚精會神鑽研一堆精密、複雜的數據，她時時也會湧起一股衝動，想要將「水手」擁入懷中；同時提醒自己：他也和自己一樣，不只是一件冰冷的物證，而是某個有血有肉的人——也具備性情、缺陷，也有家人、朋友，只因在瞬息萬變的政治紛擾中稍一閃失，原有的一切才在轉瞬間化爲烏有。安南達懷中揣抱著「水手」，在院子裡慢慢徘徊了一會兒，然後才輕輕地將他放回檯子上。就在此時，他才發現安霓尤正坐在中庭一隅。她對他輕輕點了點頭，示意她並沒因他方才的行爲生氣，她緩緩站起身走向他。枝上落下一片枯黃的樹葉，飄進骨骸肋架內，在裡頭隨風翻飛不已。

她看見安南達的鏡片裡映照著兩輪明月，一對搖曳晃舞的月亮——厚厚的玻璃鏡片用鐵絲圈繞固定在框架上，鏡架上則纏綑著破布——其實更像是抹布，因爲他總用它來擦拭手指。安霓尤希望此刻能和他互通聲息，但是她已經忘卻曾經與他共通的繁複語言良久。否則，她就可以告訴他：幫「水手」測量骨骼，她就能根據數據估算出他生前的身高比例；而他也可以告訴她……天曉得他心裡究竟想些什麼。

每天下午，當安南達的頭像重建工作遇到瓶頸時，他便將土坯全部掰散，往地上摔。很奇妙地，就在她還爲他之前白費的工夫感到惋惜不已的時候，隔天清晨，他又憑著猶牢記在心的明確厚度、位置，不消二十分鐘，重新組合完畢，回復到前一天的工作進度，然後他便能再往前推進一點。好像他必須屢屢藉著這道周而復始的破壞程序來暖身，如此他才能更篤定地獲得一些之前未知的細節。然而，當她趁著他沒在工作時溜進他的房間，依舊看不出什麼端倪，只不過短短十天，他的房間倒越來越像個巢穴——舉目所見盡是碎布條、塡塞用的紙屑、泥團和黏土，顏料也塗抹得到處都是。那兩個炭筆大字仍高高地留在牆上。

然而，這天夜裡，他們曾經短暫地心靈契合。他小心翼翼、尊重她排得整整齊齊的器材，絲毫沒動手去碰；當安南達擁著「水手」入懷的瞬間，她看見他的臉上閃過一抹極度的哀傷——那不只是一介酒徒的多愁善感，而是一方被苦慟啃噬的巨大空茫。安霓尤伸出手撫了撫他的前臂，然後留下他一個人單獨待在院子裡。接下來幾天，他們又恢復原先互不往來的狀態，或許那天他實在醉得太厲害，已致完全不記得發生了什麼事也說不定。每天他總會播放老唱片兩、三回，然後站立在他的房門口，朝外看著她在院子裡進行工作。

清晨六點，她穿好衣服，開始踏上通往學校的一哩路程。前方幾百碼外有一座緩丘，漸漸縮窄的小路引向一道小橋，一邊是一洼淺水塘；另一邊則是一道鹹水溪。從這兒開始，悉麗莎將會陸續遇見那群十來歲的孩子，有的肩上掛著彈弓，有的正在吞雲吐霧。他們也都與她的目光交會，但是不曾開口和她說話，她則總是會對他們打招呼。不久之後，當他們在校園裡再相遇時，這群人就更不會再搭理她了。她跟他們錯身而過，再往前走了五碼到了橋頭，她會一面走一面回頭看著他們投來的好奇眼光。她並沒比他們年長多少，這些小毛頭努力地想裝大人，但是裡頭或許只有那麼一、兩個才剛剛粗識男女之事。他們都遏止不住心底漸起的欲望，直直瞅著她絲緞般的秀髮，她一邊輕快的回頭一瞥，一邊繼續向前走——異性的曼妙姿態。

她抵達橋頭時，總是正好六點半。橋下有幾艘捕蝦小船，一個男子從水裡露出頭來，隱沒不見的雙手正直直探向水底，扯整兒子前一晚從船上撒下的網罟。當她行經橋面時，男子浸沒在水面下的身軀靜悄悄地移動。從這兒起，悉麗莎再走十分鐘便會到達學校，在更衣室換上工作服，擰濕抹布，開始逐一將每一面黑板抹乾淨；然後一間接一間清掃前一晚從格子窗戶被風雨打進教室裡的落葉。她一個人在空空蕩蕩的校園賣力工作，直到她聽見學童陸續到校——幼兒班，中低年級的，高年級的，全像是三三兩兩群集的鳥兒，吱吱喳喳聲越來越響，校園正像是供他們集聚的林間空地。她穿過這些人群，走到操場旁邊把幼兒班的黑板也抹乾淨——他們全都盤坐在地上，學著老師教授的僧伽羅語、數學、英文：「孔雀孔雀真美麗……長長的尾巴尖尖的嘴！」

上午整個學校還算肅靜，一到下午的放學時刻，校園又充斥著吵鬧聲和學生。穿著白色制服的孩子紛紛回到錯落在學校周圍的三、四座村子，過他們截然不同的日子。她走進數學教室，找了一張書桌坐下，準備吃她自己帶來的午餐，她打開包裹食物的葉子，用左手捧著，在黑板旁踱來踱去，她用三根指頭和一根拇指抓取食物，眼睛卻盯著還留在黑板上的粉筆數字、符號，眼光跟著演算過程轉動。以前在學時，她就善於公式演練，等邊三角形一點兒也難不了她；每當她在花圃整地或是在走廊掃地，總會豎起耳朵聆聽老師們授課。吃完午餐，她到洗手檯洗過了手，便啟程回家。禮堂裡還有幾位教師，其中幾位稍後騎著自行車從她身旁經過。

入夜的宵禁時間，她都待在屋子裡，點上一盞燈在房裡看書。再過一個星期，她的丈夫就會回家。她翻開書頁，找出那張殘破的小紙頭——那張安南達為她畫的肖像，夾在他讀到一半的地方；她不期然瞥見書上那幅她不喜歡的線畫插圖——一隻大黃蜂。那一對又大又圓的眼睛尤其嚇人。她從前喜歡吃過晚餐後到街上遛達，因為她最愛看商店關門。陰暗的街道，店門口的燈光也一家接著一家熄滅。這是她最喜歡的一刻，彷彿將感官一個接一個封閉。先是這家賣飲料的鋪子，接著是那間錄音帶店，然後換幾步之外那兩、三月蔬果行。當她挨家挨戶信步走過，街道也一點一滴逐漸變暗。一輛載著三袋馬鈴薯的腳踏車，無聲沒入墨水般的黑暗中，恍若遁進另一個時空——一個雖不見卻實存的世界。當周圍的人們從這個時空消失，離我們而去，我們便不再確知能否再看到他們，能否再見到依舊的音容。悉麗莎如是愛上了夜裡闇靜的街道，所有白日的喧囂此時皆消散殆盡，如同表演落幕後的空寂戲院。溫瑪拉喇雅的草藥行，接著是他哥哥溫瑪拉喇雅銀器店的百葉窗，正緩緩拉下，只剩最後一道光線從鐵門的縫隙滲出——像一道鑲著金邊的光芒；接著有人擰熄了電燈，於是連最後這道白光也隨之消逝不見。習習晚風拂穿過她的裙裾，她幻想自己正走在沒有宵禁的大街。鴿子棲停在拼著「卡基爾百貨店」幾個字的燈泡間。看似平靜的黑夜羽翼裡，還有好多好多事情正在發生——倉皇奔逃的人、憂心忡忡的人、受到驚嚇的人、怒狂愚昧的人，還有那些忙著清剿敵營村落殺人殺到筋疲力盡的精銳部隊。

早上五點半，悉麗莎起床後，先在住處牆後的水井旁邊洗過澡，她穿好衣服，吃了些水果，動身前往學校。依舊走上那段熟悉的二十五分鐘路程。她知道待會兒在橋上她會照例慵懶地轉頭看那些男孩子，也會看見熟悉的鳥兒——幾隻婆羅門鳶，或是一隻食蟲鳥。道路縮窄，再往前一百碼有一道橋，左邊是水塘，右邊有小溪。今天早上卻沒看到漁夫，路上也見不到任何人。在學校擔任的工友的悉麗莎是今早第一個走在這條路上的人。六點半，她轉回頭，依然沒有平日那群孩子的蹤影，沒能擺出自覺並不比任何人低賤的姿態。在橋頭前十碼處，她赫然看見木杵上插著兩顆學生的頭顱，面對面立在橋頭兩側，才十七、八歲的孩子，頂多十九……她不知道也顧不了那麼多。她遠遠地瞥見橋的另一端也插著兩顆頭顱，隔著橋她甚至認出其中一個人。她忐忑不前，想掉頭回去卻又不能，她覺得身後有個東西尾隨著她——而且來者不善。她好想馬上鑽進地洞裡消失，腦中一片空白；她甚至無法想像自己敢將示眾的斷頭從木杵上取下來。她不敢觸碰任何東西，因為他們看起來依然栩栩如生——雖然血肉模糊，但彷彿仍是活的。她終於舉起腳往前狂奔，她緊閉自己的雙眼，避開那些空茫的目光。她一鼓作氣跑上通往學校的小丘。她頭也不回只管不停地跑不停地跑，卻不曉得前頭還有更多首級等著她。

安霓尤的全部心神都糾集在某件事情上，不知不覺僵直了身體。她不曉得自己在院子裡待了多久，也不記得她反覆思索了幾遍「水手」生前活動的各種可能性，當她回過神來並打算挪動身子時，才發現脖子酸楚不堪，像中了箭一般。

在她的工作領域裡，有一則牢不可破的定律：除非先找出被害者，否則永遠找不到凶手。然而，儘管他們知曉「水手」可能是在這個地區遇害，就算她能推論出他的年齡、體型，並據此推斷出他的身高、體重，就算再加上她始終不看好的「頭部重建」果眞完成，辨識出他身分的機會似乎還是十分渺茫，他們仍然不知道「水手」是誰。

就算他們能夠辨認他的身分，就算他們發現這樁謀殺案的每一項細節，又如何呢？他只不過是成千上萬名受難者之一，這又能改變什麼呢？

她想起克萊德·史諾——她在奧克拉荷馬州時的指導老師——提到他在庫德斯坦（Kurdistan）從事人權工作時曾說過：一座村落可以解釋其他村落，一個被害人可以說明其他的被害人。而她和瑟拉斯都心知肚明，在這個島嶼近世的無數紛擾內戰歷程中，從來沒有一宗政治謀殺案遭到起訴，充其量只有徒具形式的警方調查。然而，這卻是頭一樁得來不易、直指政府的明確事證。

不管怎麼說，只要無法指認出「水手」，他們等於還在原地打轉。

安霓尤曾跟隨過幾名傑出的人士，他們能夠根據七百年歷史的骨骸上留存的壓迫或受傷跡象研判出死者生前從事過的職業。勞倫斯．安哲是她在「史密森中心」（Smithsonian）受訓時的恩師，他曾經憑著一根右側彎曲的脊椎骨，辨識出一名比薩的石匠，還曾根據一群德州佬屍身上的拇指骨折，指出他們生前曾長時間流連酒吧且常騎乘電動蠻牛機。康乃爾大學的肯尼斯．甘酒迪還記得安哲曾經在血肉模糊的巴士車禍現場指認一名小喇叭手，而甘酒迪本人則專攻底比斯（Thebes）的千年木乃伊，他曾根據指骨屈肌韌帶上的線條痕跡，進而推論死者生前爲一名書記官，該痕跡顯示他因長期握筆而產生的肌肉異變。

拉瑪濟尼❹對職業傷害的論文則是這個領域的開路先鋒，他曾指出畫家經由顏料導致的金

❹拉瑪濟尼（Bernardino Ramazzini，一六三三—一七一四）：義大利醫學家，曾於一七一三年的著作中列舉了五十二種不同職業，說明從業人員會近身遭遇的有害物質與其可能造成的傷害。

屬中毒。稍晚，英國人塔克拉（Thackrah）述及織工因長著紡紗而造成骨盆變形。（此病後來被稱爲「織工臀症」，甘迺迪指出：此即爲莎士比亞在《仲夏夜之夢》中「Bottom the Weaver」的來由。）甚至連體態雷同的兩具身體之間也會有細微的差異，可以讓人判別他們是新石器時代常投擲標槍的原始人，還是現代的職業高爾夫選手。

人體上的職業標記無所不在……

前一天晚上，安霓尤頻頻翻閱甘迺迪的著作《從骨骸重建生命》裡的圖表，這也是她旅行常備的書籍之一，她正苦於遍尋不著「水手」的骨骼上有任何符合書中所描述的職業性壓迫跡象。她一動也不動地站在院子裡，知道眼前這副骨骸可以分別推演出兩種可能，而這一體兩面卻又相互抵觸。首先，根據她檢視骨頭的結果，顯示他生前「大量活動」的部位集中在肩部以上——長時間伸出雙臂，平舉或抬高。或許是粉刷牆壁的工人或是鑿工，然而，其繁重的程度應不只於塗塗抹抹的工作；而且兩邊的手臂關節使用程度是對稱的，應該是兩手同時使用。而他的骨盤、軀幹和雙腿亦透露其敏捷性，像是長時間在彈簧墊上做出彈跳、騰空翻轉的動作——難道他是空中飛人？還是馬戲班子的成員？這些生理跡象是否是高空鞦韆懸盪造成的？話說回來，南部省境內還有多少馬戲班子呢？她只記得小時候還常有馬戲團到處巡迴演出；但是她也記得兒時讀到一本兒童繪本，裡頭將空中飛人也列入瀕臨絕跡的動物之一。

另一面則全然推翻前面的推論。他的左腿嚴重斷裂，共有兩處（這些傷並不包括在遇害的過程之中，她可以確定這兩次骨折均發生在他死亡前三年）。而且他的踝骨——他的踝骨呈現的活動跡象也與前一個推論完全相反——顯示他長時間處於靜止、坐定的狀態。

安霓尤環顧院子四周，瑟拉斯坐在暗得幾乎完全看不見的室內，而安南達則蹲踞在頭像轉檯前，嘴裡叼著一根點燃的紙菸，她可以想像他眼鏡後頭斜睨的一雙眼珠子。她經過他的身旁走到穀倉的櫥櫃前，然後又繞回來。

「瑟拉斯，」安霓尤輕聲叫喚，他聞聲步出室外，似乎也察覺她的語氣有點不尋常。

「我打算——你能不能叫安南達不要動，要他保持現在的姿勢，因爲我要走過去拍他一下，好嗎？」

瑟拉斯推推鼻樑上的眼鏡，一臉不解地瞧著她。

「你聽懂我說的話沒？」

「不懂，你說你要去拍他？」

「叫他不要動就對了，好嗎？」

一見到瑟拉斯走進房間，安南達立刻往頭像蓋上一塊布。他們開始一陣短暫的交談，每當瑟拉斯說一句話，他便遲疑地咕噥應一聲。安霓尤趁虛緩緩躡進房間，悄悄跪坐在安南達身旁。

她伸出手碰了他一下，他倏地跳起來。

她垂頭喪氣地轉過身。

「吶，吶！」❺瑟拉斯趕緊向安南達解釋。忙了好一陣子才又讓安南達回復到原來的姿勢。

「叫他專心一點，就像工作時的狀態。」

安霓尤同時伸出兩支手用力抓著他的腳踝，拇指掐進他的肌肉、軟骨，將它們抬起高過踝骨幾寸。安南達乾笑了一聲，安霓尤將他的腳放回地面：「你問他，爲什麼他要用這種姿勢工作？」瑟拉斯問過後回答：「他說：因爲這樣比較舒服。」

「這樣子怎麼可能舒服？」她說：「整隻腳繃得硬梆梆的。扯緊的韌帶會壓迫踝骨，長久下來一定會造成永久性的挫傷。你再問他。」

「問什麼？」

「你問他爲何要蹲成這副德行才能幹活。」

「他是個雕刻工，幹活時就是這個樣啊。」

「可是他沒在幹活的時候，不也是老這麼蹲著？」

❺僧伽羅語：不，不！

瑟拉斯轉頭對他詢問這個問題，兩人一來一往說了一大串話。

「他說他在寶石礦洞裡頭，蹲成習慣了。坑洞內的高度大約只有四呎，他在裡頭工作了好幾年。」

「眞是太謝謝你了。還有，麻煩你代我向他道謝……」

她雀躍地說：

「『水手』一定也曾經是礦工。過來，瞧瞧這根踝骨上呈現的縮窄現象──和安南達的踝骨一模一樣。我早該知道的，這是我的教授專精的領域。你看這骨頭上的沈渣，還有這幾處淤腫。我想『水手』曾在某座礦坑中工作，我們得去弄一張這個地區的礦坑分布圖。」

「你是指寶石礦嗎？」

「任何礦都有可能。不過，這只解釋了他生前活動的一個面向，其他部分可就傷腦筋了。他在斷腿之前一定還從事過比礦工的動作更劇烈的工作。所以我們可以現在勾勒出他的生活狀況了。你看，一個動得非常劇烈的人──不輸給空中飛人，後來他因爲某些事故弄斷了腿，所以只能進礦坑工作。這一帶還有哪些礦？」

接下來連續兩天風雨交加，他們全都只能待在室內。一等壞天氣稍稍轉弱，安霓尤便向瑟拉斯借了行動電話，抓起一把傘，頂著小雨步出戶外。她爬下離樹林好一段距離的小山坡，一路穿越水田直到盡頭，瑟拉斯曾經告訴她：這兒是收訊最清楚的位置。

她必須和外界聯絡，腦中溢滿了龐大的孤獨感。每天看到的人，不是瑟拉斯，就是安南達。

金西路醫院的裴芮拉博士接起電話，他花了好一會兒工夫才想起來她是誰。聽到此刻她正站在田裡和他通話時，他心頭一愣：她想幹嘛？

她一直想找機會和他聊聊她的父親，她知道打從自己回國以來，對父親的回憶便始終在腦中盤旋。她先對自己在離開可倫坡前一直沒聯絡也沒去拜訪他道歉。但是，裴芮拉在電話裡似乎不太講話，顯得小心翼翼。

「您是不是不太舒服？老師，您該多喝些水，否則一不小心就很容易會感染流行性感冒的。」

她不想對他明說她在哪裡——瑟拉斯曾警告過她，絕對不能對外洩露行蹤。當他第二回再問她現在在哪裡時，她只好假裝收不到訊號：「喂……喂？老師，您還在線上嗎？」隨即掛斷電話。

*

安霓尤不發一語，緩緩地移動，緊緊弧弓著身體，宛如一根曲折的臂膀。粗暴、狂囂的樂音響徹她的耳際、腦中，她屏氣凝神，蓄勢待發，等候下一個音符出現。一聽旋律揚起，她旋即振臂開展，騰空疾躍，頭往後甩，長可及腰的黑髮紛紛潑散如片片飛羽；她的兩臂撐向背後，抵住地面，整個人朝後翻了一圈，裙襬還沒來得及垂蕩下來時，她已經又站定在地面上了。

這首歌用來當伴舞音樂倒挺新鮮——她以前曾在幾次狂歡的場合用這首歌曲跳舞，和一大群人聚在一起飲酒作樂，當時她似乎只用皮肉去感覺樂音。然而此刻並不一樣，這並不是一支舞，甚至絲毫不帶一丁點舞蹈的成分。此刻，她喚醒身上每一寸筋肉，拋開一切倫理規範，放空所有心智掌控，頃刻將所有氣力全數灌注於肉體。如此，方能讓她奮力一躍，完成這道騰空翻轉的動作。

她用頭巾緊緊地將耳機綁在頭上。她每每需要借助音樂的力量，驅策自己進入既激越又優雅的境界。她總是時時渴望優雅，而在此地，優雅只出現在每天清晨或午後的一場傾盆大雨過後——此時空氣清冽沁涼，隨時有踩到濕葉滑跤的危險。只有置身在如此的狀態之中，她才會覺得自己的魂魄可以瞬間自體內迸射而出，一如矢箭離弓。

瑟拉斯透過餐廳的窗戶望著她，他看見一個從不曾見過的陌生人——一個失了魂的女子，一名沐著月光的祭司，一個滑步敏捷的小賊。她不再是他所認識的那個安霓尤。她看不到自己還原到渾然忘我的狀態——這是她全心全意企求的境界。她不再是跌跌撞撞於男性世界中的顛撲飛蛾，不再是運屍人、秤骨工——雖然她仍須扮演那一面，就像她也樂於當一名戀人。然而，在這短暫的時刻，只有她獨自伴著賁張暴怒的情歌狂舞，無盡的失落方能一一驅離；「從冷酷中走來」❻，獨自一人竭誠舞出一名戀人的告別。她想：自己對待兒女私情畢竟還算理智，才會選擇以那樣天理不容的決絕姿態對付他，對付自己，對付兩人，對付酸甜雜陳的情慾；在兩人的愛情之路走到盡頭的時候，能毅然決然拋棄得一乾二淨。在狂舞的當頭，比起滿身大汗，比起因劇烈的動作不慎碰傷的足踝，不知什麼時候已悄悄掛在臉頰上的兩行淚絲毫不足以掛懷，她絕不會爲這點小事教自己停下來。就像她絕不會因情人的哭哭啼啼或花言巧語而改變自己，從前不會，今後亦然。

直到跳得筋疲力盡，再也動不了，她才停歇下來。她癱軟著身子，倚臥在石板地上。一片落葉飄下，觸地的剎那恍若一記輕聲喝采。音樂的怒潮仍持續流盪了一會兒，宛如乍死的屍身內仍維持流動的血液。她平躺著，聽著音樂，感覺心神逐漸收復，就像在一片暗闇中緩緩燃起一盞燭光。然後氣息漸次回復正常——呼——吸——呼——吸。

❻「從冷酷中走來」（Coming In from the Cold）：牙買加的雷鬼樂手 Bob Marley 著名的歌曲，收錄在一九八〇年出版的專輯《*Uprising*》。

周末，趁他們兩人都在瓦拉瓦的前庭時，安南達走過來，一屁股坐在他們身旁，操僧伽羅語對瑟拉斯說了幾句話。

「他把頭像做出來了，」瑟拉斯連頭也沒回就告訴她，臉仍朝著安南達：「沒錯，他是這麼說的：做完了。萬一要是有什麼問題，我奉勸你先不要抱怨，他現在醉得不輕。先別忙著發表意見，不然他可能又會跑得不見蹤影了。」

她不置可否，兩個男人繼續談話。四周夜幕低垂，伴隨陣陣蛙鳴。她站起身子，逕自朝著嗡嚶的呱叫聲踱去。她陶醉在大自然的對唱中，渾然忘我，直到瑟拉斯的手輕輕擱在她的肩頭：

「來吧，我們現在去瞧瞧。」

「現在？不是要先等他昏死過去嗎？噢，我忘了，不許有意見。」

「委屈你了。」

「一下子要我遷就你，這會兒又要我遷就他，什麼時候輪到你們來遷就我？」

「我不認爲你喜歡讓別人遷就你。」

「你不妨找機會試試看。」

院子的地上插著一簇細枝紮成的火把，「水手」的頭像擱在椅子上，除此之外沒有任何別的東西，只有他們倆人，和頭像互望著。

頭像的面容在搖曳的火光映照下，彷彿動了起來。然而，眞正引起她——這個女子熟知「水手」所有生理結構，她帶著「水手」走過千山萬水，隨他進行死亡之旅，當他靜置在班達拉威拉招待所的桌檯上，她徹夜守候著他，並且熟稔他自小到大每一處傷痕——激動不已的原因是：這顆頭顱不只是某人的約略長相，而是像某個特定的人。它呈現出鮮活的個性，栩栩逼眞一如瑟拉斯的臉。就像終於與一名長久通信的友人相見，或是一個她曾經一手帶大的孩子，如今見他已然長成大人。

她趺坐在台階上。瑟拉斯走近頭像又倒退幾步，撇開臉，然後轉頭，假裝不經意和它打了個照面；而她只是定定地盯著它，好像恨不得要牢牢認識這副面容。它的容貌中透露出她在當今世間鮮少見到的誠摯；那是一副表情和緩、安然自若的面容。出自安南達這麼一個看似散漫邋遢、不牢靠的人之手，實在頗令人意外。她轉身一看，安南達已經不知去向了。

「好祥和啊。」她打破沈默。

「是啊，這才是麻煩的地方。」瑟拉斯說。

「祥和沒什麼不對啊。」

「是沒什麼不對，只是這是他自己心裡對死者相貌的期望。」

「他比我想像中的還年輕，我喜歡他臉上的表情。你剛才說那句話是什麼意思？『他對死者相貌的期望』？」

「過去這幾年，我們看過許許多多被梟首立杆的頭顱，幾年前尤其盛行這種暴行。通常會在早上發現他們，因爲這些勾當多半都在夜裡進行。家屬們聞訊趕來，將頭顱取下，帶回家。用死者身上原先穿著的襯衫裹住，有時候只是揣在懷裡。這些都是他們的子弟，這樣做無異給了家屬椎心一刺。另一種情形比這個更糟：那就是家人無故失蹤，沒有蛛絲馬跡可以知道他們是死是活。一九八九年的時候，拉特納普拉區境內一所學校的四十六名學生和幾個學校的職員在學校被人抓走，逮捕他們的車輛都沒掛車牌。後來有人目擊一部黃色的菱帥轎車出現在軍營中，並認出那部車子曾參與那次搜捕事件。這事正發生在掃蕩叛軍及其同情者的行動最如火如荼的時期。安南達的妻子，悉麗莎，也在那次事件中失去了蹤影……」

「天哪。」

「他也是最近才告訴我這件事。」

「我……我實在感到羞愧。」

「那是三年前發生的事，他至今仍然不知道她的下落。他從前並不是現在這副德行。這也就是他做出來的頭像會如此安詳的原因。」

安霓尤起身走入漆黑的屋內，她無法再繼續正視那張臉。不論從哪個角度，她似乎只看到了安南達的妻子。她坐在餐廳內的大藤椅中，埋首飲泣起來。她不想讓瑟拉斯瞧見她這副樣子。等到雙眼漸漸適應了黑暗，她隱約看出牆上那幅畫的方形輪廓，而安南達立在一旁，一動也不動，目光穿透黑暗凝視著她。

你究竟為誰而哭呢？安南達和他的妻子？

「都是，」她說：「安南達、水手、他們的愛人，還有你那個讓自己忙得死活不顧的弟弟。這整個國家都陷入瘋狂了，而且無從解脫。你弟弟曾經說過：『看待這些事情，得抱持幽默感──否則一切就更沒道理可言了。』他一定是萬念俱灰了，才會說出這種話。我們好像回到了野蠻時代。那天晚上我們帶著古納仙納去找他之前，我曾經見到過他。有一次我不小心把自己割傷了，便到急診中心，打算縫合傷得不輕的傷口。我在那兒見到你弟弟穿著黑色外套，渾身沾滿鮮血。他渾身鮮血，讀著一本書，我現在確定那個人就是迦米尼。當我和你去找他時，我就覺得他很面熟。當時我還以為他是某個去醫院就診的傷患，一個才剛從死裡逃生的政治受難者。你弟弟在嗑藥，是嗎？」

「他嗑的東西可多了，我現在也搞不清楚。」

「他瘦得不成人形，得有人照顧照顧他。」

「是他自己搞成那副樣子的，他不要別人管他。他自己過得去就行了。」

「你打算怎麼處置那個頭像？」

「他也許是這幾個村子裡的人，我可能會拿去那兒，看有沒有人能認出他來。」

「瑟拉斯，千萬不要這麼做，你自己說過……這些村民都遭受過喪親之慟，他們看的頭顱還不夠多嗎？」

「你忘記我們的目的是什麼了嗎？既然我們要找出他的眞正身分，總得從什麼地方開始進行呀。」

「求求你別這麼做。」

安南達本來一直站在院子裡，聽他們用英語交談。此刻，他走到她面前，儘管不知道她的眼淚是爲他而流，也不知道她明瞭他所做的頭像並不是「水手」的眞正容貌，那股平靜安詳只是透露了安南達所熟悉的妻子，以及他對任何一名受難者的期盼。

她原本要把燈打開，但她猛然想起安南達絕不踏進亮著電燈的房間。當他在房內工作時，如果天色過於陰暗，他就會點燃火把照明，好像他曾經被電燈背叛以致不願再給予任何信任，或許他只是屬於那種愛用電池的守舊派，不習慣一般燈光，只慣於使用電池、火光或月光。

他往前邁了兩步，伸出右手，用拇指抹去她眼眶周圍的濕潤，好似要將所有的悲痛也一併拭去。那是她從來未曾感受過的極度溫婉膚觸。他的左手輕柔、鄭重地擱在她肩上——恰如那天夜裡在急診病房，那名護士試圖喚醒迦米尼時的姿態。這或許正是她稍後想起來要告訴瑟拉斯那天深夜在醫院所見到的景象的原因。安南達放在肩上的手平撫了她的激動，另一隻手揉按著她的臉龐，力透皮肉，彷彿她的臉亦是猶待搭捏揉塑成型的黏土一般——她自然明白他心中並非作如是想。施加在她臉上的是純然的溫柔。接著，他換了另一隻手扶住她的另一邊肩膀，用另一隻手的拇指抹去她右眼下方的淚痕。待她止住啜泣之後，他便轉身離去。

她發覺，她與瑟拉斯一起工作的這段時日以來，他幾乎不曾觸碰過她，她只是覺得與瑟拉斯在一起沒什麼芥蒂；至於那天晚上在醫院，迦米尼握她的手，他靠著她的腿側睡著則顯得較為親暱。安南達此刻撫摸她的方式讓她想起：已經好久沒有人——也許，只有她的母親或者菈麗妲，在遙遠的歲月以前，她記憶模糊的幼年時代——像這樣子觸碰過她了。她靜靜走進院子，看見瑟拉斯仍站在那兒端詳水手的容貌。他一如她心知肚明：不會有人認得出這張臉，他們眼前所見到的臉並不屬於重建後的「水手」。

有一回，她和瑟拉斯進入一座位於埃蘭卡勒的森林僧院，並在那兒盤桓了幾個鐘頭。岩洞入口上方嵌著一片用來遮陽擋雨的波浪板，洞外有一條蜿蜒的沙石小路通往浴池。每天清晨，會有一名僧侶花兩個鐘頭，沿途掃去密密層疊鋪滿路面的落葉。到了傍晚，無數的落葉、細枝又會再度鋪滿整條小徑，不過在中午時分，小徑仍是清淨、黃澄澄地宛如一條溪流。步行在沙徑上，這件事本身就像是一場冥思。

樹林中萬籟寂靜，安霓尤原本沒聽見任何聲響，直到她依稀覺得有聲音傳入耳中，隨後她在茂密的枝葉中尋覓聲響的來源——就像用篩子划過水中一樣，她聽出那是幾隻白頭翁和鸚鵡的啼聲。「只有摒棄七情六慾的人才能營造出像這樣的場所，人實在需要超越激情啊。」在埃蘭卡勒那天，瑟拉斯只說了這麼一句話，泰半時間他只是靜靜地走著，沈湎在自己的思緒裡。

他們在森林中漫遊，陸續發現了數座古蹟遺址。一條狗尾隨在他們的身後，於是她想起一則傳說：西藏人虔信，出家人若不潛心冥修，來生將會轉世爲犬。他們繞回空地，一處像卡瑪沙（kamatha）——稻田中的曬穀場——似的小空地。石壁的岩架上安置著一尊小佛像，有人將一枚車前草葉放在佛像上方，保護菩薩不受烈日、雨水侵害。四周環繞著蔥鬱的高大林樹，他們恍如置身在一口綠色的深井之內，每當風吹過林梢，波浪遮板就不住地抖動，喀噠作響。

她希冀自己能永遠待在這個地方，寸步不離。

王宮貴族們總是戀棧看得見的俗物——歷史名位、財貨產業，以及他們自認顚撲不破的眞理。然而——瑟拉斯告訴她——在十二世紀的最終幾年，智者阿桑嘎（Asanga）與信徒們在埃蘭卡勒，離群索居長達數十年，世人皆早已將他們遺忘。當他們陸續亡故後，這兒的僧院、森林裡的人煙相繼絕跡。而在那段無人居住的歲月裡，樹葉滿覆林中小徑，不聞灑掃跫音，再也沒有沐浴淨身時瀰漫的番紅花、印度楝樹的氣息。埃蘭卡勒想必因此而變得益發美麗，安霓尤心想，當這些無淨無垢的人所構築的房舍人去樓空之後，此地必然更加幽靜。

過了四個世紀，僧侶們再度陸續遷入這些位於聖殿遺址上方的岩洞。經過人跡杳然、宗教眞空的漫長歲月，人們早已遺忘此地是神聖的修道場所，以爲整個遺址只不過是個被世人遺忘的浩瀚樹海。頹圮的木造祭壇遭蟲蛀蟻蝕，陳年粉屑淤塞了浴池，接著，荒煙蔓草盤據著整個地區。於是路過此地的人無法看清原來面貌，全然不曉得這裡頭別有洞天，如今這個蔽天不見日陽的世界已成了熱岩上爬的、不知名草木上鑽的無數生物的棲息處。

四百年來，百禽兀自在林間呼嘯鳴啼，遠古飛蟲在空中翱翔翻飛；而這口十二世紀古井的殘垣，猶映照天空，水面仍泛著粼粼銀波。

那天深夜在岩面公園，瑟拉斯曾對她說：

「帕利帕拿在每座古蹟內能夠來去自如——好像那些都是他前世的自宅；他可以猜出水景花園的位置所在，知曉該自何處開挖，修葺水池沿壁，重新植滿白蓮。他曾經花好幾年的工夫研究阿耨羅陀普羅和坎地一帶的宮廷花園。他只消稍一動念，便能走進歷史，駐足在皇家森林；或西部的佛寺。對他來說，現代和遠古必然早已泯滅了那道界線。唯一可以區分時間的，只有季節的更迭——溫度的高與低、雨量的多與寡、濕度、青草的氣味、燒炙過的色澤。僅此而已，年歲於他何有哉……於是我現在才霍然理解他的所作所爲，他只是順理成章地完成他的下一步——打破一切藩籬、規制，讓完整的形貌得以拼湊聚攏，於是才能發現他過去從未見到的眞相。

「何況，他當時已逐漸失明。在他僅剩微弱視力的最後幾年，他以爲自己終於看見了隱藏在字裡行間的文句。當文字開始自他的指尖、眼前消失時，他則另闢蹊徑，就像是罹患色盲的人總是能在戰場上洞悉敵人的僞裝，看得到形體、構造。而且，他一直都是孤家寡人。」

此時，迦米尼笑了一聲，他也一直聽著瑟拉斯說話。

瑟拉斯停了一下，然後接著說：「年輕時的帕利帕拿，大多是獨力修習巴利文和其他語言。」

「但是他性好漁色，」迦米尼說：「他是那種到處留情的男人。當然啦，你說的沒錯：他一直都是孤家寡人……你說的倒是一點兒都沒錯。」

迦米尼藉著重覆瑟拉斯的話，表達他頗不表贊同。他平躺在草地上，望著天空。沿著岩面公園外的防波堤上傳來靜靜的碎波拍岸聲。由於他的插嘴，他哥哥和這名女子全都悶不吭聲，於是他繼續說：「這裡曾經是一個文明的國家。早在紀元前四世紀，我們曾經有過許多『病人收容所』。米興塔勒就有過一座十分漂亮的，改天叫瑟拉斯帶你去瞧瞧那座廢墟。而且當時就有藥局、婦科醫院了。到了十二世紀，醫生被派往全國各地，連最偏遠的村落、甚至隱蔽在深山裡的修行僧岩窟也不例外。可以乘著牛車去幫那批傢伙看診一定很有趣。總之，醫生們的名字都還留在若干岩壁碑文上，上頭提到當時的幾座盲人村，還用古文鉅細靡遺地記載了腦部手術的過程。當時設置的幾個民俗療法診所甚至存留至今——找個時間我帶你那兒去見識見識，只要搭趟火車，不一會兒工夫就到了。我們有對抗疾病、死亡的悠久傳統，我們大可自豪我們曾經是最傑出的。結果我們現在卻得千辛萬苦將沒施打麻醉劑的傷患搬上樓，只因爲電梯不管用。」

「我想我以前見過你。」

「不會吧，我不記得我曾看過你。」

「你哪能記得住每個人？你是不是有一件黑色外套？」

他笑著說：「我們沒空去記這些，還是叫瑟拉斯帶你去米興塔勒好了。」

「噢，他帶我去過了。他還帶我去看了一件好玩的東西。在通往山丘上的佛寺石階入口前有一面告示牌，上頭的僧伽羅文原本應該是：『警告：天雨石階濕滑十分危險』，瑟拉斯一看到便笑個不停，因爲不曉得誰在上頭塗改了一個音節，結果，唸起來變成了：『警告：天雨石階實在十分美麗』。」

「這一點都不像是我那一本正經的老哥。他以往一直是我們家中的異數。在他眼裡，我們都是文明何以敗壞的血淋淋例證，是導致波隆那努瓦沒落的七項原因，是讓迦勒（Galle）變成大港口並苟且存活至今的十二個理由。我哥哥和我，我們老是意見相左。他老認爲我的前妻和我是絕配，我猜他大概是一直想上她吧，卻老是不付諸行動。」

「夠了！迦米尼。」

「反正我也沒有，我才沒那種閒工夫呢——屍體一卡車一卡車地送來，她不愛聞我手臂上的消毒藥水味，加上我值班的時候總是藉藥物支撐，所以我回到她身邊的時候，總是昏昏沈沈的。這可不像是人人稱羨的神仙眷侶呀。我一泡進澡盆便不省人事。我的蜜月還是在一所基礎醫院裡度過的，整個國家正在分崩離析，而我太太娘家的人竟然還埋怨我老是不顧家，他們大概指望我穿上燙得平平整整的襯衫，挽著她的手一道出席晚宴吧……或許當我看見石階前的那面告示，我也會笑出來，危險……美麗……你們眞好運能一塊兒去。他——」迦米尼朝夜空一指——：「在帕利帕拿門下研修時，曾經帶我去過一回。我喜歡帕利帕拿，我喜歡他那副道貌岸然，他可是當時大名響叮噹的人物哪，廢話又不多。他那時怎麼稱呼他自己來著？」

「金石學家。」瑟拉斯說。

「可不是人人都會的喲……能辨讀銘文。太神了！研究歷史就跟解剖一具屍體一樣。」

「你的哥哥當然也辦得到。」

「當然啦，而且帕利帕拿最後還瘋了。你是怎麼說來著，瑟拉斯？」

「妄想症吧。」

「和瘋了沒兩樣，要不然哪會冒出那麼多胡言亂語呢，什麼隱藏在字裡行間的字句……眞是漫天大謊。」

「他沒瘋。」

「行，沒瘋就沒瘋，充其量就是和你我一個樣兒。但是當他發表那些東西時，他那群同夥可沒一個人挺他啊。他當然是我僅見的偉人，但若要說他『聖潔無暇』，我可辦不到。我說啊，歷史上每種信仰的宗旨就是教導我們別輕易相信——」

「至少瑟拉斯曾去探望過他。」安霓尤不等他講完，急著插嘴。

「欸？眞的嗎？他去看過他……」

「不，我也是直到上個禮拜才去的。」

「就是嘍，他果然還是一直孤家寡人，」迦米尼說：「除了東養一個女人，西藏一個女人。」

「他和他的外甥女同住，那是他妹妹的女兒。」

安霓尤自沈睡中醒轉，必然是被那幾隻在屋頂上騷爬的鳥兒或遠處駛過的卡車吵醒。她從頭上取下已經悄然無聲的耳機，順手抓來那件印著「王子」圖樣的T恤穿上，然後步進院子。清晨四點整。她拿著手電筒，光束直直照在「水手」的骨骸上——依然安然無恙；再照向椅子，頭像已經不在那兒，一定是被瑟拉斯拿走了。她究竟爲何突然醒來？惡夢中出現的人是誰？是否正是穿著黑外套的迦米尼？她一直夢見他。或者，那是遠方的庫里斯，此刻大約正是她在柏芮哥泉拋下受傷的庫里斯的相同時辰。唉，慘不忍睹的戀情。

院子又稍稍亮了一點。

屋瓦上颳起一陣風，強勁的風吹上黝黑高聳的樹頂，颯颯作響。她慶幸自己沒將任何一張他的相片裝入行囊一起帶來。她坐在台階上，打算再多聽一會兒鳥聲啁啾。接著她聽見一記喘息聲，於是立即奔到安南達的房前，推開門，房內一片漆黑。

她聽見黑暗中傳出異常的聲響。她馬上掉頭跑回房間拿手電筒，一面呼喊瑟拉斯，一面跑進安南達的房間。安南達躺臥在牆角，正使出殘餘的氣力將一把利刃捅進自己的脖子裡，刀子上的鮮血自他的指間滲出，順著手臂往下淌。剛剛的聲音不曉得從哪個部位發出，不是喉嚨，他的喉嚨絕不可能發出聲音，絕不可能從插著刀子的喉嚨發出那樣的聲音。

「你發現多久了？」瑟拉斯也趕過來了。

「我一聽到不對馬上就跑過來了，我正好站在外頭。你快從床上撕一些布給我。」

她跑向安南達。看他兩眼圓睜，一眨也不眨，她以爲他已經斷氣了。似乎隔了好久，才等到他的眼珠子動了一下，他的手仍微微停舉在半空中。「快拿布過來！瑟拉斯！」「好！」她試著從安南達手裡把刀子抽出來，但是他握得死緊，只好先讓它保持原狀。鮮血沿著他的手肘滴到她的紗龍上，她隱隱嗅到一股血腥味。她蹲踞著，將手電筒放在兩腿之間，光束往上照。

瑟拉斯開始撕枕頭套，然後將布條遞給她，她立刻纏住安南達的頸項，將較寬的一面裹在他脖子上，然後緊緊地綁紮起來。

「我需要一些消毒水，你知道放在哪裡嗎？」消毒水一拿來，她便將布條泡濕，讓藥水滲進傷口。幸好未傷及氣管，儘管他已經呈現呼吸困難的症狀，但她仍不得不紮緊布條以免流失更多鮮血。她彎著身子，用手指壓住傷口，現在已經顧不得他手裡的刀子了。

「你得打電話給迦米尼，叫他派個幫手來。」

「手機沒電了，我到村子裡借電話，如果眞找不到人手，我會開車載他去拉特納普拉。」

「趁你離開前，先幫我們點一盞燈，好嗎？」

瑟拉斯端了一盞油燈過來。油燈的光此刻顯得過於刺眼，他將燈蕊調短了些，因爲眼前的景象實在教人不忍卒睹。

「他在呼喚死者。」她喃喃說道。

「不，他只是因爲失去親人而尋短。」

她看見他的眼中閃動了一下。

安霓尤完全沒有意識到瑟拉斯何時離開。她和安南達仍蜷縮在房間的牆角，油燈的光芒圍裹著兩人。應該由她去求援的，如果讓瑟拉斯待在這兒，便能和他說點話，安撫他的情緒。也許，他並不想聽人說話；也許，讓女人在場也多少不無幫助吧。

她緩緩自血泊中站起身，走到床邊從枕頭套撕下更多的布條。她在枕頭下摸到一個護身符並拿起它。當她轉回他的身邊，看見他突睜著雙眼，目光似乎要吞噬一切。噢，天哪——原來他的眼鏡掉了，什麼也瞧不見。她在地上找到那副眼鏡，他剛動手自殺的時候原是戴著的。

她先用紗龍抹去手上的鮮血，然後爲他戴上眼鏡。突然間，儘管他傷勢嚴重，儘管他的右手仍緊握著刀子，生命仍岌岌可危，但是他似乎回復了神智，暫時穩住了性命。她彷彿覺得現在隨便用哪種語言，他都能自她的語氣、手勢中理解她的意思。才不過在幾個鐘頭前，他的手放在她肩上，他們才好不容易有了交流。她將那只護身符放進他的左手心，他的手不知是無力抑或不願握住它。似乎隨時都會陷入昏迷不再醒來。

如今，一個護身符、一首拜拉⑦對他又有什麼幫助呢？還有眼鏡？或是繃帶？這一切不過是讓她自己心裡頭好過些罷了。她阻撓了他的自裁，她是他歸陰路上的障礙。鮮血已將整片包紮的布條染紅了。她突然想起一件事，登時起身飛奔穿過院子，手電筒的光束四處亂竄。她衝進廚房，拿出他們帶來的旅行用冰櫃，從裡頭找出用報紙包著的急救腎上腺素——她總隨身攜帶以備萬一。這或許有助於減緩出血，並收縮血管以穩定血壓。她先用手掌搓熱玻璃瓶，跪在他的身旁，用注射筒抽出腎上腺素，他雙眼直盯著她，眼神渺茫恍若隔著千里之遙，對她的一舉一動視若罔睹。她的左手壓住他的胸膛，不讓他亂動——她明白，她正強行將他自鬼門關前拉回，盡其可能地，保住他的性命——接著，針筒插入他的手臂。她用左手繼續摁著他，她再從雙腿夾著的玻璃管內抽出另外兩劑腎上腺素，又補了一針。她抬起頭，發現他仍兩眼直直望

⑦拜拉（baila）：歌謠。

著她。當藥效開始發生作用時，他的眼神轉而出現恐慌，目光一點一點緩緩流失，宛如滅頂前想緊緊抓住一根葦草。彷彿他也意識到自己若再僵止不動便會就此死亡。

上午十點，她聽到茶園工頭循例來到莊園的聲音，他正在將七名工人挑揀、裝好袋的茶葉一一過磅。安霓尤每回都特地去觀賞這項儀式，特地來這兒重溫一段兒時的回憶——她一向喜歡茶葉散發出來的濃重香氣，還有那些綠到無以復加的葉色。她永遠忘不了當時走進茶葉工場和橡膠工廠的情景，巍峨一如皇宮——她那時一心祈盼自己長大後也能坐擁一座這樣的王國；小小年紀就打定主意要嫁給掌理茶園或掌理橡膠園的夫婿，別的行業一概不予考慮；而他們的巍峨莊園將會建在昂立的山丘頂上。

瑟拉斯一直聯絡不到他的弟弟，於是便開車將安南達載往拉特納普拉醫院。此刻他還沒回來。她站在放置磅秤的棚屋旁，採茶工人全都離去了，她便踩上搖搖晃晃的秤台，彎身拾起幾片遺落的綠葉。

昨晚就寢前，她先提一桶水進了安南達的房間，趴跪在地上刷洗地板。正因爲他還活著，她才會想到要這麼做。萬一他死了，她說什麼也無法再踏進這房間一步。她刷洗了半個鐘頭，血跡在油燈光線下顯得黝黑。然後她走到院子裡，先洗淨從身上褪下的T恤和紗龍，最後才洗滌自己的身體——先刷去沾在肌膚的每一塊血痂，再洗掉滲進髮絲裡的血污。然後她拔下手鐲，刷洗手腕，再將手鐲丟進水桶，順道也將它洗乾淨。她從井裡打了好幾桶水，一再從頭頂淋下全身，她覺得躁醒，打起寒顫，她希望現在有人可以和她聊聊。她把衣物留在井邊，然後走進她的房間，努力教自己沈入睡夢中。她似乎感受到冰涼的井水滲進她疲憊的身子，穿筋透骨。但她的心思卻與瑟拉斯和安南達在一塊兒，這兩個人如朋友般平等地待她——這兩人正坐在車子裡，或許已經到了醫院，而在那兒，有一位陌生人會試圖挽回安南達的生命。她的雙手攤放在身體兩側，連將床單拉來蓋上的力氣也沒有。天亮在即，光線瀉入房內。她終於定下心來，誠心相信那位好心的陌生人將會救活安南達。

直到下午她才睜開雙眼，看見瑟拉斯立在床前。

「他脫離險境了。」

「噢。」她呢喃著，執起瑟拉斯的手貼在自己的臉頰上。

「是你救了他，及時救活了他。那些包紮，還有腎上腺素……醫生說，在這麼危急的關頭，還有人曉得怎麼急救眞是太難得了。」

「那只是運氣好，我對蜜蜂過敏，所以才會隨時帶著腎上腺素在身邊。有些人遭蜜蜂叮後會呼吸困難，而且腎上腺素也能減緩流血。」

「你眞該留在國內，而不光只是被派來工作。」

「我並不是『被派來工作』的！是我決定要回來的，是我自己想回來的。」

從村子通往那幢瓦拉瓦，是一道長長的石子路，一道古老的牆垣掩藏在右方的葉蔭裡。進入車道前行三十碼處有一個分岔口，如果是開車的話，左轉後得將車子停在茶寮旁，若是騎腳踏車或步行，則取道右側靠近古宅，自東側小門進入。

這是一幢兩百年高齡、五代相傳的古典建築物。不管從哪個角度看，這幢屋宅一點也稱不上富麗堂皇。這是因爲它座落的地點和位置，加上精心營造的距離感——不管你站在離屋宅多遠的地方望向它，都不會見到太多其他人的產業。這在在都使人心中萌生內省的動機，而摒棄向外征討的野心。無論何時，它始終像是一方隱匿、等待被人意外發現的隱蔽角落，一座大默勒涅（grand meulne）。

從大門進入，穿過一道傾斜得頗詭異的上樑，便來到一個被四堵牆圍繞的前庭，砂灰色的硬實地面，這兒有兩個蔭庇處：一個有棚頂的遮陽台和那棵大紅木底下。樹下有個低矮石凳，安霓尤在此消磨許多時光，絲絲垂苔似風奏琴，在沙地上灑著斑斕繽紛的光影。

衛克拉瑪辛訶家族的畫家享年幾何？安南達現在幾歲？當安霓尤獨自佇立在某座機場，思及自己平白付出情感卻不得任何回報而欲哭無淚時，她當時多大了？男人們究竟是少了哪根筋，竟讓他們終其一生都渾渾噩噩、汲汲營營、言而無信而又唯唯諾諾呢？如果連愛侶們都可以因彼此的離棄和慾求而殺死對方，那麼世上的芸芸眾生又會幹出什麼事來呢？而那些心中不存一絲愛意的人呢？那些懷著野心和驕矜投奔敵營的人呢……

她待在花園裡，兩旁各是一株月桂樹和一棵白楊樹。月桂樹上的花朵凋落時總是朝向月亮，白楊樹的細枝可以用來當作牙籤，亦可拿來焚燒以薰驅蚊蠅。這兒似乎曾經是一位英明王子的御花園，然而英明的王子卻選擇自行了斷生命。

他們三個人從來不曾談論過關於這幢古宅的美學。處處可見靜謐、鬱實的蔭影，牆垣的高矮恰到好處，庭樹滿目花團錦簇，這幢古屋始終帶著避難與恐懼的氛圍。然而，不管是這座堂屋、一方砂地庭園，或是那兩棵樹，都已深植在三人的心中。安霓尤將不會忘卻在此地度過的每一寸光陰，多年後當她看到一幅版畫或素描，油然而生一股莫名的熟悉感，卻百思不解——直到有人告訴她，她住過的古宅曾經屬於某名畫家的產業，甚至畫家本人亦曾在該宅中居留過一段時日。但這和那幅畫有何相干呢？畫面上幾道簡潔線條勾勒出的裸體挑水夫，他與彎垂如豎琴的大樹之間精密、恰當的距離，不正是明明白白、一清二楚。

一個人因一己之悲而死，其易一如爲舉國之慟而亡。散居各地的家族成員，大概都正在一邊削鉛筆，一邊悄聲喃喃自語；或是守著一只電晶體收音機，聆聽自遠方電台傳送到邊陲一隅的微弱電波。電池失去效力約莫一個禮拜，卻沒有人步行到鄰村——一片萬家燈火！因爲這幢古宅興建於煤油燈的年代，興建於世上只存在一己之悲的年月。如今，三個人在此時此地，共同追尋一段國家的祕辛。「這個時代的悲劇，」詩人羅柏・鄧肯嘗如是說：「便是所有人的命運都漸趨一致。」

暴風雨自北方朝這兒襲來。當他們坐在大紅木下，天上烏雲如墨，淸風搖枝，樹影晃蕩。唯一不爲風暴所撼動的只有瑟拉斯，當他們交談時，他仍定定望著遠方。

「我們進屋去吧——」

「別走，反正我們都已經濕淋淋了。」

她面對著他坐在石凳上，看著他原本梳整的頭髮已被雨水打散了。這樣的風雨還待在外頭，她覺得有點任性，她只有小時候幹過這種事。她依稀聽見村子裡傳來幾乎被滂沱雨聲掩蓋的鼓聲。

「你頂著一頭亂髮看起來很像你弟弟。其實，我滿喜歡你弟弟的。」她起身說：「我要進去了。」

她走向陽台，踩上階梯，離開泥濘。她甩開頭髮，像絞布一般扭乾它。她回頭一瞥，看見瑟拉斯垂著頭，口中念念有詞，似乎正對著人說話。她明白瑟拉斯就像是一方無船可及的彼岸，無從得知他的心裡時時刻刻到底在想些什麼——他的妻子？還是一面佛窟壁畫？抑或正在他面前跳動的雨點？就著黑暗，她在餐廳中擦乾雙臂，然後抬起右手湊近嘴吧，舐去手環上頭的雨水。

他立在雨中，猛然想起來要告訴她一件事。他從醫院開車回到這兒的途中一路想著要告訴她關於安南達——不，關於「水手」的事——「石墨，」他開口說出這個塡滿他整個腦子的句子：「他從前可能在石墨礦場工作。」

當晚，午夜過後許久，安霓尤仍聽見陣陣鼓聲穿透雨聲而來。或急或徐的鼓聲在在牽動她身上每一條神經。她不斷盼著鼓聲歇息。

「水手」的頭——安南達創造出的容貌，此刻正擺在村子裡。一個不知名、不請自來的鼓手兀自在頭像旁打著鼓。安霓尤明白它被辨認出身分的可能性微乎其微，失蹤的村民何其多。她知道光憑一個頭像無法還原這具骨骸的眞正身分，只能從他的「職業標記」著手，於是她和瑟拉斯準備動身前往這一帶的幾座石墨礦村探聽消息。

紛亂、跌宕的鼓聲持續不止，恍如擊出段段階梯引他們步入海中。除非有人供出頭像主人的名字，鼓手才會罷手。但是，鼓聲一直持續，徹夜不曾止歇。

# 小老鼠

迦米尼的妻子克麗香提放棄婚姻離他而去之後，整整一個星期，他都窩在家裡，足不出戶。環顧自宅，到處都是他不曾想要的東西——整套先進、精巧的廚房設備，還有她親自挑選的黑白條紋桌布。由於她已不在家，也沒有繼續留置園丁、清潔工和廚子的必要了。他順道一併將他的司機遣走，自己若要去急救中心就用走的。一個星期後，他跨出家門之後，便一直待在醫院，他知道他總能在這兒找到空床位，而且，一起床他就可以馬上進手術房操刀。他仍不時下意識地伸手摸向上衣口袋，掏找克麗香提從前送給他的鋼筆，但是這支筆不知多久以前早就遺失不見——過去的生活之中，仍能讓他眷戀的事物已然無多。

當他的哥哥基於關心打了一通電話給他，他明白地告訴對方，他用不著大家關心。他開始酗飲口服液並養成服用藥物的習慣，好讓自己救助瀕死傷患時總能隨時保持清醒。診斷血管性出血傷患時，須格外提高警覺。若非他在醫療上的工作表現一向紀錄良好，他的行徑可能早就遭人檢舉。他明白自己還能在醫院工作是他僅剩的唯一社會價值，這裡是他安身立命的場所，亦是讓他得以迴避內戰的棲身之所。他對戰況進展絲毫不加聞問，當他聽到別人議論他身上發出的異味，他因此自慚形穢。接著他便不停地囤積藥用肥皂，開始一天洗三次澡。

瑟拉斯的妻子有一回曾經到急救中心找他。一等迦米尼歇班，她便一把勾住他的手臂。她表示她和瑟拉斯都歡迎他搬到家裡來住，像他這樣子居無定所實在不是辦法。她是唯一可以對他說這種話的人。他請她共進午餐，這一餐他的食量比過去幾個月加起來的還多。對於她窮追不捨的諸多詰問，他則拐彎抹角地用反問推搪。整個用餐過程，他只是定定地凝望她的臉龐、手臂。他始終保持紳士風度，絲毫不曾主動觸碰她，兩人唯一的身體接觸是稍早見面時她挽住他的手。連分手時他也沒趨前擁抱她，否則她便不難發現他整個人變得何等消瘦。

兩人在言談中完全未曾提及瑟拉斯，只聊到她在廣播電台的工作。她明知他向來就對她頗有好感。他也清楚自己對她的愛意始終沒變——她一刻也閒不下來的雙臂——這個雖缺乏信心卻似乎與他完美匹配的女人。兩人邂逅於可倫坡市郊，在某府庭園內舉行的一場化裝舞會中。當時她穿著男人的正式禮服，頭髮梳得服服貼貼紮在後頭。他主動向她搭訕並邀她跳了兩支舞。隔著化裝，所以她並不曉得他是何許人。那是多年以前的事，當時兩人還是男未娶、女未嫁。

那一夜出現的那名男子，正是她未婚夫的弟弟。

他在舞會進行途中向她求了兩次婚，當時他們雙雙站在迴廊的木造陽台上。他塗了一張大花臉，穿著殘破襤褸的衣衫，扮成一個邪加❶。她對他無端示愛一笑置之，並且明白告訴他：自己已經同某人訂了親。因爲兩人原先正一本正經地談論如火如荼的內戰，以致她以爲他的孟浪行爲只不過是尋她開心，或是用來岔開話題所略施的技倆罷了。他提到他對這座庭園相當熟稔，到過這兒好幾回。那你一定認識我的未婚夫嘍，她說，他今天也來了。但是他謊稱他從沒聽過她的未婚夫的名字。兩人都覺得悶熱，她便解開蝶形領結，任憑它鬆掛在脖子上。「你一定也熱壞了吧，瞧你全身上下穿戴了那麼多玩意兒。」「是啊。」一旁有個水塘，泉水通過一截竹樋水溜子注入池子。他在池邊蹲跪下來。「可別讓油彩染髒了池水，裡頭有魚呢。」於是他解下纏覆在頭上的頭巾，先在池子裡蘸濕，然後用這塊濕布抹淨臉上的顏料。當他站起身，她終於認出他——她未婚夫的弟弟，而他此時再次向她求婚。

如今，多年過後，他自己的婚姻也告吹了。他們一同步出餐廳，走向停車場。當她向他道別時，他和她保持距離，依然沒有碰觸她，只有不經意流露的渴求凝視，強裝成若無其事，朝著漸行漸遠的車子揮手。

❶邪加（yakka）：僧迦羅語的「魔鬼」。

迦米尼在幾乎空無一人的醫院病房中醒來。他沖了澡穿上衣服，身旁的病人目不轉睛地盯著他。天仍未全亮，大台階一片黝黑，他緩緩踱下台階，手沒攀在扶手上，古舊的木欄杆隱藏著不為人知的祕密。他走過小兒科病房、傳染病房，走過接骨室，然後穿過前庭，在街邊的飲食攤買了茶和馬鈴薯麵餅並且就地草草吃完，樹下棲滿了嘈噪的鳥兒。除了寥寥幾次像這樣的空檔，他幾乎一整天都待在醫院裡。他難得走出醫院，找一張凳子坐下。他交代一名實習醫生一個鐘頭後叫醒他，萬一自己睡著的話。沈睡與清醒之間，似乎只隔著一條顏色模糊的細棉繩，他總是不太能分得清楚。施行夜間手術時，他有時會誤以為周遭只有夜空、星星，然後才恍惚回過神來，重新置身在建築物中，再一次確認四周的景物。由於職務的緣故，他必須時時面對一堆陌生人，連對方姓名都不曉得就對他開膛破肚。他鮮少開口，彷彿從不與他人親近，除非他們罹病受傷——即使是雜役在走廊打混摸魚，他亦視若無睹，連到院來訪的政客，迦米尼也不屑與之合影。

手術前刷洗雙手時，護士們會在一旁唸病歷給他聽。大家都喜歡和他共事，雖然他不近人情但是卻出奇地頗得人緣。如果他確定手術中的傷患已經無從挽救了，他會不假辭色地下達決定：「到此為止。」說完便轉身走出手術房。「巴斯還！」❷某個從海外留學歸國的醫生接著他的話說，而他則在旋擺推門後頭笑了。這可以說是他跟人做言語交流的短暫片刻。迦米尼很清楚自己向來不是一個合群的人，他從不參與旁人嚼舌根的碎嘴兒。值夜班的護士偶爾會喚醒他要他幫忙，她有點兒惶恐，但是他二話不說，即刻起身，然後圍上一條紗籠跟著她，幫她爲一個痛苦不堪的小孩進行靜脈注射，處理完畢才又鑽回不屬於自己的眠床。「我欠你一回人情。」護士事後這麼對他說。「你什麼也不欠我，若還需要幫忙，隨時叫醒我。」

她的檯燈徹夜亮著。

海邊偶爾會出現屍體，潮水將它們沖上沙灘。馬塔拉（Matara）海岸、威拉瓦塔，或是瑟拉斯和迦米尼小時候學游泳的場所——拉威尼亞山聖湯瑪斯學院旁的海濱最爲常見。這些都是政治謀殺的受害者——先在荷爾街上或迦勒路底的某間房舍內遭受嚴刑拷打，再用直升機載運至數哩外的海上，抛擲到浪花中成爲波臣。但是其中僅有少數屍體得以漂流回陸地成爲證據。

至於內陸，屍體則沿著四條主要河流——馬哈維利河（the Mahaveli Ganga）、卡魯河（the Kalu Ganga）、凱蘭尼河（the Kelani Ganga）和班托塔河（the Bentota Ganga）——順流而下。

❷巴斯還（Basta）：僧伽羅語，意即：「夠了」或「到此為止」。

所有的遺體最後都被送到迪恩街醫院。迦米尼把處置屍體的工作交由其他人負責。他也盡量避開南側走廊，以免撞見那些被送到這兒來留待指認的刑求被害者。實習醫師會記下屍體上的傷口類型、數目並拍照存檔。儘管如此，每個星期一回，他還是得一一過目那些檢驗報告和照片，審核是否有誤診，圈點出遭強酸或尖利鐵器造成的新傷，然後簽上名字。每逢處理這件事，他總得先嗑更多藥。他一邊對著某位特赦組織友人留給他的錄音機快速地說話，同時站在窗口，好將那些血肉模糊的照片看得更清楚些，左手還不忘將死者的顏面遮住，他的脈搏激烈抖動著。他大聲唸著檔案編號，寫上他的審核意見，然後簽上名字，結束這個星期的慘澹時光。

他撇下堆積在案頭的照片。門戶洞開，數以千計的死傷病體汨汨湧入，如群魚入網，像一條條鯊與魟，被粗魯潦草地堆置在走廊上——其中幾具黝黑的軀體仍不停輾轉扭動……

他們現在總算將照片上死者的臉遮蓋起來，他喜歡這個新措施，讓他免除了認出死者身分的風險。

他之所以踏入醫生這一途，說穿了委實可笑，他原以爲這是一個能夠讓自己維持十九世紀步調的行業，他喜歡那種隨性所至的懸壺生涯。當時民間傳誦著一則關於史畢帖醫生的傳奇故事：有一回，史畢帖醫生在坎地施行夜間手術，手術燈臨時壞了，他便將傷患推到醫院外的停車場，就著車頭燈的光線繼續開刀。幾則諸如此類的英勇事蹟不時被津津樂道。就像某名板球手在一九五三年的某個下午打了一場好球，一、兩個禮拜內，他的名字就被編進歌謠小調裡，在街頭巷尾到處傳唱。聽歌如聞其名。

年紀還小的時候，在他與白喉搏鬥的那幾個月，迦米尼每天躺在草蓆上午睡，一心祈盼自己長大後也能過著像父母一樣的日子。不論從事哪一種職業，他企求的正是那樣的格調和步伐——每日早早起床，工作直至午餐時間已過，吃過午飯，小睡片刻或閒聊幾句，接著回辦公室再待一陣子。碧徑路上的家族大宅裡，他的父親和祖父的律師事務所就占掉一整排廂房。年紀更小的時候，大人們嚴禁他在上班時間進入這幾間房舍，但是下午五點一到，他便會捧著一杯琥珀色飲料，用腳尖抵開門，進到房內。裡頭有一口檔案矮櫃，還有一架小桌扇。他朝父親養的狗打一聲招呼，然後將飲料杯擱在父親的案頭。

突然間他的身體被高高抱起並且轉了好幾圈，然後在父親腿上安然坐定，一雙巨大、黝黑的臂膀環抱著他。「喏，一五一十告訴我吧。」父親說。於是迦米尼便開始對他報告自己這一整天的奇遇、學校的點滴、回到家後母親對他說了哪些話。迦米尼小時候和家人總是相處融洽，他如今回顧過往，家中似乎從沒出現過劍拔弩張的情形。在他的印象中，父母彼此之間始終相敬如賓，總是有話聊，喜歡分享一切，直到上床，他都還能聽見他們細細的噥談聲，彷彿溫軟的羊毛填滿了所有的空間。直到年紀稍長，他才逐漸瞭解父親存在家中的各個面向。委託人會專程登門拜訪他。堂屋後端還有一座網球場，可供來訪的客人和全家人一起度周末。

兄弟倆從小就被安排好準備接續家業，但是後來瑟拉斯離家，決定不走律師這一行。幾年後，迦米尼亦不顧家人的反對，進入醫學院。

*

他的妻子離家兩個月之後，迦米尼終因心力交瘁而崩潰了。行政部門下了一道強制命令要他休假靜養。他頓時走投無路，他已經無家可歸了。他知道，即使急救中心再怎麼混亂瘋狂，也早已成了他得以棲身的蔭，一如從前父母的房子。他生命中一切有價值的事物都發生在醫院裡，裡頭總能找得到病房可供他就寢，一跨出醫院，路口的飲食攤就能解決三餐。現在，他被勒令離開這個他原本窩得好好的世界——一個他依照兒時秩序全心打造的井然世界。

他步行到位於努給荷達的舊宅附近，上前扣敲上了鎖的門。他嗅聞到烹煮菜餚的香味，一個陌生男子出現在眼前，但並沒有開門的意思：「有何貴幹？」「我是迦米尼。」「呃——？」「這是我家。」男子轉身離去，廚房中傳出交談聲。

過了好一陣子，迦米尼才明白他們打算不再理會他。他穿過小院子，菜餚的氣味實在太香了，他從來不曾感覺像現在這麼飢餓過。他並不想要回房子，只想吃一頓家常菜。他繞到後門走進屋內，四下環顧，他覺得他們把房子打理得比他好多了。剛剛不理他的男子和兩個女人在屋子裡，他一個也不認識，他原先以為是他的妻子遣了親戚來住。「可以給我喝點水嗎？」

男子遞給他一杯水，迦米尼聽見後頭的矮房裡傳出兒童的嬉鬧聲，心中頓覺喜悅，這個房子總算被好好地善用了。他突然想起了什麼，問他們是否保留著他的郵件。他們拿給他一大袋——裡頭有一封他妻子寫來的信，他將它塞進口袋裡，還有好幾封醫院寄來的支票，他一一拆封，在支票背面簽上名字，交到其中一個女人手中，只留下其中兩張給自己。女人邀請他一塊用餐。菜色有米粉、椰子粉、燉雞肉咖哩。飽餐一頓之後，他閒步走到銀行，精神飽滿，紅光滿面。他打電話到「快車中心」叫了一部車，然後坐在銀行的冷氣大廳裡等。車子一到，迦米尼便鑽進駕駛旁的座位。

「先到亭可馬里，再去尼拉威里海濱飯店。」

「不成，不成。」

他早料到司機的反應，該地區據傳正飽受游擊隊攻擊。「不會出事的，我是醫生，他們不會加害醫生，我們就像是應召女郎一樣。喏，這張紅十字標誌，讓你貼在擋風玻璃上。我包租你的車一個星期，你用不著喜歡我，也甭對我客氣，我並不指望那些。先停一下。」

他下了車移到後座，他得攤平身子。當車子奮力擠過車陣駛出可倫坡市區時，他已經睡著了，闔眼前他還喃喃說了一句：「走濱海公路，等車子到了內岡坡再叫醒我。」

迦米尼和司機走進翳翳無光的舊內岡坡招待所大廳，櫃台旁一盞小油燈映著店主的臉，他身後的牆面有一片筆法拙劣的海景壁畫。這時迦米尼腦中突然閃過一幅影像，便轉回頭望向門外，原來現實中也有一幅一模一樣的海景。他們喝了一瓶啤酒後繼續上路。接近庫魯內加拉時，他吩咐司機開進一條偏僻的道路。過了庫魯內加拉幾哩處，迦米尼下了車，要司機明天早上再到這兒接他，司機花了好一會兒工夫才弄明白他的意思。原來，他打算在這裡過夜。

他的父親曾經帶著他，造訪距此地不遠的埃蘭卡勒森林修道所，當時他還只是個小男孩。從此，每隔幾年，他總會重訪這個地方。身爲戰地醫生，他早就棄信仰如敝屣。但是每當他置身此地，心中總能感受到無比的寧靜。他沒帶什麼東西，只有身上的一件薄衫、一條短褲，沒有陽傘可蔽日，沒有糧秣可充飢，就這樣隻身潛入森林。他有幾次來此，發現這兒還有人打理照料，有時卻又凋敝頹圮，恍若森林中一只垂閉的眼睛。

那口井還在，昔日老僧憩息的前庭上方的浪板屋頂也仍完好，在此過一宿應不成問題，早上還可以在井邊沐浴。他扣上胸前的襯衫口袋，以防眼鏡從裡頭掉出來遺失。

一個星期後，迦米尼步出尼拉威里海濱飯店，搖搖晃晃朝海邊走去，他已經醉得差不多了。他這一陣子都在這個荒廢了的度假旅館內晃蕩，整座飯店裡只剩一名廚子、一名夜間經理、兩個打掃空房間的清潔婦，廚子老愛捉弄她們，作勢要將她們推進游泳池裡，每每惹得她們吱喳亂叫。一群人不時在旅館廳堂內扭玩追逐。他倒臥在沙灘上呼呼大睡，醒來時，他看見一干槍手圍著他放聲大笑。

他的紗龍幾乎掉了。他盡可能口齒清晰地操兩種法定語言對他們說：「我—是—醫—生—」一說完便又暈死過去。再醒來時，他發現自己置身在一間小屋中，屋裡擠滿了受傷的男孩——十

六、七歲的男孩，其中還有幾個年齡更小。他是到這兒休長假的，他對其中一名槍手說：「我得回飯店趕七點的開飯時間，如果我沒在七點半以前回去，他們便不供應——。」

「知啦，知啦，不過——」他朝滿屋子的傷童一指：「先弄完這些，行嗎？」

迦米尼正改用酒精來戒除藥癮，他自己也搞不清楚現在究竟醉到了什麼程度。他這陣子可說是睡夠了，他還曾經一覺醒來，發現自己竟然躺在別人家的院子裡。倒不是他自己想睡那麼多，而是生理的睡眠需求強過他的渴望。他曾夢見自己搬運著屍體，不斷在電梯內外進進出出。電梯總讓他神經緊張，透不過氣，但是電梯總比教人頭暈目眩的迴旋階梯好多了。

游擊隊士兵們發現他蜷縮在沙灘上，海水已經淹沒了他的腳踝。他們到這一帶搜尋來此地觀光的醫生，一個在泳池邊的女人告訴他們可以到海邊找找。

迦米尼在小屋內走來走去，一一檢視傷患。每個傷患身上都纏裹著襤褸不堪的破布，全沒服用止痛藥，也沒綁上繃帶。他把他飯店房間的鑰匙交給一名士兵，遣他去拿幾條床單——可以撕來將就著當紗布用，順便用塑膠袋裝一些可能派得上用場的東西——刮鬍水、藥丸什麼的。士兵回來時，身上穿著一件他的襯衫。迦米尼將藥錠倒在桌上，一一剁成四等分。雙方的溝通恐怕會成問題，他的塔米爾語說得挺彆腳，而他們也不會說僧伽羅話，迦米尼和對方首領只能用那幾句少得可憐的英語交談。

入夜後，他已經餓壞了。他錯過了飯店的供餐時間，而工作人員又不肯通融。他要求首領派人去張羅一些食物給他，他希望他們不至於用搶的。他開始工作，依序治療每個傷患。

大部分傷患都有存活的機會，可是斷手截肢還是免不了。來亭可馬里途中的短短一段路上，他已經見過許多殘障的傷例。他不停地在克難病房內巡視傷患。他隨身帶著一口木箱充當臨時座椅，他坐在一個小男孩身旁，用撕成條狀的床單纏住他的四肢。他讓每個待會兒要接受手術的人服用四分之一片寶貴的藥錠，即使他們服用如此微量的藥，其藥效之強仍讓他嚇了一跳，他自己每回吞服一顆已經持續超過一年。服用藥錠十五分鐘之後，三名士兵將傷患摁在床上，讓迦米尼為他縫合傷口。室內充滿燠熱的空氣，他脫掉襯衫，在手腕綁上布條以防汗水順著手臂流到手指。他睏極了，眼皮頻頻抖跳，顯示他的心神已經耗盡了，而食物依然不見蹤影。他心底差點就冒起一把無名火，只好挨在人堆裡躺下，蜷著身子睡著了。

他發出極大的鼾聲。當他的妻子棄他而去，迦米尼曾歸咎於她就是因爲他不斷打鼾而離開。此刻圍繞在他身旁的孩子們都靜悄悄的，他可以盡情打鼾。

不過他還是被一記痛苦的慘叫聲吵醒，他步出屋外，在水龍頭下洗了一把臉。此時總算有人用腳踏車將飯店的廚子載來了，迦米尼操僧伽羅話向他點了十份餐供大家一起享用，並囑咐廚子將費用記在他的帳上。這使得局面有了轉變。當餐點送達時，手術暫時中止，飯店人員還額外帶了兩瓶啤酒給他。用餐途中他想起了林納斯·科利雅醫生的失蹤案，納悶自己能否再回到可倫坡。

他仍繼續工作直至深夜，屢屢俯身診視傷患，病床的另一側有人幫他執著一盞老式的油氣燈。有些孩子因藥力開始作用而昏迷錯亂。究竟是誰將一個才十三歲的孩子送上戰場？到底是爲了什麼不共戴天的深仇大恨？爲了響應某位年劭領袖的號召？還是只爲了捍衛一面蒼白模糊的旗幟？他必須不斷提醒自己：可不能忘記這些人的身分。在人潮擁擠的大街上，在巴士站，在田地裡，在學校安置炸彈的正是這批人。迦米尼曾眼睜睜看著數百名無辜受害者在他手中斷氣，他根本無能拯救，數千個存活下來的人，不是再也無法走路，就是喪失自行如廁的能力。然而，他終究是一名醫生，充其量再過個把禮拜，或許他就能回到可倫坡的工作崗位。

午夜過後，他在一名槍兵的護送下，沿著海岸走回旅館。他一進房間就發現他在庫魯內加拉新買的鬧鐘已經不翼而飛。他爬上空無床單的床沈沈睡去。

這對兄弟之間不斷暗地較勁究竟始於何時？它肇始於兩人互相希冀成爲對方，卻又無能取代對方。迦米尼再怎麼說也只能當弟弟，無能追上哥哥。他有個綽號：「米亞」——小老鼠。他也樂於事事置身於外，不必事事參與其中，卻又件件瞭然於胸。大部分時間他的雙親都未能察覺他藏身在安樂椅中，手裡捧著書，豎著耳朵，像一隻忠心的小狗聆聽他們的交談。瑟拉斯酷愛歷史，父親偏好法律事務，而迦米尼則悶聲不響，無從得知。年輕時曾一心想成爲舞蹈家的母親，現在則只能周旋在家人之間。在迦米尼心中，她始終是個無從捉摸的母親。她施予的愛讓每個人都雨露均霑，從不獨鍾於他。他很難將她聯想成是父親的戀人。她似乎因為缺少女兒的緣故，凡事都絲毫不讓家中其他三名男性——絮絮叨叨的丈夫、資優且前途光明的長子，和教人摸不清頭緒的次子迦米尼——小老鼠。

兄弟倆都擺明了無意追隨父親的腳步，繼承律師家業，母親只好兼顧每個人的立場——既要體諒兩個孩子有自己的志趣，還得安撫丈夫的情緒。到頭來，這個家庭終究避免不了分崩離析。瑟拉斯轉而埋首考古學業，迦米尼則投身醫學院，全都逃到家族以外的領域。如今，傳回家裡的只有關於他頑行劣跡的謠言。不像從前，家人總不太注意迦米尼，如今他的父母得聽聞許許多多關於他在外浪蕩不羈的傳言。他擺明了要家人對他徹底死心，而到最後，家人們也義無反顧如他所願放棄了他。

事實上他曾樂於過家庭生活，即使後來當他和瑟拉斯的妻子交談時，她一直為他感到不平：「哪有家人會叫自己的孩子『老鼠』？」她不難想見他年幼時的模樣——豎直雙耳，躲在龐然的安樂椅裡，自外於成人世界的汲汲營營。

但他當時並不以為意，總以為所有的小孩子也都像他一樣。他和哥哥開始疏遠，彼此之間也漸漸無話可談。「哼，這眞教我生氣，」瑟拉斯的妻子反唇道：「你們兩個眞讓人生氣。」跟她交談，反而讓迦米尼覺得自己的童年實在無可挑剔，即使她認爲他是在夾縫中苟活，沒能得到周遭足夠的愛與關懷。「我倒覺得我受到百般寵愛，」他說。「家人放任你愛幹啥就幹啥，沒人管你，而你竟還因此而感到穩當。你一定不曾受寵，你是被忽視了。」「我才不想終其一生責怪我的母親沒給我充分的愛哩。」「你該怪她的。」

他還是喜歡自己的童年，他打從心底這麼認爲。他喜歡那間一到午後便翳翳無光的客廳，在陽台追循蟻痕，他喜歡從五斗櫃裡翻找出衣物，層層疊疊穿戴在身上，然後站在鏡前顧盼高歌。他還喜歡那張每回容他棲身的闊氣椅子，他一直都想要買一張一模一樣的椅子，讓自己重溫只有大人才能享有的特權與遐想。每當他感到徬徨無依，心中便自然浮現那張座椅，而不是母親亦非父親。「那我沒話可說了。」瑟拉斯的妻子悻悻然說道。

至於瑟拉斯，他是父母眼中前途無量的天之驕子。其餘三人在餐桌上談笑、爭辯，迦米尼則一逕瞅著他們的神態、舉止。十一歲的他便對自己的模仿能力感到自豪，好比說，他就能將一條小狗滿臉狐疑的滑稽神態學得惟妙惟肖。

然而，他依舊引不起任何人——包括他自己——的注意，除了在鏡前試裝的時候。他有個叔叔曾經帶過一個業餘的戲班子。有一回，迦米尼獨自待在他叔叔的家裡，無意間發現了一些戲服，他一件接一件地試穿，上緊留聲機的發條，然後在沙發上跳起舞來，一邊還哼唱著自己胡編的歌曲。直到嬸嬸回來才打斷他，嬸嬸驚呼：「啊！原來你成天盡幹這些……」他自覺受到無以復加的羞辱，羞赧得無地可容。多年過後，他認爲自己當年實在太愛面子了，但從此他益發不願對旁人吐露心跡。他變得益發沈默寡言，亦對自己內心的微妙轉變越來越不自覺。在往後的日子裡，他只有身處陌生人群中才能顯得自在外放——比如舞會即將散場前的喧鬧時段，或是置身急救病房中的雜沓混亂之中。人們往往也是在此刻失去自我，如同忘情的舞蹈，人們只有在追求戀人或應付某些緊急狀況時，才會因爲過度專注於技巧或執迷於渴望，以致忘卻自己擁有的力量。至於迦米尼，他讓自己保持不被注意的方式，便是毅然投身其中。這正是他自暴自棄的開端。

自童年起，他與家族之間的藩籬始終不曾移除，他自己亦不願改變，他並不想讓兩個世界和諧融洽，而他自己一直對此毫不自覺。得等到後來慘痛的事故發生，一切才會變得清晰明白。當他抱住他哥哥的身軀，思緒瞬間被牽引回到童年，他方明白：一路引領他達到自己企盼的自由與私密境界的，正是這名溫良的兄長。多年後，迦米尼在瑟拉斯身畔，將這些體會和盤托出，同時也對自己長年深埋心底的無端怨懟感到驚懾。他心想：當我們年紀還小的時候，第一條守則便是不讓別人侵犯自己，我們從小就明白這個道理。家庭的無形教條，如同汪洋禁錮著島嶼。於是小孩只能選擇噤若寒蟬，抑或採取更桀驁不馴的態度，唯有如此，才得以與其他人相處融洽親密。

學生生涯的最後幾年，「小老鼠」執意要離開可倫坡，進入坎地三一學院（Trinity College）的寄宿學校。這麼一來，一整年泰半時間，他都可以和家裡保持距離。他喜歡搖搖晃晃的火車載著他緩緩離家北上，他始終喜歡火車，他從不買車，也沒學過開車。二十來歲時，他特別喜歡在火車上將頭伸出車窗，帶著酩酊醉意，頂著呼嘯狂風，連人帶車竄入一個接一個暗不隆咚、又黑又深的隧道裡。他樂於和陌生人親密交談、說笑。啊，他何嘗不明白這全出於病態——但他仍一味樂此不疲，欣喜自己遠離家園，周圍沒有任何人認識他。

他原本是一個溫和、活潑又合群的人。在北方的偏遠診所工作超過三年之後，他卻變得越來越偏執。一年後，那段婚姻轉眼潰敗之後，他幾乎是獨來獨往，開刀時總是只動用一名助手，其他人只能隔得遠遠地旁觀見習，他從不講解手術過程，他始終不是一名好的教師，卻是個好榜樣。

他這輩子只愛過一個女人，然而這個女人卻未能成爲他的配偶。後來，波隆那努瓦附近的野戰醫院，另一名令他傾心的女人亦已羅敷有夫。最後他覺得自己似乎身處一艘滿載群魔眾鬼的地獄船，而他則是其中唯一腦筋清楚、精神正常的人。沒有人比他更適合生存在戰火蔓延的時代。

幼年的瑟拉斯和迦米尼居住在可倫坡僻靜的深宅大院裡，遠離車喧犬囂，遠離其他孩童，他們渾然不知大門外的天地。迦米尼至今仍記得氣氛森嚴的父親辦公室內，他常坐著繞圈的那張旋轉椅。轉著轉著，眼前的文件、書架全都晃成一片模糊。在迦米尼的心目中，所有的辦公場域都有祕密糾結的威懾力量。即使長大成人之後，每當他步進森嚴的銀行、律師事務所，自慚形穢的莫名自卑感便油然而生，心中的忐忑不安也頓時加深，好像置身在校長室中的學童，充耳聽聞著自己不盡明白的話語。

每個人的成長歷程各有不同。迦米尼懵懵懂懂的成長過程中，泰半他該知曉的事卻始終沒弄明白——他只好自行演繹、發想每件事物之間的不尋常關聯，只因他並不知道常軌爲何。他泰半時光只是一個坐在旋轉椅中繞圈的孩子，而在這種蒙駼之下成長的同時，他自己也漸漸成了一團深不可測的謎。

在他童年的家中，他常將右眼湊近門把鎖孔，然後輕輕地叩門，如果沒有人應聲，他便會趁父母、哥哥、叔伯們午睡時，溜進他們的房中，赤足躡手躡腳走到床邊端詳沈睡中的人，再從他們的窗口望望外頭，才悄悄離開。什麼事也沒幹。有時他會無聲無息靠近一群大人。他從小就養成除了答話之外便不發一語的習性。

當時，他住在波拉勒斯嘎穆哇（Boralesgamuwa）的嬸嬸家中。有一天她和幾名友人坐在屋宅的迴廊上打橋牌。他捧著一根點燃的蠟燭，朝她們走來，小心翼翼地護著火苗。他把燭台擱在她們右側約莫一碼開外靠牆的邊桌上，沒有人搭理他，他又溜回屋子裡。幾分鐘後，迦米尼拿著空氣槍在草地上匍匐徐行，從庭院盡頭朝屋子悄悄靠近，他頭上戴著用葉子編成的僞裝草帽，沒有人察覺到他正步步進逼。他隱約聽見四個女人輪流叫牌，有一搭沒一搭地閒聊。

他估計自己和她們距離二十碼遠，便將空氣槍上了膛，擺出狙擊手的架式，縮肘站穩，然後開了一槍。這一槍沒打中任何東西，他再次上膛瞄準。這一回他打中了邊桌，其中一個女人抬頭張望，但是沒發現什麼異狀。他打算用空氣槍將燭火打滅，但是接下來的一槍打偏了，子彈射到走廊的紅木地板上方幾寸高的位置，打中一個女人的腳踝。同時，隨著庫瑪拉斯瓦米太太的哀嚎，嬸嬸抬起頭，看見他正端著空氣槍，槍口朝著她們瞄準。

脫離年少的輕狂不羈，滿心歡喜地投入工作，是迦米尼感到最快樂的一段時光。他接獲的第一件醫療任務便是前往東北的各診所，這似乎讓他有機會實現一趟十九世紀的旅程。他記得他曾讀過彼得森老教授的回憶錄中記述了這樣的旅程——那少說也是六十多年前的事了吧，他的書裡還附上許多蝕刻版畫插圖呢——一部馬車沿著濃蔭林道徐徐前行，路旁水窪有鶺雀駐足飲水……——迦米尼還記得其中一段：

我搭乘火車至瑪塔拉，接下來的路程則靠馬匹與篷車代步。一路上有號手在前方開道，他不斷吹著響號，用來驅跑橫阻路途的走獸。

現在，如火如荼的內戰戰火蔓延，他搭上緩如牛步、氣喘吁吁的巴士，以幾乎與當年相同的速度前行，進入恍若當年的景物之中。他心底深處暗自幻想著一名在前方開道的號手。東北地區只有五名醫生在當地服務——主管是拉達沙，負責指派他們到偏遠地區和小村落的出診任務；斯坎達是主治外科醫師，緊急狀況的手術都由他操刀；還有一個古巴人，已經和他們一起工作了一年；另一個叫賽什麼的眼科醫師則是三個月前才來報到的。「她的醫師執照不太可靠，」一個星期後，拉達沙對其他人說：「不過她工作挺賣力的，我不打算攆她走。」這裡便是年輕的新鮮人迦米尼第一個工作崗位。

他們從位於波隆那努瓦的基礎醫院被派往各偏遠診所，有的人還得駐留在當地。每個星期只有其中某一天會有一名麻醉師到來，各項手術便集中在那一天一併施行。其他日子若碰到必須緊急開刀的場合，他們就只能用氯仿或臨時所能找到的任何藥錠，設法迷昏傷患。他們前往的地點都是迦米尼從不曾聽過名字也無法在地圖上找到的村子——阿拉岡威拉（Araganwila）、衛里甘德（Welikande）、帕里提亞瓦（Palatiyawa）……巡迴診所就設在蓋到一半的學校裡，他們每天都得爲許多婦孺看診，還有一大堆瘧疾與傷寒的患者。

在東北地區熬過那段日子的醫生們事後回想，繁重的工作幾乎搾乾了他們。不管他們面對多少患者，醫好多少人，抑或無力救助而自他們手中流失無數的生命，他們畢竟都竭盡所能了。他們之中沒有任何人日後重拾收入可觀的私人執業生涯。他們在此獲得寶貴的歷練，不是抽象、堂皇的概念，而是活生生的技能，實實在在裨助每個人。這兒沒有報紙，找不到幾張乾淨、平坦的桌子，也沒幾具能正常操作的電扇。只能偶爾拿到一本書，偶爾聽一段以英語、僧伽羅語交替播報的球賽轉播。每當有特殊場合或逢球賽進入膠著的最後幾局，他們便將收音機抬進手術房。播報員只要一開口講英語，麻醉師羅罕便即時譯成僧伽羅語——他是醫師群裡最具備雙語能力的人，因爲他必須讀懂氧氣瓶上的說明。（羅罕是個不折不扣的書迷，他經常搭巴士南下到可倫坡，參加本地作家或來訪的南亞作家在基蘭尼雅大學舉辦的新書朗讀會。）當傷患從麻醉狀態中醒轉，還以爲自己置身在一場高潮迭起的板球比賽之中。

他們在夜裡就著燭光刮臉，容光煥發地入睡。清晨五點自黑暗中醒來，他們會閉著眼睛繼續躺一陣子，確定自己身在何處，努力回想這個房間的模樣——頭頂上是蚊帳還是電扇？或僅僅燃著獅牌蚊香？到底是在波隆那努瓦還是在別的地方？他們到處跑得凶，睡過太多地方。屋外有鸚哥啼囀、巴加吉駛過的聲音。村子裡的擴音喇叭一直開著，在黎明前兀自傳出嗡嚶唏喳的雜音。直到有人靜靜地輕拍他們的肩膀，醫生們才睜開眼睛。四周仍一片漆黑，依稀不辨身處何地，是安帕拉（Ampara）嗎？還是曼南皮堤亞（Manampitiya)？

有時他們太早醒來，發現才夜裡三點，心裡深怕自己無法再繼續入睡，可是不消一分鐘，他們便又沈進夢鄉。那段日子裡沒有人失眠，他們都睡得死沈活像一根石柱，不論身子躺在床上、棚圈裡、或是草蓆上，也不管先前是平躺著還是趴臥著，他們都能一動也不動地一覺到底——通常他們都採平躺姿勢入眠，因爲這樣可以讓自己在睡覺前享受幾秒鐘的喜悅——讓自己確實感覺從清醒到沈睡的短暫過程。

醒來後不消幾分鐘，他們便在黑暗中著裝完畢，聚集在走廊上喝點熱茶。不一會兒他們便登上車，動身前往四十哩外的診所。車頭燈在黑暗中射出兩道微弱的光束，汽車蜿蜒駛進樹林，沿途兩旁盡是一片看不見的墨黑風景。偶爾路旁經過村民設置的火堆，他們便停在路邊攤旁，十分鐘的休息，在微暫中吃魚片早餐，不時傳來餐盤碰響聲、拉達沙的咳嗽聲。雖然彼此間沒有言語交談，但某人從道路的另一頭走來遞上一杯茶，親密情誼即已表露無遺。此情此景總讓他們覺得自己彷彿要踏上一段偉大的征途。他們是一群氣宇軒昂的王公貴族。

迦米尼在東北地區工作超過三年，拉達沙則依然留在那兒，不斷開設診所據點；文憑堪疑的眼科醫生也不曾或離偏遠地區的巡迴診療工作。在若干次最慌亂的場合，迦米尼曾經看著她一邊施行緊急手術，仍能分神遞棉花、消毒藥水給實習醫生。她最令人豔羨的地方，除了亮麗的外表之外，是她在工作上的踏實成果。迦米尼喜歡走進她病房的那一刻，十五床的傷患一齊轉頭望向門口的那副光景——每張黝黑的臉龐都貼敷著一模一樣的白色繃帶，就像清一色配戴著她頒發的動章一般。

有一回，不曉得是誰帶來了一本關於容格的書，有人發現書裡頭不曉得被誰在某個句子底下劃了線（他們大夥兒都有這種在書上標註的癖好，即使是毫無心理或臨床實際功效的句子旁，也都能發現手寫的驚歎號。而小說裡只要出現一些敗德的情節，就算不是什麼精采絕倫的性愛場面，外科大夫斯坎達都會在旁邊寫下像諸如這類的註記：這檔事兒我也碰過……還不忘加上一段更令人發噱的註腳：一九七八年八月，在丹布拉。另一段描寫某個男人在旅館房間裡，從一名穿著睡袍的女人手中接過一杯馬丁尼的情節，也曾獲得類似的評語。當斯坎達被調到迦勒附近的卡拉皮提亞，在癌症醫院工作時，大夥兒曉得那邊的每一本書恐怕全都將難逃他的魔掌，不管是醫學刊物還是小說。所有愛在書頁上塗塗寫寫的人裡頭，他是形跡最惡劣的一個。）總之，這本關於容格的書（大概是麻醉師帶來的），裡頭有照片、論文、評論和傳記，有人在「容格在一件事情上是百分之百正確的——每個人都受他所信奉的神祇所主宰，錯的是妄想和他的神平起平坐。」這個句子底下劃了一道線。

姑且不論這句話的眞正含意爲何，它似乎都是一個饒富睿智的警語，大家也都讓這句話深植在心裡。在那樣的日子裡，置身那樣的地方，他們全都不難體會這句探討自我價値的句子，也深深爲此折服。他們不爲某個特定的政治主張或立場服務，他們好不容易才找到一個地方，政府、媒體和經濟野心都管不著。原本他們都只是被派到東北地區執行一趟爲期僅三個月的醫療任務，在這麼一個醫療器材匱乏、水源短缺的地方，若偶而能在野地裡、在車上啜飲一罐煉乳罐頭，都稱得上是一樁享受。結果他們在這兒都待了兩、三年，其中幾名甚至待得更久。這個地方簡直再好不過了。有一回斯坎達連續動了五個鐘頭的手術後，這麼說道：「能夠讓自己住在一個時時刻刻都得動用一切感官的地方，這才是最要緊的事。」

容格書上的警語、斯坎達的肺腑之言，迦米尼均牢牢謹記在心。至於那句「一切感官」的感言，若干年後，迦米尼則將它轉贈給安霓尤。

# 心跳之間

在亞歷桑納州工作的期間，安霓尤結識了在同一所實驗室共事的麗芙。比她大了幾歲的麗芙成了她的密友，兩人成天膩在一塊兒。她們平日不但一起工作，若有人出差，她們也會互相保持聯絡，繼續用電話天南地北聊個沒完。麗芙・迺戴克——這算哪門子的怪名字啊，安霓尤百思不得其解——她讓安霓尤的保齡球技更上一層樓，帶著她上酒館粗聲囂鬧，深夜一同駕車在沙漠來回驅馳，操西班牙話亂叫亂嚷：「當心那些犰狳呀，小姐！」

麗芙特愛看電影，對於露天電影院式微，不能再頂著涼風觀賞電影一直深感沮喪。「甩開鞋子，脫掉上衣，隨意在雪佛蘭的皮椅上亂躺一通——這滋味從此再也嚐不到了。」於是，每個星期安霓尤總會三番兩次帶著烤雞肉串到麗芙的租屋處。電視機已經被搬進院子裡，大剌剌地往絲蘭樹旁一擺。她們會租來《搜索者》❶或其他由約翰・福特（John Ford）或佛瑞德・辛尼曼（Fred Zinnemann）執導的任何電影錄影帶。兩個人會擠在麗芙的布沙發上，看著《修女傳》、

《亂世忠魂》、《冰壁上的女人》，要不然就是雙雙挨著身子，蜷躺在雙人吊床上，緊盯著螢光幕裡的黑白影像——蒙哥馬利．克里夫沈穩、精心擺出性感的走路姿勢。

麗芙家後院的無數夜晚，久遠以前的西部風塵景像……。即使過了午夜，空氣裡仍然瀰漫著熱氣。這時，她們便摁停錄影機，用院子裡的灑水管先把自己澆涼了再說。三個月下來，她們看遍了所有由安姬．狄金遜（Angie Dickinson）和華倫．奧茲（Warren Oates）擔綱演出的電影。「我有氣喘，」麗芙說：「我只適合當牛仔。」

她們共享一根大麻菸，同時陶醉在《紅河谷》❷錯綜複雜的劇情裡，推敲片尾的一場糊塗槍戰。在那場戲中，原本應該是約翰．韋恩和蒙哥馬利．克里夫的決鬥，約翰．艾勒蘭（John Ireland）卻陰錯陽差地中了彈。她們倒轉錄影帶，結結實實地重看一遍。韋恩走路的腳步一刻也沒停下，動作優雅地迴轉身子，一槍命中一個保持中立且試圖出面阻止這場決鬥的朋友。她

❶《搜索者》（*The Searchers*）：一九五六年約翰．福特執導的西部片。《修女傳》（*The Nun's Story*）、《亂世忠魂》（*From Here To Eternity*）、《冰壁上的女人》（*Five Days One Summer*）則是辛尼曼的作品，時間分別是一九五九年、一九五三年、一九八三年。

❷《紅河谷》（*Red River*）：一九四八年由霍華．霍克斯（Howard Hawks）執導的西部片。

們倆跪在乾枯的草坪上，緊貼著螢光幕，逐格慢速檢視中彈者，想看看他的臉上是否閃現一絲無端招來橫禍的憤怒表情，結果一無所獲。這個橋段充其量只是一個無足輕重的角色演出的一場無關緊要的戲。連他中槍後究竟是死還是活，直到電影結束都沒交代。反正又是另一個皆大歡喜的圓滿結局。

「我不認爲那顆槍子兒斃了他。」

「反正我們連他到底哪裡中彈也看不清楚，霍克斯手腳太快了，那傢伙才剛抬起手捂著肚子，鏡頭就閃開了。」

「要是那顆子彈射進肝臟，那他鐵定掛了。別忘了，他們置身在密蘇里州，而且還是在他媽的一八……天曉得哪一年。」

「是哦，他叫什麼名字來著？」

「誰？」

「中彈的那個倒楣鬼。」

「瓦蘭斯——茄利．瓦蘭斯。」

「『茄』利？你是說傑利？還是『茄』利？青菜蘿蔔的那種『茄』？」

「『茄』利．瓦蘭斯，不是『蘿蔔』．瓦蘭斯。」

「蒙哥馬利．克里夫也有這種貨色的朋友啊。」

「是啊，蒙哥馬利・克里夫的茄子朋友。」

「嗯。」

「我看他八成不是肝臟中彈，你再仔細瞧瞧槍口的角度，彈道似乎是朝上，依我看，那顆子彈要嘛打斷他一根肋骨，要嘛根本就是從肋架的間隙穿過。」

「……也許流彈還一併幹掉哪個站在騎樓的女人？」

「或者順道把華特・布瑞南❸也打掛掉……」

「不不不，是那個站在騎樓邊……被霍華・霍克斯上過的女演員。」

「女人可是不健忘的喲，他們有沒有搞錯啊？那夥吧女這下子全都只記得茄利……」

「欸，麗芙，我們眞該來搞一本書，書名就叫《法醫解剖電影》。」

「黑色電影就免了，裡頭每個人都裹得密密實實，畫面也老是黑不隆咚的。」

「我頭一個就要寫《萬夫莫敵》❹。」

❸華特・布瑞南（Walter Brennan）：《紅河谷》的主要配角之一，片中的甘草人物。

❹《萬夫莫敵》（*Spartacus*）：一九六〇年由史丹利・庫布利克執導，寇克・道格拉斯主演的羅馬時代古裝片，片中有許多肉搏廝殺的場面。

安霓尤告訴麗芙：在斯里蘭卡的戲院裡，只要螢幕上出現任何精彩畫面——通常是一幕歌舞場面或是一場超眩大戰——觀眾們就會群起鼓譟：「重播！重播！」或是「倒片！倒片！」直到戲院老闆和放映師被迫照辦才肯罷休。這會兒，在麗芙的院子裡，每部影片也都得這麼被來回折騰個好幾回，直到她們將每個分解動作都看得一清二楚爲止。

最讓她們傷透腦筋的是《急先鋒奪命鎗》❺。片子一開始，李・馬文（他曾在另一部電影中飾演李柏遜・瓦蘭斯❻，跟前面那個倒楣鬼沒關係）在阿卡翠茲❼荒廢的監獄島上被一個黑吃黑的同伴開槍射傷，這個傢伙不但將他棄置在島上，還接收了他的女友甚至吞掉他的那份贓款，結局當然是李・馬文終究報了仇。安霓尤和麗芙一塊兒寫了一封信給導演，詢問他過了這麼久，他是否還記得當時安排李・馬文身上何處中彈，讓他還能在片頭字幕出現的那段時間跟踉蹌蹌走過一整排監獄，然後泅進橫在舊金山和監獄島之間的洶湧海峽。

她們還不忘告訴導演，這部片子是她們最喜歡的電影之一，她們只是秉持法醫的觀點提出

❺《急先鋒奪命鎗》（*Point Blank*）：一九六七年由約翰・鮑曼執導的警匪動作片。

❻作者在此指的是約翰・韋恩於一九六二年主演的另一部西部片《*The Man Who Shot Liberty V*

❼阿卡翠茲（Alcatraz）：位於舊金山灣內的小岩礁，一九三四年至一九六三年為聯邦監

專業質疑。她們仔仔細細看過那場戲，李・馬文中槍時抬起手捂著胸口。「看，他的右側中彈，所以游水的時候用的是左手。」「哇，這部電影眞是棒透了，音樂不多，亂有科學精神的。」

迦米尼在東北地區服務的最後一年都在波隆那努瓦的總院駐診。這裡也是收容整個東部省，從亭可馬里到安帕拉送來的重度傷殘患者的唯一一所醫療機構。不管是宅中血案、傷寒爆發、手榴彈造成的傷殘、暗殺倖存的（不管哪一方人馬），他們全都得應付。病房裡始終是一片混亂——一般外科病房裡擠滿了門診病人，住院的傷患則被堆在走廊裡，連電器行派來修心電圖儀器的好幾名技工也混在裡頭湊熱鬧。

唯一涼爽的地方是存放血漿的冰庫。唯一安靜的地方則是風濕科，裡頭只有一個男子緩慢、悄悄地轉動一個巨大的鐵輪，活動他幾個月前在一場意外中斷折的肩膀和雙臂；一名女子孤伶伶地坐在另一頭，將罹患關節炎的手浸泡在一盆熱蠟中。然而，隔著牆則是另一副光景——工人們從台車上重重地卸下氧氣筒，沿著潮濕發霉的走廊，鏗鏗鏘鏘地滾著、搬著——這些氧氣是維繫生命的脈流，接上管線後，嘶嘶灌進育嬰房，餵哺保溫箱保護著的嬰兒們。在醫院大樓的翼護之外，則是重兵輜駐的郊野。天一黑，每條道路便都淪入叛軍游擊隊的掌控，即便是軍人，入夜後也只能按兵不動。雅納佳與蘇利雅在兒童病房中巡視病患——這兒一名有心雜音，那兒有人抽搐得厲害——但是一旦有爆炸事件或村子遭到攻擊，他們便都得搖身一變成爲「機動小組」，就算原先在嬰兒房工作的人也必須放下手邊工作，投入救急、手術的行列，只留下一名實習醫生。

專科醫師只要被派到北部就幾乎難以專注本業，他們當了一天小兒科醫生，其他的日子或許就得到各村落診所協助控制霍亂疫情。若是霍亂藥劑用罄，他們便依循其他地方的醫生慣用的伎倆——將一茶匙的過錳酸鉀摻在一品脫的開水中，然後倒進每一口井、每一灘池子裡，這個老法子總是奏效。有一回迦米尼花了四天搶救一個小女嬰的生命，她完全不能進食，連母乳、水都無法吞嚥，而她卻又持續脫水。迦米尼突然靈機一動，拿了一顆石榴給女嬰，她果然乖乖地吸吮起來了。他想起奶媽曾經哼過的一首歌謠，其中提及石榴……在古老的傳說中，賈夫納半島上的塔米爾人，家家戶戶都會在院子裡栽種三棵樹——芒果、辣木、和石榴——在螃蟹咖哩中拌進辣木的葉子可以去毒；泡過水的石榴葉對於眼睛具有療效，吃石榴果則能促進消化；至於芒果，則是種著好玩的。

迦米尼和雅納佳・馮賽卡在兒童診療室中一邊工作，一邊聽見走廊上陸續傳來關於某座村落遭受攻擊的新聞。他們面前的手術檯上躺著一名男孩，身上除了一條白短褲外別無他物。這兩名醫生爲了這場手術已經花了一整個星期的準備工夫，沒有人貿然動刀，兩人反覆將科克朗(Kirklan)的《心臟手術程序》上的條文讀了又讀。他們必須不斷將冰涼的血漿注入男孩體內，將他的體溫降到攝氏二十四度，直到心臟停止跳動後才能進行手術。他們才剛開始動刀，大批傷患便不斷湧進醫院大廳，他們可以感覺到「機動小組」在周圍不斷忙進忙出。

他和馮賽卡則固守原地，只留下一名護士幫忙。他們剖開右心室。他們兩個人碰巧在同一天值勤簡直近乎奇蹟。兩人一邊緊張地交頭接耳，確認自己下的每一刀都安全無誤。他們耳際還聽到推車陸續運來機具抑或屍體——他們無從分辨——然後匆匆推過大廳。他們聽說：三十哩外的村子發生了殺戮慘劇，全村幾乎被殺了個精光，院方得加派人手到現場查看是否還有人存活。眼前躺著的孩子漂亮得無可言喻，迦米尼將麻醉針注射進男孩臂膀時，情不自禁盯著他那雙黑亮的眸子——眼神中充滿無盡的信任。

法祿氏四合症⑧，一顆心臟同時出了四個麻煩，若不及早動手術，他八成活不了幾年。一個漂亮的孩子，迦米尼不打算就這麼放棄他，也不希望在他失去知覺時，讓他的生命斷送在自己手裡。他強迫馮賽卡跟著他留下來，不准他離開，但馮賽卡認爲他該抽身：「我得走了，他們一直在喊我。」「我就知道，你認爲這不過只是一個孩子……」「操！我沒這麼想。」「那你就留下來。」

手術足足進行了六個鐘頭，在這期間，迦米尼片刻也沒離開這孩子半步。中途，他放走了馮賽卡，而護士則必須留下來幫他進行體外循環分流手術。他認出她是一名新來的實習醫生，是院內某個職員的塔米爾裔妻子，她和先生上個月才被派到這所偏遠醫院。迦米尼站在小男孩床邊，向她解釋他們的任務——他們得馬上將男孩的血溫升高，到了關鍵時刻就必須馬上移除分流裝置。法祿氏四合症，這項手術在國內還是頭一遭。

於是，五個鐘頭後，迦米尼和護士將他與馮賽卡原先設定的分流裝置逆向操作。護士一邊操作，一邊注意迦米尼是否覺得她有什麼地方出岔。不過她操作得絲毫無誤，不僅如此，她甚至比迦米尼還要鎮靜。「這兒？」「嗯，我要你在那兒切一道三吋長的淺口。不，再稍微往左邊一點。」她在男孩身上割出一道準確的裂口，「別安於當護士，你會成爲一位好醫生。」她在口罩下笑了。

❽法祿氏四合症（Fallot's tetralogy）：法國病理學家法祿（Etienne Louis Fallot，一八五〇—一九一一）發現的多重心臟病變，即右位主動脈、右心室肥大、心室中心缺損、肺動脈口狹窄。

---

男孩一被推進恢復病房，迦米尼便交代護士留下來看護他，他只信任這名護士。他帶了兩具呼叫器，叮嚀護士一有狀況就立即呼叫他。他稍事梳洗之後，走進滿屋雜沓的待醫傷患中，除了他以外，其他所有人的身上都已經沾染著大片鮮血。

這起突發事件讓大夥兒多花了好幾個鐘頭善後。他們穿著白色膠靴在診療室內，所有門窗緊閉。醫師若感覺自己快要中暑，就會溜到血庫，在一堆血袋和儲藏架中暫歇片刻。迦米尼的眼光瞟過診療室，幾乎每間病房都陳設著一尊小佛像，旁邊點上一盞小燈，這間手術房也不例外。

此刻，所有劫後餘生的村民都已被送進醫院。屠殺發生在清晨兩點，出事的小村子位於通往巴褅喀羅亞的公路旁。有人送來一對只有九個月大的雙胞胎，四個手掌各中一槍，右腿上也都各有一個彈孔，這顯然並非流彈意外造成的傷口，而是近距離蓄意射擊——故意留下嬰兒的活口，卻不放過母親的性命。幾個星期之後，兩個小傢伙的傷勢已恢復穩定，滿溢生命的光輝。人們不免要問：他們究竟犯下什麼過錯，得受這樣的罪？再者，何苦留下他們的生命？說穿了，他們受的傷並不算嚴重，身上留下的傷痕卻會跟著他們一輩子。或許這正是精心安排的殘酷暴行，迦米尼完全無法理解。那個清晨，共有三十條生命橫遭抄奪。

拉達沙開車到村子進行驗屍工作，否則遺族將無法領到撫卹。因爲該地區的居民一貧如洗，一個九口之家的父親在木材行的一日工資只有一百盧比，這意味著家中每口人每天只有五盧比的伙食費，這點錢只夠買一塊太妃糖。每當政客帶著大批隨從人員到這些省分視察，接受茶點、午膳的款待，一趟下來就得花費四萬盧比。

醫生們必須應付來自各不同政治壁壘的傷者，但是手術檯只有一個，每抬下一名傷患，他們便趕緊用報紙抹掉檯子上的積血，然後在檯面塗上一層消毒水，下一名傷患便緊接著登場。水源不足也是個嚴重的問題，即使大醫院亦然，加上電力不時中斷，他們只好不停地丟棄失效的疫苗和藥物。醫生們只好東借西貸，四處向村民徵集用品——水桶、洗衣粉、洗衣機……「手術夾對我們來說，就像鑽石之於女人。」

整幢醫院彷彿成了一座中世紀的村莊，廚房裡的黑板登記著每天要爲五百名傷患準備的麵包、白米數量，這還只是屠村事件發生前的規模。醫生們湊錢雇了兩名市場書記當登記員，醫生巡房時他們便跟在一旁，登錄傷患的姓名和需要的東西。最常見的傷例是蛇咬、狐狸或貓鼬引發的狂犬病、腎衰竭、腦炎、糖尿病、結核病，當然，還有戰傷。

夜裡也不平靜。他猛然醒轉，所有真切的聲響立刻迫近耳中——惡犬吠門聲、有人急急忙忙奔過的雜沓腳步聲、瓢盆接水的嘩嘩聲。迦米尼小時候十分害怕黑夜降臨，他總是睜大雙眼，直到睡著才敢闔上，他相信自己只要一閉上眼皮，就會連人帶床被黑暗吞噬。他必須擺一個響鐘在床邊，最好能有一條狗——或某人，他的嬸嬸或奶媽——在房內發出鼾聲陪著他。現在，他值夜班時，不管是工作或睡覺，總有亮晃晃的病房燈光，加上有人畜在四周走動，讓他倍感安心。唯一在夜裡平息下來的，便是白天啁啾不已、無處不在的鳥鳴聲；至於那隻波隆那努瓦雞，每天清晨三點便開始啼叫，實習醫生們都恨不得宰掉牠。

他信步踱過醫院，從這棟走到那廂。四周空空蕩蕩，他走過一圈圈的光暈，聽見滋滋的電流細響——只有在萬籟寂靜的深夜才聽得見，就像定神盯住一棵樹便能感知它正在抽長。有人走出來，將一盆污血倒進水溝裡，咳了幾聲。在波隆那努瓦，每個人都咳得凶。

他熟知每一種聲音，分得清皮鞋或涼鞋的腳步聲、他抬起傷患時病床彈簧綳鬆的咿呀聲。就算躺在病房內，他的雙耳也照樣能循著所有的細微聲響，延伸到任何角落，就像巨獸不斷抽長無遠弗界的肢幹。

後來，每當他在醫官宿舍輾轉難眠，他便會步行兩百碼，行經宵禁的大街，回到醫院。值夜班的護士會抬頭看他一眼，起身爲他張羅一張空病床，而他一在床上躺平，不消幾秒鐘便沈沈入睡。

二十名抱著嬰兒的母親來到這所鄉村診所裡，他們一一塡妥病歷表，懷著身孕的婦人還得接受糖尿病與貧血的檢驗。醫生們循序與每一個排在隊伍裡的女人交談，同時研讀手中的表格。一名護士在臨時工作桌上把維他命丸用報紙包摺起來，然後交到女人們手裡。在旁邊蒸煮著的一口壓力鍋，則充作玻璃注射筒和針頭的蒸汽消毒器。

當他們爲第一名嬰兒注射，嚎啕哭啼旋即引爆開來，不一會兒，這間權充醫療站的小茅屋裡，每個嬰兒幾乎都跟著嚎哭起來。大約過了五分鐘，屋內再度沈靜下來：因爲母親們紛紛掏出乳房，堵住孩子們的小嘴，皆大歡喜又簡便的解決辦法。光這個診療站就得服務這個地區的四百個家庭和鄰近地區的三百個家庭。衛生部從來不曾派人到這些偏遠的村落。

對這兒所有的醫生來說，拉達沙儼然是道德的化身、正義的旗手。「這兒的問題並非塔米爾族的問題，而是全體人類的問題。」他年方三十七，頭上已經冒出不少白髮。他一喝起酒來，便宛如駕輕就熟驅舟入港，話匣子一開，連珠炮似的沒完沒了：「我呀，一喝多了，我的肝臟會抗議。要是喝少了，就換我的心抗議了。」

拉達沙幾乎全然以馬鈴薯麵餅度日，他在吉普車內抽「金葉」牌香菸，儀表板上頭還黏著一只小風扇。他車上的置物箱隨時都擱著一條紗龍，而他簡直在哪兒都能過夜——不管是醫官宿舍還是朋友家客廳的沙發。幾個月下來，他的體重驟減了四、五公斤。他天天測量自己的血壓，時時注意任何微細的變化，每天診療工作結束後，他都會量一次體重，並測量一次血糖值。他詳加確認自己每天的身體變化狀況，依舊照例每天驅車穿越叢林、軍事陣地，從事例行的病患訪察。只要他瞭解自己的身體狀況，就什麼都不擔心了。

每逢周六清晨，在診所裡耗了漫長的一天之後，迦米尼和拉達沙便開車回波隆那努瓦，一路上一邊收聽電台轉播的板球比賽。柏油路面上有時會沿途鋪著三十呎長的穀堆，狹長綿延的穀粒巧妙地留出車輪壓碾的位置。一名男子拿著掃帚立在道旁，提醒往來的汽車，並且不時將灑落的穀粒掃回柏油路中央。

在總院的食堂內——趁著迦米尼的半個鐘頭休息時間——一個女子坐到他的桌前，在他身旁啜飲手上的茶，咬著一塊餅乾。此刻約清晨四點，他並不認得她，只朝她微微點了點頭，他想保有一點隱私，而且他累得不想再開口與人交談。

「我曾經協助你動過一次手術，幾個月前，屠村事件那個晚上。」他的腦子晃回久遠之前。

「我以爲你被調走了。」

「嗯，沒錯，不過我後來又回到這兒來了。」

他剛剛完全也記不起她的長相，當時那個緊要關頭她都戴著口罩，或許只在手術之前，他曾匆匆瞥見她還沒戴上口罩的臉。那段同僚關係的過程中，兩人也從未互通姓名。

「你嫁給這裡的某位同事，對吧？」她點了點頭。她的手腕上有一道疤，傷痕必然是新的，否則當時他在手術進行中一定會發現。

他很快將眼光移回她的臉：「眞高興能再見到你。」

「嗯，我也是。」她說。

「你後來到哪兒去了？」

「他……」她咳了一下：「他被調到庫魯內加拉。」

迦米尼注視著她，聆聽她小心翼翼地措辭回答。她有一張年輕、清瘦、黝黑的臉龐，眼光炯炯一如白晝光亮。

「事實上，我常在病房和你打照面。」

「眞抱歉。」

「不，我曉得你不認得我了，這也難怪……」她突然沈靜下來，手指穿梳過髮際，然後沈默了好一會兒。

「我後來去看過那個男孩。」

「那個男孩？」

她垂下雙眼，自顧自地笑了：「我們一起爲他動手術的那個男孩。後來我去探視過他，他們……他的父母還給他取了個新名字——迦米尼，沿用你的名字。那些麻煩的手續，讓他們著實費了好大一番工夫。」

「那敢情好，我也算後繼有人了。」

「嗯，對啊……我現在利用工作餘暇在兒童病房中訓練新手。」她似乎欲言又止。

他點點頭，一股疲憊感瞬間襲上心頭。他對生命的期待如今似乎成了一樁了不起的大事，照這樣下去，他終究難免與別人的生命糾纏，多年來的努力亦將付諸流水——到頭來，只換得無盡的混亂、不公不義、欺瞞。

她望著水杯中剩餘的茶，然後一仰而盡。

「眞高興能再和你見面。」

「是啊。」

迦米尼從來沒想過陌生人會如何看待他，雖然大多數人都認識他，但是他總覺得旁人對他視而不見。所以，當這名女子突然從身旁冒出來，撥亂了他幾乎已平靜無波的心池。就像那天夜裡的那場手術一樣，對於他的所思、所爲，她都成了唯一的同伴。後來每當他翻看病人的雙掌時，總會不由自主想起她腕上的傷疤，還有她穿梳髮際的手指，和當時他差點兒對她表露的話語。無奈，自己一顆塵封太久的心已無能再對外開啟。

*

下午六點，趁著查房前的短暫空檔，迦米尼從架子上抽出掛號簿。自從市場書記接手掛號工作後，條目登記比以前清楚多了——字跡乾淨、娟秀，月分和周日欄還特別用綠色墨線標示清楚。他記不得確切日期，只好在欄目上胡亂搜尋，特別是發生屠村事件當天的前後期間，然後往下查看當時實習醫生和護士的值班名單：

普芮提蔻

席菈

菈杜卡

布妲悉卡

卡悉蒂雅

他的指尖順著欄目往下移動，一一查出這些人當時接辦的傷例，發現了她的名字。

他走了將近一哩路來到會場，身上穿著他唯一一件體面的西裝外套。招待所懸建在湖面上，四面玻璃窗的食堂依舊供應難吃的餐點。孩子們手裡拿著還沒點燃的仙女棒，雀躍地在一旁等待，不管什麼節日，他們都如此雀躍。每個孩子都一手捧著蛋糕，一手拿著煙火。拉達沙站在筏子上忙著安排煙火施放事宜，布置著風火輪式的煙火跟一盒一盒的煙火。迦米尼遠遠瞥見她的身影閃過，自從兩個禮拜前同桌喝茶以來，他都沒能再見到她。

稍後她走到他身旁，他看見一對小小的紅色耳環，襯著她黝黑的膚色顯得耀眼。那是她祖母遺留給她的，因爲她剪了一頭小男生似的短髮，他可以看得一清二楚——兩邊各有一丁點大的紅寶石，活像兩隻棲在耳垂上的瓢蟲。「不戴的時候我就把它們偷偷藏起來。」她說。他們漫步到廢墟，遠離招待所。一面告示牌上寫著：「嚴禁入內，勿置足於岩畫上且禁止攝影。」

古老的斑斕色彩在她的身後一逕鋪陳——依稀的月光下，他仍能看見紅、白相間的石壁鑲邊；他們看見海岬那頭開始燃放煙火。絢麗繽紛，稍縱即逝，火光餘燼紛紛迅速墜入水中，殘屑四濺如飛礫走石，驚險地掠過招待所上空。

他轉頭望著她，她皺摺的襯衫上披著他的外套。

而她明白這個看似疏離的男人心底動了情感，她必須回頭走出這座兩人無心闖入的迷宮。他則以此刻能親近她而倍感平靜，看著她那只美麗的耳朵、耳環，再看她另一側的臉龐，那輪高掛天空並映照在水中的明月，還有水面上的浮萍和倒影。一切莫可明辨的虛像、實像，圍繞在他們周身。

她執起他的手，覆在自己的額頭上：「你感覺到了嗎？」「嗯。」「那是我的大腦。我不像你喝得那麼醉，所以我現在比你的腦筋要清楚多了。就算你現在沒喝醉，對於現在的情況，我也比你稍微理智一些。」淺淺一笑，已足以讓他對她說的一切不以爲意。

她的語氣透著一股堅定，不像她手腕上的那道傷疤，或襯衫領口燦開的大波浪所透露的嬌弱。

「我覺得你看起來，有那麼一點兒像我哥哥的妻子。」他笑著說。

「那麼，你就成了我丈夫的弟弟了。我也那樣子看待你好了，這也算是一種愛。」

他往後靠向身後的石柱，如此巨大高聳。她向前走來，他以爲她打算投入他的懷抱，不過她只是走過來將外套還給他。

他還想起那天晚上，後來他去游泳，裸身泅進黝黑的湖水中。泳罷，他爬上棄置在湖面上的筏子。他遠遠看見招待所玻璃上映著幾具晃動的人影。英國女王多年前曾蒞臨這個招待所，當時女王仍非常年輕。他獨自坐在外頭，理清混亂的思緒——她極度巧妙地轉身遁失在人群之中。她……

一年後，他將會回到可倫坡，結識後來的妻子。一個名叫克麗香堤的女子將一面靠近他，一面說：「你是迦米尼？我是克麗香堤。」她是他同學的妹妹。那是在另一場化裝舞會，雖然這回他們都沒穿戴面具，只是各自被自己的過去所僞裝。

幾名乘客揣著大包小包，提著鳥籠，蹲坐在車廂走道。

我才是她該愛的人，迦米尼喃喃道。

坐在他身旁的安霓尤心想：他接著就會向她告白，這位心神不寧的醫生馬上就要對她表露心跡了，帶著口頭的挑逗。然而，在接下來的旅程——她接受他的提議，跟他一同去參訪一座民俗療養院遺址——他始終沒有採取任何行動。一路上，只有當火車轟然駛進黑漆漆的山洞時，他才有一句沒一句地緩緩吐出幾句話，同時抬起頭，將原本凝視雙手的目光轉向車窗上自己的倒影。他始終這樣子對她說話，不是低著頭，就是撇過臉，而她也只能趁列車通過隧道時，透過搖搖晃晃的車窗玻璃看見他倒映的面容。

我常和她見面，比大家以為的還要更頻繁。因為她在電台的工作，加上我與別人迥異的值班時間，我們要私下見面十分容易。基於我們兩人有「親屬關係」……彼此都不能表露任何愛慕，比較像共跳一支舞的交情罷。呃，我想，也許就是在我婚禮上跳的那支舞罷。伴著「心平氣和」❾的歌聲，記得那首歌嗎？那真是浪漫的一刻啊。畢竟，那是婚禮的場合，每個人都可以互相擁抱對方。我正要與別人結婚，而她則早已嫁作人婦，可我才是她真正該愛的人啊。那一陣子，我都是嗑過藥才和她見面。

你倒底在說誰啊？迦米尼。

我總是精神奕奕，工作也得心應手。當她被送進狄恩街醫院時，我正在值班。她喝了強鹼水。自殺者選擇喝鹼水自殺，乃是因為這種死法最痛苦，痛到你必須下足決心才灌得下肚。它會瞬間燒裂喉嚨，然後穿腸破肚。當時，她失去知覺，就算她仍然清醒，也分不清自己身在何處。我和幾名護士趕緊將她推進急診室。

我一隻手餵她吞下止痛藥，另一隻手卻又拿著嗅鹽刺激她，讓她醒來。我想叫醒她，我不想讓她在生命的最後一程覺得孤單。我給了她過量的止痛藥，但是我不想看著她繼續昏迷。我只是一昧地自私。我應該放手，讓她就這樣過去。但是我想要她因為我留在她身邊而覺得安慰，

❾「心平氣和」(The Air That I Breathe)：英國樂團 The Hollies 七〇年代的名曲，收錄在一九七四年的專輯。

是我，不是他，不是她的丈夫。

我用手指頭撐開她的眼皮，我不停地搖她，直到她認出了我，可是她毫不在乎。我在這兒，我愛你。我告訴她。她卻闔上眼睛，似乎厭惡看到我。接著她便又陷入痛苦之中。

我已經盡力了。我說，我就要徹底失去你了。她抬起手，作勢在自己喉頭橫抹一刀。

火車帶著他們遁入隧道。黑暗中，震震顫顫。

她是誰？迦米尼。她看不清他的臉。她碰了一下他的肩膀，感覺他轉向她。他的臉湊近她。她什麼也看不見，只有昏翳的光線閃閃滅滅。

你要知道名字作什麼？他緩緩吐出這句問話，但他顯然並不是認真要她回答這個問題。

火車出了隧道回到光天化日，沒過幾秒便又潛入另一個山洞，又是一片漆黑。

那天晚上，所有的病房都忙得不可開交。他繼續說，有一堆槍傷病人，還有許多等著我開刀的傷患。戰爭期間，總有許多人選擇以自殺了結生命。剛開始，大家還不明白原因，但是很快地，大家就都瞭解這是什麼道理了。至於她，我想，她也是因為受不了戰爭的荼毒吧。護士讓我單獨留下來照料她，但是後來我也被叫去幫忙處理傷患。此時她已經服用太多嗎啡而又昏睡過去了。我在大廳抓了一個小孩，吩咐他去看著她，如果她醒來便立刻到D棟樓找我。那時是半夜一點，我怕那個小孩會睡著了壞事，便剝了半片苯甲胺叫他服下。後來他跑來找我，告訴我她醒了，但是我終究還是沒能挽回她的性命。

有一扇車廂窗戶開著，車輪滾過鐵軌的聲音迴盪在隧道中，傳進車廂裡，震耳欲聾。陣陣強風簌簌撲上她的臉。

你要知道名字作什麼？難道你打算告訴我哥哥？

有人踢了她的腳踝一下，她倒抽了一口氣。

麗芙離開了亞歷桑那州，安霓尤足足六個多月沒有聽到她的任何消息。雖然每回她們分開時，她總承諾會捎信來。麗芙，一度還是她最親密的朋友。有一次，她只收到一張明信片，上頭是一根不鏽鋼桿的圖樣。郵戳上的「新墨西哥州・克瑪多市（Quemado）」雖依稀可辨，但是卻沒有發信地址。安霓尤認爲她存心要甩掉她，去追尋新生活，結交新朋友。*當心那些犰狳呀，小姐！*然而，安霓尤的冰箱上依然貼著兩人在某次派對共舞的一張照片，這個曾經和她形影不離，曾經一塊兒在她後院看錄影帶，共擠在一張吊床上搖呀搖，一塊兒吃大黃派的女子。夜裡三點醒來，她們會發現兩人四臂交纏，然後安霓尤才起身駕車穿越空蕩蕩的街道返回自己的住處。

第二張明信片上頭是一座弧狀的碟型天線，同樣沒有隻字片語，沒有回信地址。安霓尤氣極了，當下就把它給扔了。過了幾個月，她到歐洲去工作，她收到了麗芙打來的電話。她不明白麗芙怎麼找到了她的下落。

「這通電話是偷打的，所以別說出我的名字。我偷接別人的電話線。」

（麗芙十幾歲時，曾盜用小山米．戴維斯的電話號碼撥打許多長途電話。）

「噢，安姬⑩，你死到哪兒去了！我還以爲你會寫信給我。」

「對不起。你下回什麼時候休假？」

「明年一月，還要好幾個月哩。接下來我可能會去斯里蘭卡。」

「如果我寄機票給你，你要不要來找我？我現在人在新墨西哥州。」

「好啊，好啊……」

於是安霓尤回了美國一趟。她和麗芙坐在新墨西哥州索科羅（Socorro），離「超大天線陣列無線電天文望遠鏡」（Very Large Array of Telescopes）一個小時車程遠的一家甜甜圈店內。這些設備時時刻刻接收來自九霄雲外的訊息，接收亙古、久遠前事物的狀態。也就在此地、此刻，兩人重逢，交換這段日子以來各自的境遇。

⑩安霓尤稱麗芙為「安姬」，前文（頁二九六）曾提及她們看遍了所有由安姬．狄金遜和華倫．奧茲擔綱演出的電影。

麗芙老早就說過她罹患嚴重的哮喘，所以才從安霓尤身邊消失，搬到沙漠這兒住了一年。她曾參與「地景藝術」計畫，住在克瑪多市附近的「閃電力場」裡。一九七七年，藝術家瓦特・狄・瑪利亞（Walter De Maria）將四百根不鏽鋼桿排成一列，巍巍豎立在沙漠中的廣袤平原上綿延一英哩。麗芙的頭一件差事便是當這些玩意兒的看護工，監看從沙漠颳來的勁風、沙塵暴，因爲到了夏季這些鐵桿便會將閃電引到平原上，她則在雷電交加時站在鐵桿之間。她老是想當牛仔，她總是喜歡西部。

如今，麗芙與安霓尤在超大天線陣列無線電望遠鏡附近重逢。這些望遠鏡收集著沙漠上空來自外太空的隻字片語，她則與這些收集著穹蒼亙古歷史的接收器比鄰而居。是誰身在遙遠的彼端？訊號來自多遠？是誰漂泊終日，音跡杳然？

唉，原來正是麗芙。

她們面對面坐著，吃在她們從前每天在佩果餐廳（Pequod）一塊兒吃的食物。安霓尤覺得空曠沙漠中的巨型望遠鏡和麗芙心愛的露天電影院有異曲同工之妙。他們互相交談，也聆聽對方講話，她愛安霓尤，也知道安霓尤亦愛著她，情同姊妹。但麗芙病了，而且正在惡化中。

「你說什麼？」

「我越來越……記不住事情，我自己明白原因，你知道的，我罹患了阿茲海默症。我知道我還年輕，不該得這種病，但是我小時候得過腦炎。」

她們在亞歷桑那工作期間，每個同事都看不出她有任何病癥。即使情同姊妹，她卻連不告而別的眞正原因也沒告訴安霓尤。她曾鼓起吃奶的力氣，朝東一路跑遍新墨西哥州境內各個荒漠。都是被氣喘害的，她說。接著她的記憶開始流失，拼命延續最後一息生命。

她們坐在索科羅的佩果餐廳裡，在午後的空氣裡低語。

「麗芙，嗯，你還記不記得是誰朝茄利・瓦倫斯開槍？」

「呃？」

安霓尤又重覆問了一次。

「茄利・瓦倫斯……」麗芙說：「我……」

「是約翰・韋恩幹的，再努力想一想。」

「我以前知道這件事嗎？」

「那你總還記得約翰・韋恩吧？」

「不記得了，親愛的。」

親愛的！她從來不曾這麼稱呼她。

「你想它們能不能聽見我們說的話？」麗芙問：「沙漠裡的那些金屬大耳朵，它們會連我們的話也錄進去嗎？我只是個次要情節裡的不起眼角色不是嗎？」

突然間，一段殘碎的回憶閃進腦中，她才點點頭，令人氣結地補了一句：「哦，你一直認爲茄利・瓦倫斯活不過那一槍。」

她還活著嗎？後來安霓尤對瑟拉斯提起這件事，他如此問。

「嗯。我們在南部時，我發高燒的那天晚上，她還打了一通電話給我。我們以前總會用電話聊到睡著，聊得一會兒笑一會兒哭，你一句我一句聊個沒完。不，她全忘了。現在她的姊姊在照顧她，在新墨西哥州，離大天線不遠的地方。」

約翰・鮑曼先生鈞鑒：

我並沒有您的地址，此函承蒙費柏出版社的華特・唐納休先生轉交。此次冒昧投書給您，乃是為我本人及我的朋友麗芙・迺戴克向您詢問，盼能釐清我們觀賞過您的大作《急先鋒奪命鎗》後，心中產生的若干疑點。

您在影片一開始的序幕中描述李・馬文被人從約莫四、五英呎遠開槍擊中。他倒臥在一間牢房裡，我們都以為他一定當場一命嗚呼了，不過最後他畢竟成功地逃離了阿卡翠茲島，還游過某某海峽爬上舊金山灣岸。

我和朋友都是法醫，我們一直為了馬文先生究竟是哪個部位中彈爭論不休。我的朋友認為那顆子彈穿過肋骨間隙，只造成一點皮肉傷，我個人卻覺得他遭受的槍傷並沒那麼輕微。我瞭解這是您多年前的作品，不過或許您依然記得當初拍這一場戲時的情景，您是否能夠告訴我們那顆子彈的貫穿路徑，或者當初您是如何交代馬文先生，關於他的角色在中彈當時以及後來康復後的表演方式。

安霓尤・堤賽拉　敬上

雨夜中的瓦拉瓦，一場交談。

「你就是不喜歡把事情弄清楚，是吧？瑟拉斯，即使對你自己也是這樣。」

「我不認爲拆穿一切就必然能得到眞相，那只不過是將問題簡化罷了，不是嗎？」

「我必須知道你心底在想些什麼，我必須先抽絲剝繭才能釐清每件事情的來龍去脈。那並不算排斥複雜的事物。任何祕密只要一攤在陽光下就無力可施了。」

「政治上的祕密可不那麼虛弱無力，不論攤開與否。」他說。

「但是，至少包覆在祕密外頭的緊張關係和危險性會因而消解於無形。你是一名考古學家，眞相終究會明朗，不管是埋在骨頭中，或是藏在所有的蛛絲馬跡裡。」

「不，眞相存在於人的性格、行事作風、情緒之中。」

「那是左右我們日常生活的因素，並非眞相。」

「對活著的人而言，那就是眞相。」他平靜地說。

「你爲什麼會走上這一行？」

「我喜歡歷史，我只要一走入歷史現場便會覺得無比親切，就像踏進一場夢裡一樣。我也喜歡挖開一塊磚就能發現一段故事……」

「或一個祕密。」

「嗯，一個祕密……我曾經奉派到中國進行研究，我在那兒待了一年。我眼中所看到的中國不過是一大片草原，我從沒到過其他地方，我一直待在同一個地方工作。那裡的村民曾經在鏟平土丘時，無意間發現色澤不一的土層。這原本不是什麼大不了的事，但是等到一批接一批的考古隊抵達，挖開上層深淺不同的灰土，才發現巨大的岩板，岩板底下則是木料——經過精心裁切、鋪排的巨大木料，就像一幢大草堂的地板，當然，那其實只是天花板。

「於是，就像我剛說的，如同做夢一般，有一股力量驅使你探向更深、更遠。他們請來幾具怪手將木板掀開，再往下挖便發現了水——一座水墳，分成三大池。一口裝著古代帝王的漆器棺柩浮在水面上，水底下還有另外二十口裝著女樂師連同樂器的棺材，她們都是陪著皇帝一塊下葬的。她們各自攜帶三十六弦琴、簫、笙、鼓、鐘，負責奏樂伴送皇帝升天。工作人員將那些骨骸從棺木中搬出來，小心翼翼地排好，檢驗那些樂師的死因，結果發現所有的屍骨都完好無缺。」

「那麼她們是被縊死的。」安霓尤說。

「嗯，那是其中一種說法。」

「或者是窒息而死的，或遭人下毒。只要化驗骨頭馬上就可以眞相大白，我不知道當時中國是否具備下毒的技術，那是多久以前的墳墓？」

「紀元前五世紀。」

「那就對了，他們懂得下毒。」

「我們將那批漆器棺木泡入聚合液裡以防止它們在空氣中崩解。漆器是用漆樹汁混合染料，塗了數百層在木器上。接下來他們陸續挖掘出各式各樣的樂器——鼓、蘆笙，甚至三十六弦琴！其中數量最多的，則是鐘。

「此時，歷史學家也趕到了。包括儒、道學者，還有一批編鐘專家。我們陸續撈出六十四口鐘。那時候，人們還不曾發現這個時期的樂器——即使根據史籍記載，音樂是中國文化中最源遠流長的傳統活動和觀念。因此，死後用來陪葬的不是金銀財寶而是禮樂。從水中撈出來的巨大編鐘後來證實是出自當時最先進的技藝。各地似乎都有其特殊的製鐘技術，那些地區簡直就是用音樂在分庭抗禮……

「音樂是至高無上的，它不被當成娛樂，而是祖先萬代與後嗣子孫的聯繫，它是穩定德行與性靈的力量。執意讓這股力量穿透岩層、木壘、水障，就像這批殉葬的宮女樂師得以出土，冥冥之中自有安排。你明白嗎？你必須先瞭解那些人從容就死的心態。國內的恐怖分子殉身的方式，也是因爲他們被灌輸同樣的信念：爲統治階層的理念而死，方能讓自己得到永生。

「在我歸國前，他們舉行了一場儀式。每個在當地工作的人都聚在一起，聆聽這些鐘於數千年之後再度被敲響。當時我在中國停留的期間已近尾聲。典禮在傍晚舉行，當鐘樂響起，那些聲音似乎有血有肉，在黑暗中歷歷可聞。每一口鐘各有兩種音調，分別代表精神的兩面，揉混著相抗的兩股力量的平衡。或許是那些鐘聲讓我立志成爲一名考古學家。」

「別忘了還有那二十個無辜的女人。」

「那是另一個世界，自有其截然不同的價值體系。」

「愛我吧，愛我的樂團吧。你可以帶著樂團一道歸西！每個文明裡頭都有這種迷信瘋狂，你根本用不著跑大老遠去找。你們男生就是這麼感情用事，什麼從容就死，慷慨赴義。我碰過一個傢伙，他光憑我的笑聲就說他愛上我，我和他甚至連見也沒見過，更不曾共處一室，他只從錄音帶上聽過我講話。」

「然後呢？」

「哼，他擺出和我老夫老妻的樣子，逼我也只好愛上他。這種故事你聽多了啦，一個聰慧的女人被愛沖昏了頭，變成蠢蛋。結果，我再也笑不出來了，玩完了。」

「你是說，他在還沒認識你之前就愛上你？」

「嗯——這說來可妙了。他或許只是迷戀我的聲音，我猜他聽過兩、三回錄音帶，他是個作家。作家，哼，特會惹麻煩的族類。有一回我被派去主持一場研討會，那次是我的老師辦的，萊禮・安哲，一個迷人又風趣的男人。所以我其實是被他突發奇想、無厘頭式的講演方式逗得一路笑個不停。當時，我們坐在台上，面前是一張桌子，然後我介紹他出場。我猜他開始演講以後，我忘了關掉我的麥克風，所以把我咯咯笑個不停的聲音全錄了進去。這個老傢伙和我始終相處愉快，我和他簡直像是一對親密的伯侄，儘管有那麼一丁點兒異性相吸，但絕對沒有絲毫曖昧的成分。

「我猜啊，這個後來和我交往的作家，他一定也有哪根筋不對勁，所以聽懂了我們的談笑。他因爲對於研究埋在土裡的東西也有興趣，所以買了這捲演講錄音帶，他的研究領域挺刁鑽的，所以盡其可能地蒐集資訊，蒐集各種大大小小的材料。這就是我跟他的邂逅，透過一捲錄音帶，沒有什麼天雷地火、石破天驚的場面……接著，我們展開整整三年提心吊膽的關係。」

*

他們頭一回共同參與的冒險：安霓尤駕著她那部髒兮兮的白色轎車，裡頭充斥著宛如斯里蘭卡飯館散發的霉味兒。那是在庫里斯聽過她的錄音帶沒幾個月後的某個傍晚，他們身陷在車陣之中。

「照這麼說，你很有名嘍?」

「沒啦。」他笑著說。

「普通有名?」

「依我看，扣掉親戚、朋友，大約只有七十個人聽過我的名字。」

「這兒也有嗎?」

「不會吧。不過難說喔，我們現在開到哪兒了?瑪斯威丘（Muswell Hills）嗎?」

「亞奇威（Archway）。」

話一說完，她便搖下車窗，朝車外喊叫：

「嘿!大家注意!——現在坐在我的車子裡頭的是科學作家庫里斯．來特……咦，還是庫里斯．『去』特?管他的，反正就是他本人!他現在和我在一起!」

「多謝啦。」

她搖上車窗，對他說：「等到明天，看看我們的緋聞會不會上報。」她再度搖下車窗，這一回她還猛摁喇叭吸引別人注意。反正他們正被堵在車道中央，不知情的人遠遠看起來還以爲一對男女當街吵架——女人激動不已，半個身子露在車外，一會兒朝著車內的人大吼，一會兒又招引著過路者的注意。

他則安坐在座椅上，看著她耗盡體力，放任她將裙子撩到膝上，喀的一聲拉緊手煞車，整個人又鑽出車外。這會兒她開始振臂揮舞，同時猛拍髒兮兮的車頂。

事後他每每追憶起諸如此類的情景——每當她試圖瓦解他的漠不關心，每當她試圖鬆懈他緊蹙的愁眉。她會拿出隨身聽貼住他的耳朵，強迫他在歐洲某條黑漆漆的街道上跳舞：「巴西」。好好記住這首歌。在巴黎的街道上，他和著她哼著歌詞，雙腳沿著地上的狗圖形翩翩起舞。

窗外陣陣車流包圍著他，他坐在車座上，背貼著車椅，冷眼看著她伸出車窗的軀體，看著她高聲叫喊、猛拍車頂。他感覺自己好像被冰塊或鋼鐵禁錮著，而她正努力拍擊外層表面，努力要將他解放出來。她那飛捲飄揚的衣衫，她猛然鑽回車內，忙不迭送上一記重吻——她原想許他自由，無奈身爲人夫，他的那顆心早已不值錢。

她終究還是在柏芮哥泉的「棕櫚旅館」甩掉他，走得一乾二淨，什麼也沒留下，除了一灘如她髮色一般烏黑的污血，在如她膚色同等黝暗的房間裡。

他躺臥在黑漆漆的房間內，眼睜睜看著膀子上的筋肉抽搐不已，連帶讓刀子也不住地抖跳。他像艘失了槳的船，漂進昏迷狀態。一整晚他依稀聽到床頭鐘急速呼嘯，心底懼怕血液的湧動停止，而拯救自己的車頂拍擊終將止息。偶爾有卡車駛過，扭曲的車燈光線轉瞬映入房內。他抗拒著睡魔，通常他都會順其自然。當他寫作時，信手滑入紙頁，如同攪動池水那般熟練矯健。作家就像雜耍演員（如今他可仍依然記得？），要不，就像個補鍋匠，全身掛滿了鍋碗瓢盆、布塊繩線、馴鷹眼罩、鉛筆……經年累月攬帶著這些玩意，只爲有朝一日遭逢恰當時機能派上用場，整成一本小書。說穿了，無非只是一股補綴組裝的巧勁。接著他便可以丟得一乾二淨。如何寫一本書，安霓尤，你曾問過我如何？你問過我什麼是你最需要、最要緊的東西？安霓尤，好，就讓我告訴你……

然而，她已坐上夜班巴士，離開了山谷，暖暖地裹覆在半斗篷半披肩的灰色罩衫裡。她的眼光緩緩投射到車窗外，被車燈照亮的林木明明滅滅映入眼簾。噫，他太熟悉她那爭吵過後重新武裝自己的神情，不過這將是最後一次了，不會再有下一次機會，她和他一樣心知肚明。他們兩方經歷了一場爭吵不休、藕斷絲連的愛戀，共度過每一段最慘澹與最美好的時光，這些回憶於此刻相互抵消，如同攤平在奧克拉荷馬州光潔的解剖檯上。巴士搖搖晃晃爬高駛進迷霧之中，山城小鎮紛紛從窗外掠過。

空氣逐漸轉爲冰涼，安霓尤的身體蜷縮著，然而，定定的雙眼眨也不眨，她不願錯失與他共處的最後一夜發生的任何動靜。她已不再計較兩人相互造成的過錯和失誤，這是她唯一想要確認的事，即使她知道這段畸戀日後將生出各色各樣的說法。

除了巴士駕駛員之外，只有安霓尤仍對周遭保持警戒。一頭野兔閃過，一隻夜禽飛撞車身，都沒逃過她的耳目。車廂內闇然無光。接下來五天，她將收拾乾淨辦公室，然後動身前往斯里蘭卡。她原先已經列好了她在斯里蘭卡的聯絡電話、傳眞號碼，讓他能在未來兩個月找得到她。她本來打算今天晚上拿給他，現在這張單子還深埋在她的袋子底下。她闖進他慘不忍睹的生活，見識了他強扮堅韌的恐懼，拙於領受她施予的情愛與撫慰。即便如此，他自始至終都像是一個理想的歸宿，裡頭有多得數不盡的奇特房間，充滿各種可能性，每每給予她驚奇的刺激感受。

巴士駛出山谷。她和他一樣，都無法在此刻闔眼入睡；和他一樣，她也不肯拉下臉。她夾在他和他的髮妻之間，他怎麼還能夠在夜裡安睡？即使這對夫婦再怎麼開明，容許她的存在、如影隨形，她再也不甘於當別人的塵埃或回音，她也不願再扮演他隨時取用的依靠。

若不是她，他每每在半夜隔著數個時區找誰傾訴呢？她簡直和廟堂裏專供僧侶誦念祝禱的一塊石碑沒有兩樣。自此刻起，他們兩人都不再聽天由命，唯有逃脫過去的糾纏一途。

安霓尤已無力再唱，但是仍默誦歌詞、曲調。

噢，紐約州的林樹長得高又高，
片片黃葉恰似金光閃亮正當秋——

小女子我本來自忘憂地，

一到紐約州逢哀又見愁。

她嘴裡喃喃吐出幾句歌詞，垂頭及胸。秋、愁。多麼合仄押韻。

# 輪迴

走訪三座石墨礦村後，瑟拉斯與安霓尤終於確認了「水手」的身分——他名叫盧旺．庫瑪拉，原本是一名採椰工人，於某次意外中摔斷一條腿後，便在當地的礦場工作。村民們還記得他被一群外地人帶走當天的情形——那夥人直接闖進坑內，裡頭還有十二個人正在工作，他們還帶著一名畢拉（billa）——由某人頭上罩著挖開兩個眼洞的麻布袋，用來匿名指認誰是叛黨同路人。畢拉就是「惡魔」、「鬼」的意思，原指專在祭典中恫嚇兒童的角色。畢拉手指著盧旺．庫瑪拉，他從此便失去下落。

他們現在掌握了確切的綁架日期。一回到瓦拉瓦，他們便開始研議下一步計畫。瑟拉斯認為他們仍須步步為營，繼續蒐集更多證物，否則極有可能會功虧一簣。他提議先由他回可倫坡一趟，查查盧旺．庫瑪拉是否登載在政府的黑名單中。他預計花兩天就能取得該項佐證，然後再返回這兒與她會合。手機則會留在這兒，雖然她或許無法和他聯絡，但他會打電話給她。

五天過去了，仍然不見瑟拉斯捎來任何消息。

她心中對他的萬端疑懼再度油然而生——他有個擔任高官的親戚，他對於揭發眞相所引發危機的看法。她怒不可遏地在瓦拉瓦裡踽踽徘徊。到了第六天，她打開瑟拉斯的手機，撥了一通電話到拉特納普拉醫院，可是安南達似乎已經出院返家了。找不到人可以商量，只有她獨自一人，和「水手」孤伶伶地在一起。

她拿起行動電話出了大門，一路走到水田盡頭。

「哪位？」

「老師，我是安霓尤．提賽拉。」

「噢，游泳健將啊。」

「是的，老師。」

「你一直沒來看我嘛。」

「我必須和您談談，老師。」

「談什麼？」

「我得寫一份報告，需要一些協助。」

「爲什麼找我？」

「您和我父親是舊識，您們曾共事過，我必須找一位我可以信任的人。我恐怕發現了一樁政治謀殺案。」

「你現在是用手機打的，別報我的名字。」

「我現在遇到一些麻煩，得馬上去一趟可倫坡，您能幫我嗎？」

「我得先安排一下，你人在哪兒？」

他又開口問了先前曾問過她的問題，她遲疑了一下才說：

「我現在人在埃克奈里苟達的瓦拉瓦。」

「我曉得那個地方。」

他隨即掛斷電話。

隔天，安霓尤已經回到了可倫坡，此刻正置身於葛利果里路反恐怖行動小組總部裡的禮堂內。「水手」的骨骸也不在她身邊。一輛車開到那幢瓦拉瓦將她載走，而裴瑞拉博士並未隨行。當她抵達可倫坡的醫院時，他曾見了她一面，還親切地摟了她。他們一起到食堂用餐，她將事情的原委向他稟明，他則奉勸她最好及時收手，雖然口頭上肯定她做得不錯，但她若繼續窮追下去必將招致禍端。「我聽過你的演講，你曾經提到政治責任，」她說：「當時你所持的論點並非如此啊。」「那是演講哪。」他回答。當他們回到實驗室，「水手」的骨骸已經不曉得在哪裡了。

此刻，她站在這間小小的廳堂，裡頭擠進了許多分屬不同單位的官方人士，其中還包括受過精良訓練、專司懲治叛黨的軍警人員，她覺得自己走進了死胡同。他們一口咬定她的報告毫無實據，並打算藉此駁斥她之前所有的調查過程。安霓尤身旁有一具放在檯子上的古老骨骸

——也許是「補鍋匠」。她開口侃侃陳述骨樣分析的各項程序，以及透過骨骼分析查驗死者身分、職業和出生地的方法。雖然她心知肚明：眼前這具骨骸根本不是她想要的。

瑟拉斯站在最後一排，沒讓她瞧見，他聽著她沈穩的陳述——一斯不苟，絕對的平靜，不摻絲毫激動或憤怒的情緒。像是法庭上律師的口吻，更是出自一介平民的親身見證。她此刻已不再是一名國外派遣的調查員，他聽見她說：「我認爲數以百計的同胞必定都是被你們謀殺了。」

數以百計的同胞，瑟拉斯暗自思忖：過了十五年，她終究成爲同胞了。

然而，危機迫在眉睫。他明顯感受到屋內高張的敵意，其中只有他一個人沒跟她作對，如今他得想辦法保護自己。

安霓尤小心翼翼地在自己和骨骸之間藏了一具錄音機，錄下官員的每一句質詢、論斷；而她，直到目前爲止，雖然語氣謙和，卻不留情面地回答。但是瑟拉斯注意到安霓尤所無法察覺的事——他掃視整間燠熱的廳堂（他們鐵定在空調上動了手腳。在三十分鐘的陳述之後關掉冷氣——讓人心浮氣躁的老法子），周圍開始紛紛議論起來，他毅然離開原先倚身的牆壁，邁向前去。

「對不起，請讓讓。」

所有人轉頭望向他。她抬頭看去，對他突然現身感到吃驚。

「你身旁的這具骨骸也是在班達拉威拉遺址發現的嗎？」

「是的。」她說。

「那麼，在上頭覆蓋的土有多少？」

「大約三呎厚。」

「你可不可以再說得更明確些？」

「不能，我不認爲這有任何關聯。」

「因爲，在發現這具骨骸的洞窟外面那幾道土坡，被來往的行人、牲畜不斷踐踏，加上雨水沖刷，早就面目全非了……沒錯吧？哪個人去打開該死的冷氣行不行？這麼悶熱，我們的腦筋怎麼會清楚啊。如果我說錯的話，請糾正我——十九世紀遺留下來的墳地，不管是橫遭處死抑或安葬的——事實上，可以說是幾乎每一座墳——上頭覆蓋的土層是不是都不超過兩呎厚？」

她的情緒陡然被挑起，但決定先閉嘴不回應。瑟拉斯察覺在場所有人的目光都移到他身上，眾人紛紛從座位上轉過身子。

他步下階梯，走到台前，所有人眼睜睜看著他趨近她。他和安霓尤隔桌相視，他欠身向前，拿起一組鉗子，從骨骸的肋架內取出一塊石頭。

「這塊石頭是在這具骨骸的肋架內發現的。」

「嗯。」

「告訴我們大家，傳統習俗的情形……想仔細點，提賽拉小姐，別光只是推論。」

一陣靜默。

「請別把我當成三歲小孩。」

「你只管說明。」

「當人們將屍體埋葬後，通常會在土堆上放置一塊石頭。原先只是爲了標示埋葬地點，但在肉身讓開之後，石頭便會掉進裡面。」

「讓開？怎麼個讓開法？」

「等一等！」

「這得經過多少年？」

一陣靜默。

「呃？」

「至少得花上九年的時間吧？石頭才會掉下去，最後掉進肋架內，對吧？」

還是一陣靜默。

「是……不過——」

「對不對？」

「是的，除非是火化過，我是說，經過焚燒過的屍體。」

「但是我們並不能確定，因爲上個世紀大部分的屍體都採行火化。何況，一八五六年和一八九〇年曾先後爆發過瘟疫，許多死屍都得用火焚燒。你身旁的這具骨骸看起來少說也有上百年了——姑且不論你對它的身世背景做了多詳盡的訪查……」

「可以證明我論點的那具骨骸已經被沒收了。」

「原來還不只一具屍體啊，難道這具骨骸比起被沒收的那具就無足輕重嗎？」

「當然不是這樣，但是那具被沒收的骨骸死亡時間不超過五年。」

「『沒收』，你口口聲聲沒收……被誰沒收？」瑟拉斯說。

「當我去金西路醫院找裴瑞拉博士時，它在那兒不見了。」

「哦，那麼，是你將它搞丟了，不是被沒收的。」

「我沒搞丟它，有人趁我和裴博士在餐廳談話時，從實驗室裡將它搬走了。」

「那就是你放錯地方嘍，你是不是在暗示裴瑞拉博士和這件事有關？」

「我不曉得，或許是吧，我後來也沒再見到他。」

「而你卻還是打算在手邊沒有任何證物的情況下，向我們舉發一樁新近的死亡案例？」

「狄雅仙納先生，我要提醒您：我是一名隸屬於人權團體的法醫，我並非爲您工作，更非受雇於您，我是受國際組織委託前來工作的。」

他轉身直接對著其他人說話：

「這個『國際組織』也是經由我們政府邀請的吧？不是嗎？」

「我們是獨立的組織，報告內容不容他人左右。」

「對同胞而言，對我們的政府而言，你仍算是爲我們的政府工作。」

「我打算提出的報告乃是指出政府的某些勢力可能涉及屠殺無辜百姓的事件，這就是我要說的。您身爲考古學家，您應該相信歷史眞相啊。」

「我相信和諧的社會應優於一切，提賽拉小姐，你打算提出的報告可能會招致一場動亂。你爲何不去調查政府官員被殺害的事件呢？冷氣打開了沒啊？拜託！」

看台上傳來零零落落的掌聲。

「我發現的骨骸明明白白地證實了一樁暴行，這才是重點所在，一座村落可以解釋其他的村落，一個被害人可以說明其他的被害人，您還記得吧？我想您逾越了您的本業了。」

「提賽拉小姐——」

「稱呼我博士！」

「好吧，提賽拉『博士』，我已經準備好了另一具其他地方掘獲的骨骸，古代的遺物。爲了給你一個機會證明你所說的差異，我要你爲我鑑識它。」

「這太離譜了。」

「一點兒也不離譜。我要你提出這兩具屍體之間有什麼不同點。索瑪仙納！」

他向一名站在廳堂後端的男子招手示意，一具以膠布捆裹的骨骸隨即被推進來。

「這是一具兩百年歷史的屍骨，」他提高音量說：「這是我們這群考古學的小毛頭推測的，或許你可以證明我們搞錯了。」

他的鉛筆點擊著她面前的桌板，像是一記嘲諷。

「我需要一些時間。」

「我們給你四十八個小時。別再理會你說的那具骨骸，隨索瑪仙納先生離開，他會護送你出去。我鄭重警告你：在你離開前，必須繳出你所有的調查資料。至於這具骨骸，二十分鐘內會在前門等候你領取。」

她轉身收拾桌面上的文件。

「請留下這些文件，還有你的錄音機。」

她怔了一下，然後掏出剛剛才偷塞進口袋內的錄音機，將它擱在桌台上。

「這是我的東西，」她低聲對他說：「記得嗎？」

「我們隨後會還給你。」

她踱上台階向出口走去，幾乎沒有任何官員瞧她一眼。

「提賽拉博士！」

她站在最高處轉身面對著他，確定這是最後一次正眼看他了。

「別想再回來要回這些東西，離開這兒，我們要找你的時候自然會和你聯絡。」

她步出廳堂，氣栓門在身後發出一記閉鎖的悶響。

瑟拉斯則繼續留在廳堂內，細聲對其他人做出交代。

他和古納仙納推著一部手推車，將兩具骨骸推往側門。抵達停車場前，得先穿過一道幽暗的長廊，他們佇足一會兒，古納仙納保持緘默。不管發生什麼事，瑟拉斯都不願再回到這間禮堂來。他摸到電燈開關，氖氣在燈管中霹啪作響，斷續閃動的光線讓他憶起自己曾經習於置身在許許多多像這樣的樓房之中。

一排泛著紅光的箭頭昏照著緩緩上昇的坡道，兩人合力將手推車推進昏暗的甬道，每經過一個霓虹箭頭，手臂上便泛過一陣緋色光暈。他心裡惦記著仍然在兩層樓上的安霓尤，想著她此刻正怒氣沖沖地走著，重重地摔著每一扇她通過的門。瑟拉斯知道他們會在每一道廊上喚住她，一次又一次地查驗她的文件，反覆地蓄意挑釁、羞辱。他知道她會受到何種待遇：手提箱、口袋內大大小小的瓶罐、幻燈片全被倒出來翻檢，要她脫下衣服，再叫她穿上。這些折騰人的把戲少說也得搞上四十分鐘。他清楚得很，等她得以脫身時，她什麼也帶不走——別說是一頁辛辛苦苦蒐集來的資料，就連她今天早上不經意放在身邊，一塊兒帶進這幢大樓的私人照片也不許她帶走。不過，她將安然脫身，這是他衷心盼望的。

自從妻子死後，瑟拉斯便再也無法回返往昔的生活。他徹底斷絕與姻親們的聯繫，他將弔唁信函全都原封不動地擱置在她的書齋內，反正，那是寫給她的。他返回考古工作並埋首其中，他組織了祁佬地區的挖掘隊，那批參與研究的年輕男女對他遭逢的變故所知不多，因此置身其間讓他感覺無比舒坦。他教導學生們如何在骨頭上刷覆膠水，如何蒐集並分類雲母石，告訴他們何時該移出發掘物，何時該保留現場。他和大家一塊兒用餐的時候，對於工作上的疑問來者不拒，知無不答。每一個隨他工作的人亦尊重他對個人隱私所樹起的藩籬。每日沿著海岸線的挖掘工作一結束，他便筋疲力竭地躲回自己的帳篷內。他當時年近四十五、六，但在學生眼中，他似乎比實際年齡來得更加老成。他會等到傍晚所有人泳罷上岸後，才一個人走到海邊，泅進墨黑的海水中。天色已暗，海上不時捲起瘋狗浪，每每將人推離海岸，難以回頭。他孤伶伶地泡在海中，任憑海浪撲拍著自己的身體，整個人隨波迴旋漂蕩，恍若翩然起舞，只有露在水面的頭，仍能思量周遭的處境，看著乍然掀起一陣意外的大浪，翻天覆地將他沒入其中。

在他的成長歷程中，始終伴隨著對海洋的熱愛。當他還在聖湯瑪斯學院就讀時，隔著一條鐵道之外就是大海。只要他身處海岸——不管在罕班托塔、祁佬、還是亭可馬里——他都會凝視著漁夫們在薄暮中駕筏出航，漸行漸遠直到消失在小男孩的目光之外。彷彿，人世間所有的分離、死亡或失蹤，都只是自我們眼底逸失罷了。

死亡總以各種樣貌出現圍繞著他。在工作中，他覺得自己彷彿是終會腐朽毀壞的肉身骨皮和不朽的岩雕壁畫之間的聯繫；或者，更詭異地說，正是那股信仰或信念使其不朽。六世紀智者的頭顱落地，如同那些因千古的疲乏而掉落的岩臂、石手一般，與芸芸眾生的命運相生共息。他每每敞開雙臂，將兩千年前的雕像滿擁入懷，或者僅僅將手覆在古老、溫暖、被雕琢成人形的岩石上。只要看著上頭襯出自己黝黑的手，心中便滿溢歡慰。這才是他一切愉悅的根源。不是來自人間的言語交談，不是作育他人或坐擁權力，而是僅僅以掌置於一座石造的毗訶羅，一方隨著時辰變換溫度、因雨水或乍現的曙光而時時刻刻更動其斑駁面容、恍若生人的石岩。

這只以石雕成的手，宛如他亡妻的手，同樣有著黝黑色澤、歲月覆蓋的痕跡、他所熟悉的溫軟膚觸。而她的身影仍縈繞於心，憑藉她房內的遺物，他便能輕易勾勒出她生前的樣貌、他們在一起的時光，兩支眉筆、一方絲巾，就足以令她的身影活現。然而，他們共有過的生活仍已灰飛煙滅。不論她離開他的動機爲何，也不管他有什麼積習缺陷，犯過哪些錯，以致讓她決定棄他而去，瑟拉斯均已置之度外。他依然能夠信步走過一片平野，想像、描摹出六百年前遭焚毀的一座集會草堂，憑藉著一道煙燻焦痕、一枚指紋，便彷彿能夠歷歷看見黃昏時分草堂中聚會的光影，以及人們的姿態。但是對於妻子菈葳娜，他卻無心再挖掘任何記憶，並非對她記恨未消，只是那些長久以來故扮堅強所造成的創傷，他已經無法再走一遭了。然而，這個午後，他重新回到紛擾的人間，回到錯綜糾葛的事理之中，不得不再次扮演相同的角色，他明白這已成爲自己難赦的刑牢。

他和古納仙納合力將手推車推上坡道。甬道內的空氣窒滯稀薄，瑟拉斯將手推車煞住。

「去拿點兒水來，古納仙納。」

古納仙納點了點頭，畢恭畢敬的態度裡帶著一絲不悅。他轉身離去，留下瑟拉斯獨自坐在昏暗的甬道內。五分鐘後，他用燒杯盛了一杯水走回來。

「這水煮沸過嗎？」

古納仙納再次點了點頭。瑟拉斯把水喝了，從原本坐著的地上站起身：「抱歉，我剛剛覺得有點兒頭昏腦脹。」

「不打緊，先生，我自個兒剛剛也喝了一杯。」

「那就好。」

他想起那天晚上，他們在開車前往坎地的路上救起古納仙納，安霓尤拿著瓶子餵他喝下提神酒的情景。

他們繼續推著車子好一會兒，頂開兩扇推門之後，亮晃晃的刺眼陽光映入眼簾。

戶外的嘈雜聲和烈日差點令他倒退幾步。他們已經來到官員專用停車場，一些司機站在樹蔭下，還有幾個躲在車子裡猛吹冷氣。瑟拉斯朝正門張望，沒有看到她的蹤影，這下子連他也開始擔心她能否自這棟樓脫身了。一輛箱型車駛過來停在他們身旁，瑟拉斯看著他們將準備交給安霓尤的骨骸搬運到車上。那幾名小兵在一旁東問西問的，倒不是覺得他們形跡可疑，而是純粹出於好奇心作祟。瑟拉斯本想稍事休息，不想與人交談，但是他們還是繼續七嘴八舌，帶著好玩的口氣，而不是質問：他是打哪兒來的啊？他到這裡多久……？要安然脫身唯有一一回答他們的問題。當他們的問題終於扯到推車上的骨骸時，他在臉前揮了揮手，留下古納仙納繼續和他們瞎扯。

她仍未走出來，他曉得，不管出了什麼事，他都不能進入大樓內找她。她必須獨自經歷這一又道一道的羞辱、詆譭和難堪。他和她分開已經將近一個鐘頭了。

他得找點事來做。圍籬外頭有個賣鳳梨片的小販，瑟拉斯隔著鐵絲網向他買了一些，上頭撒上胡椒鹽，他付了一盧比買了兩片。他本想走進大廳，避開陽光，但他拿不準她是否會耐不住性子，而讓自己陷入另一個不可自拔的險境。

一個半鐘頭過去了。就在他轉過頭，第四度探看時，他終於看見她出現在門口——她僵立著，一動也不動，不明白自己身在何處，也不知道下一步該往哪兒去。

他朝她走過去，他緊握雙拳，心神一片紊亂。

「你還好吧？」

她垂下雙眼，避開他的目光。

「安霓尤。」

她抽回被他握住的手臂。他留意到她的公事包已經不在手上，沒有文件，也沒有檢驗器材，他探向她的胸前，原先放在她外套暗袋裡的那根小試管也不見了。她對他的舉動毫無反應，即使仍然神智恍惚，但她還能瞭解他的用意。

「我告訴過你我會回到瓦拉瓦的。」

「但是你一直沒回來。」

「很多人盯著我們，我弟弟早就告訴過你。你一回可倫坡，他們馬上就知道了。」

「去你的。」

「你現在必須立刻離開。」

「不，謝了，我再也不需要你的幫忙了。」

「帶著我給你的骨骸上車，和古納仙納回到船上去。」

「我所有的文件都在裡頭，我得去要回來。」

「那些東西是要不回來的，你還不明白嗎？別管那些文件了，你必須從頭來過，你可以到了歐洲再買新的器材，你什麼東西都可以換新的，你自己的人身安全才是最要緊的。」

「多謝啦，你自己留著他媽的鬼骨骸吧。」

「古納仙納，你去開車。」

「你給我聽好……，」她狠狠盯著他：「叫他載我回家，我不認爲我走得回去。我再也不要你幫我了，但是我走不動。我剛剛……他們……」

「到實驗室去！」

「天哪，去你的……」

他重重摑了她一記耳光，他察覺四周有人圍觀。她喘著氣，臉上潮紅一如發高燒。

「帶著骨骸，去做你該做的工作。你的時間有限，別求我幫你，熬夜趕工也得做好。他們兩天後就要拿到你的報告，但是你今天晚上就得給我辦妥。」

她被他突如其然的舉動嚇獃了，慢慢地爬上停在她身旁的箱型車。瑟拉斯盯著她，然後拿出一張通行證，遞進車窗交給古納仙納。箱型車繞了半個圈，他眼見她低低垂著炙紅的臉，直到車子駛離他的視線。

他自己則無車可用。他走過門口警衛，踱到街上攔了一部巴加吉，將辦公室地址給了車伕。乘坐巴加吉可不能大意，稍一閃神，就可能被顚出車外。然而，這會兒當巴加吉在車陣中橫衝直撞時，他俯下身，將頭埋進雙掌中，希盼周遭世界悉數拋諸腦後。

安霓尤步上登船梯棧，沿著上層甲板踱步。午後的港灣，她可以聽見遠方傳來的哨音、號聲。她想要空曠、空氣，不想面對黝暗狹仄的斗室。船下遠處的碼頭上有一名男子手裡拿著照相機，安霓尤一看見他，便退後了幾步，好躲開他的視線。

她知道此地已不能再久待，她想留下來的念頭也蕩然無存，她無力改變這裡的遍地血腥，人們對屠殺變得痲木不仁。她想起一位曾經任職於「納德桑中心」的女士對她說過：「我之所以離開人權運動組織，有一部分原因是我記不清哪一次屠殺發生在何時、何地……」

大約五點光景，安霓尤找到那瓶椰子燒酎，爲自己斟了一杯，然後走下狹窄的階梯進入艙房。

「您還有什麼吩咐？小姐。」

「謝謝你，古納仙納，你可以先離開了。」

「是的，小姐。」不過她知道他會留在船上，在附近守著她。

她打開燈，一整套器材已經擺在那兒，那是瑟拉斯的。她聽見艙門在她身後關上的聲音。

她又接連喝了不少椰子燒酎，然後扯著喉嚨大聲說話，只是爲了讓昏暗的艙內傳蕩著回音，好讓自己伴著這具古老遺骸不致感到孤寂。她用手術刀將膠布割開，一扯下膠布，她立即就認出它來。爲了更確定，她將右手移往它的踝骨，摸到她幾個星期前切割過的刻痕。

瑟拉斯把「水手」找回來了！她拿起另一盞燈，小心翼翼地檢視它，肋架宛如船身的龍骨。她將手探進它的胸腔，摸到她的錄音機被藏在那兒，她簡直不敢置信！直到摁下播放鍵，錄音機傳出人聲，話語充滿了整個艙房，迴繞在她的四周。她暗中側錄的官員質詢也全都還在，而「水手」也失而復得！她再度將手探進肋架內，正準備按下停止鍵時，錄音機內緊接著傳出他的聲音，清晰而專注的聲音，他必定是將錄音機湊近嘴巴，非常小聲地錄下來：

「我現在人在軍械大樓的甬道內，時間不多，我長話短說。你一定已經發現了吧，這具骨骸不是別人，正是『水手』，正是你的有力證據——不是古物，死亡方才五年。馬上洗掉我的留言，別留著。盡速將報告完成，並在清晨五點準備好動身離開，趕搭七點起飛的班機。有人會開車載你去機場，我希望我能親自送你，但也許會由古納仙納代勞。切勿離開實驗室半步，也不要打電話給我。」

安霓尤倒轉錄音帶，和骨骸隔著一段距離，在船艙內來回踱步，重新聽一次他的聲音。

這下她全都明白了。

那天晚上在岩面公園，因爲她在場，兄弟倆才能心平氣和地說出眞心話。雖然表面上似乎是對著她說，但過了許久之後，她才了解，他們其實都在與對方交談，而且也樂在其中。兩個人內心都渴望和對方重修舊好，她在那兒只是穿針引線，不過是個藉口。那全然是他們的對話——談彼此對內戰的看法，談他們如何在亂世中自處，談何所該爲而何所不爲。現在回想起來，這對兄弟其實比他們自己所想像的還要親。

如果她於日後回到僑居地，重新展開新生活，對於迦米尼和瑟拉斯的種種回憶將會在她未來的生命中殘留多少分量？她是否會對親近的人提起他們——這對可倫坡的兄弟？而就某方面來說，她像不像是夾在他們之間的姊妹，當他們鬥得不可開交時，適時介入調停？不管她身在何處，是否仍會時時憶及他們？是否還會想起這對奇怪的中產階級兄弟，年屆中年才發現自己深陷在一個與他們所誕生的環境迥異的世界？

她記得那一晚，他們提及愛自己國家的程度勝過一切。西方人說什麼也無法體會他們對這塊土地的眷戀。「但是，我決不會離開。」迦米尼悄聲說道。

「那些美國電影、英文小說——還記不記得它們共通的結局是什麼?」那天晚上，迦米尼問：「美國人或英國佬上了飛機走人，結束。鏡頭也跟著走了，他望著窗外的蒙巴薩，或是越南，還是雅加達，他現在總算都可以隔著雲霧欣賞了。憔悴的英雄，對著鄰座的小妞打屁幾句，他就要打道回府了。至於戰爭呢?管他是為什麼開打的，總算是告一段落了。對西方人而言，光這麼點眞實就夠了。這或許就是過去這兩百年來西方政治書寫的歷史——及早脫身，寫一本書，揚名立萬。」

民權組織的工作人員帶著周五剛出爐的罹難者報告——附帶剛沖洗出來、幾乎還來不及晾乾的黑白照片前來。本周有七名死者，顏面均已經塗銷。這幾份留給迦米尼的報告放在他窗口前的桌子上，他一交完班便拿到手。他啓動錄音機，開始口述他所觀察到的傷害情況並略述可能的致命原因。當審視到第三份報告時，他認出了一些與刑求無關的傷口，幾道似曾相識的舊疤痕。他立即拋下手中的卷宗，飛奔下樓，穿過長廊奔到病房，房門沒有上鎖。他動手逐一掀開覆在屍體上的白布，直到他找到了預料中的那具屍體。他一拿起第三張照片，耳中便漲滿了自己的心跳聲，滂滂作響。

迦米尼不曉得自己在原地呆立了多久，房間內擺放著七具屍體。他能做什麼，毫無頭緒，或許他仍可以做點兒什麼，他看著那些被強酸灼蝕的傷痕、彎曲的足肢。他打開擺放繃帶、夾板、消毒水的醫藥櫥，然後動手用沖洗液洗刷屍體上焦黑的部位——他全心全意醫治他的哥哥

——先將左腿擺正，再一一處理傷口，一如他仍活著，似乎以爲當他處理完哥哥全身上下大大小小的傷口之後，就能讓他起死回生。

你手肘側邊的長裂疤是你在坎地丘上騎腳踏車摔傷留下的，這道傷疤則是我拿板球桿打你造成的。我們這對兄弟，到底終究無法背棄對方，雖然你總愛擺出長兄如父的架子，然而，瑟拉斯，如果我當時已經當了醫生，我仍會悉心爲你療傷，一定會把傷口縫合得比皮喬奧醫生更仔細。那都是三十年前的往事，瑟拉斯。現在天已經漸漸黑了——所有人都回家了，除了我——這個你最討厭的家人，你最無法與之和平共處、安心以對的人，你鬱鬱寡歡的影子。

他倚靠在屍身上，一一照拂上頭的傷口。低斜的餘暉映照著兩人，迤邐在地上合爲一道長影。

有各式各樣的「聖殤圖」。他記得自己曾看過那麼一幅充滿情慾的聖殤畫面——一男一女，男子正處於高潮的瞬間。女子騷抓著他的後背，以無比包容的神情注視男子肉體呈現的轉變。這就像他眼中的瑟拉斯與瑟拉斯的妻子，她抬起雙眼，盯看著他，直視他內心深處的狂亂，環抱親夫身體的雙手仍不斷在他的背脊搔爬。

還有其他的「聖殤圖」——神話故事中的沙毘陀（Savitra）奮力將丈夫自死神手中拽回，在圖畫中可以看到她抱著他——她的臉上滿溢著喜悅，而他的表情則是極度扭曲變形，對於回到愛與生命的懷抱充滿恐懼。

這裡呈現的則是另一幅兄弟之間的「聖殤圖」。在迦米尼僵滯、紛亂的思緒裡，他只知道這將是與瑟拉斯永恆對話的開端抑或終結，若此時他不開口對他傾吐，他的哥哥將自此從他的生命中消失。此時此刻，他們也相互構成一幅「聖殤圖」。

他解開哥哥的襯衫，露出線條柔緩的胸脯，不像他的堅實、桀傲，這是一個雍容大肚一如象頭神般的胸脯、亞洲人的肚腩。有著如此胸脯的人，屬於圍著紗龍，端著茶、捧著報紙，閒步走入庭園或登上陽台的階級。瑟拉斯總是避免和血腥暴力沾上邊，此乃他的個性使然，他好像從不爲此天人交戰，他身邊的人卻因而抓狂。如果迦米尼是隻小老鼠，他的哥哥就像一頭熊。

迦米尼溫潤的手拊著那張僵冷的臉龐，他從未操心過他唯一的哥哥的命運，他總認爲自己才是會橫死的人。或許兩人都曾經各自猜測自己會獨自在自行營造的黑暗中跌得粉身碎骨。他們各自的婚姻、他們所選擇的職業，擺盪在內戰的邊緣，被政府、恐怖分子、叛軍拉扯著。兩人之間從沒有過暢通的溝通管道。只能各自尋覓、發現各自的領域——瑟拉斯在曠野找尋占星石，迦米尼則埋首於急救中心的原始醫療之中。只要忘掉對方的存在，兩個人都可以活得輕鬆、愜意。兩人壓根就是一個模子出來的，以致於誰也不願對另一方認輸。兩個人只要一和對方在一起，就只會流露出自己強悍、憤怒的一面。那晚在岩面公園，那名女子——安霓尤曾這麼說過：「我無法從別人的強處去瞭解他們——強處說明不了什麼，我只能藉由弱點去瞭解他們。」

瑟拉斯的胸膛說明了一切，它說明了所有迦米尼抗拒的事物。但是，如今這具軀體躺在檯子上，毫無防備，逝者已矣，他不再是論辯的對手，不再是迦米尼拒不接受的觀點。啊，那兒好像有個被尖銳物刺穿的小傷口，迦米尼洗淨傷口後，悉心包紮好。

他曾看過整排牙齒全被拔光的遺體，也見過鼻子被削掉、兩眼被灌入不明液體、雙耳被捅穿的案例，但是都沒能比奔下醫院走廊，見到自己哥哥的臉更讓他驚駭莫名。這是一張通常他們會特別處置的臉，他們總是運用殘酷的手段讓死者顏面盡失，但是他們這回沒有動瑟拉斯的臉。

他們套在瑟拉斯身上的襯衫袖子顯得出奇地寬鬆，迦米尼明白爲何他們這麼做。他將袖子捲起，雙臂手肘以下多處被打斷。

天色已然全黑，看起來像是灰暗的液體注滿了整個房間。他走到門邊，扭開電燈開關，七盞大燈亮起，他回到哥哥身旁坐下。

他靜坐在那兒，直到一個鐘頭後，城裡發生另一場爆炸，死傷者陸續被送進來。

喀圖嘎拉總統身上穿著白色棉質外衣，看起來相當蒼老的容貌與市區四處林立的巨幅海報完全不相吻符，這些歌頌、美化總統的海報已在街頭矗立多年。即使他壞事幹盡，當人們親眼看到他本人日益稀疏的白髮底下那張瘦臉，仍不免油然生出憐憫之情。他總是愁容滿面，流露出怯懦的神情。幾天前他就一直處於神經緊繃的狀態，彷彿他的心中早有不祥預感，彷彿他面對著一具已經啓動而他卻無力掌控的機器。但是今天是民族先烈紀念日❶，每年一到這一天，

❶民族先烈紀念日（National Hero's Day）：即斯里蘭卡的國慶日。一九七二年五月二十二日經議會通過，確立斯里蘭卡獨立的共和國地位，初期稱為「共和國日」，統一國民黨執政後改名為「民族先烈紀念日」。

「銀頭總統」照例要走到戶外接觸民眾，他可不會白白放棄這個收攏民心的大好場合。

早在一周前，軍情系統就不斷發出警告，叫他不要到群眾聚集的地方，事實上他當時也應允照辦。但是到了當天下午約三點半，總統竟然還是外出參加群眾大會，喀圖嘎拉手下的特別小組頭子於是趕緊夥同其他幾名官員，跳上吉普車去追他。他們沒花多少工夫，很快就在人群擁擠的可倫坡街上找到他，正朝他過去的時候，炸彈在此時引爆了。

喀圖嘎拉當時身穿寬鬆的長袖白西裝和紗龍，腳上穿著涼鞋，左腕上佩戴一只手錶。他的防彈座車停在立頓圓環前，他正站在車上進行簡短的演說。

R身穿粗棉短褲和寬鬆的襯衫，衣物下還有一層炸藥緊裹著身體。兩顆金頂電池和兩組藍色的啓動引信，由左、右手分別控制，引爆裝置經由電線連接到炸藥上。第一道開關啓動炸彈，此時他便進入備炸狀態，一但他啓動另一個開關，炸彈便會應聲引爆。在啓動第二道開關之前，他仍可以隨時解除備炸狀態。R的短褲上方還裹覆著更多東西，他用四條魔鬼氈將炸藥包牢牢固定在他的身體上。連同炸彈和包在其中無數細碎、沈甸甸的彈屑。

喀圖嘎拉結束了立頓圓環前的演說，繼續乘坐防彈越野吉普車，朝岩面公園聚集的人群行進。早於一年之前，一位算命師曾經預測：「他將有如盤子墜地般粉身碎骨。」此刻，他的座車沿著聯合大道，被人群簇擁著緩緩前進。他還不停攀出車外，對周圍群眾揮手致意。R穿越層層疊疊的混亂人潮，騎著腳踏車逐步朝目標前進；也有人說，他當時是推著腳踏車步行。總之，喀圖嘎拉現在深陷在人群之中，車子再度停下，因爲他看見一列支持者的隊伍，高舉標語牌從旁邊路口轉進，匯入大街，他打算去引領群眾。而身負刺殺任務的R，已經混在喀圖嘎拉的隨扈外圍，他們應該都曾看淸他的相貌。R騎著或牽著腳踏車，正緩緩欺近目標。

喀圖嘎拉生前最後半個小時被拍下的一些現場照片，悉數歸入軍方檔案，其中有一些是警方從監測的高樓拍的，其外的則是由記者所攝，這些照片全部遭到沒收，而後石沈大海，始終未能見諸報端，能夠公開的都是事發前他身著白西裝的模樣——看來一副孱弱、憂心忡忡的樣子，最顯而易見的，則是他的蒼老。多年以來，刊登在報紙上的總統肖像總是經過修整、美化，但現在出現的這批照片，叫人最先注意到他的年齡——對照著他身後經過美化的巨型肖像看板，上頭的他看起來精力旺盛、神采奕奕，加上滿頭豐厚的華髮，兩相對照，落差更加強烈鮮明。而在他身旁，也可以看到他最後一次從裡頭走出來的那部裝甲車輛。

喀圖嘎拉在生命結束前的最後一刻，心裡還盤算著要怎樣帶領那群支持他的遊行隊伍，一塊兒浩浩蕩蕩行進到岩面公園，和已經聚集在那兒的群眾會合。他本來已經往回走向座車，最後一刻卻臨時改變主意，決定再度去指揮遊行隊伍。結果他與他的護衛們便被夾在兩大股互不相干的人潮之中——一群是他的擁護者，另一群則是慶祝民族先烈日的一般百姓。如果當時有人說總統在人群裡，大多數在場群眾一定會大爲吃驚。總統在哪裡？其實，路面上唯一能看得到的總統身影，便是遊行隊伍抬著的那幅巨大的看板，上上下下晃動不已。

沒有人能夠確定R是否混在新加入的那列隊伍裡頭——照理說這個可能性最高，或者他原本就混在兩群人之間；抑或他根本就是在座車附近等著他自投羅網。不論如何，當他確定他有機會在街上狙殺喀圖嘎拉，他就一直盼著這一天。R絕對無法帶著炸彈硬闖總統公館進行刺殺，那兒有成群保鏢嚴密守衛得滴水不漏，連口袋裡插著的筆都得一一受檢。所以R只能在公開場合動手，把所有的裝備行頭全縫在身上，他自己不但是武器，也是游標。只要他往哪兒一站定，那兒就會被炸個片甲不留；他的雙眼就是狙擊鏡。他趁機貼近喀圖嘎拉時，已經接通了一顆電池，衣服之下亮起一顆藍色小燈，等到他和喀圖嘎拉距離只有五碼光景，他啓動了另一個開關。

民族先烈紀念日下午四點，超過五十人當場慘死，包括總統本人。強烈的爆炸將喀圖嘎拉炸成了碎片。爆炸過後，眾人矚目的焦點圍繞著一個謎團——總統在事發前是否已被別人帶離現場，如果真是如此，那麼是誰接應的？警方？抑或軍方人員？還是恐怖分子？因爲總統不見了。

總統在哪裡？

特別小組的頭子早在半個小時前便被告知：喀圖嘎拉在外頭與群眾面對面。他隨即跳上吉普車火速奔赴「銀頭總統」，一找到了他，便執意要他立刻回到車內並且直接駛回官邸。當爆炸發生時，他卻奇蹟似地毫髮無傷，安然離開現場，炸彈的碎片四濺飛射，貫入並留在喀圖嘎拉的身體內，或擊穿他之後，紛紛墜到他身後幾呎遠的柏油路面上，霹啪作響。但是爆炸的巨響掩蓋了其餘的雜音，所有生還者對當時的爆炸聲仍心有餘悸。

於是，當爆炸的回音逐漸平緩下來，特別小組的頭子成了現場唯一還存活的人。他的周圍方圓二十呎內只剩下那幅大而無當的喀圖嘎拉肖像看板，斑斑點點的陽光從硬紙板的無數破洞透穿，那是被炸彈碎屑所擊穿的。

他的四周則是狼藉的屍體，幾名擁持者、一個占卜師、三名警員；幾碼外的防彈車並未受損；仍完好的玻璃上血跡斑斑，裡頭的司機亦未受傷，僅受巨響波及而暫時失聰。

街道對面的大樓牆上沾黏著幾片模糊的血肉——可能是炸彈客自己的屍骸；喀圖嘎拉的右手臂孤伶伶地落在某個死去的警察肚皮上。摔裂的煉乳陶缽碎片散滿整個人行道，下午四點正。

不到四點半，每個能被找到的醫生全數向可倫坡的各醫院急診室報到，協助救治爆炸周邊的上百名傷患。很快地，病房內紛紛傳出各種謠言，指出爆炸發生時喀圖嘎拉也在人群中。於是每家醫院均嚴陣以待，準備隨時接應可能會被送來的受傷總統，然而他始終沒有出現。至於他的屍體——或者該說——他的殘骸，則花了好一段時間才勉強尋獲。

一般民眾則是在接到來自英國、澳洲的電話後才知曉這場暗殺事件，外地的親友告訴他們：新聞報導喀圖嘎拉已經身亡。不到一個小時，消息便傳遍全城。

# 遠方

這尊高達一百二十呎的雕像，佇立在布篤魯瓦嘎拉的郊野已長達數代之久，較廣為人知的「菩薩群像摩崖淺浮雕」距此僅半哩之遙。赤足的你頂著正午的熾烈驕陽，仰頭瞻望這些佛像。這裡是極度貧瘠的地帶，最近的村落距此足足四哩開外。這些高高聳立在地表上，個個仰面朝向穹蒼的石雕佛像，往往成為附近農民一整天在地平面上所能目擊的唯一人形物體。祂們的凝視穿透寂止的平野，穿透噪鳴的蟬聲——牠們隱身在焦枯的草地裡——轉瞬消逝的生命中因此注入了一絲永恆。

經過漫漫長夜的蟄伏，冉冉昇起的日頭先為菩薩們與佛陀的頭顱染上炎彩；光線順著石雕衣褶緩緩往下挪移；最後，越過層層林木阻幛，萬道金光迤邐、袤覆著沙地、乾草與石塊；幾具人影悄然現形，踩著烤熱的赤足走向這些聖像。

三名男子扛著細梗竹梯，漏夜穿過平野，低聲幾句交頭接耳，唯恐被人撞見。甫於前日午後新造的竹梯，此刻已架在佛像身上。其中一人點燃一根紙菸叼在嘴上，開始蹬上竹梯。他塞入一管炸藥在雕像衣褶中並用紙菸點燃引信，隨即縱身一躍而下，三人旋即奔竄，一邊轉頭看著爆炸點，手拉著手低身伏下。石像應聲傾倒，軀幹猛然墜落地面，佛頭的巨大莊嚴法相朝下筆直砸落土中。

竊賊們七手八腳地用鐵桿撬開佛像的腹部，卻未能發現金銀珠寶，於是他們馬上掉頭離去。反正，這只不過成了一堆破石殘岩，又不是殺人越貨。至少這樁破壞行爲不是基於政治對立，也不是不同宗教間的相互毀神行動。這些人充其量只是找盡門路，企圖擺脫長期捱餓和困乏的窘境。而圍繞在雕像與摩崖石雕附近的這片「與世無爭」與「純淨無垢」的平野，或許也正是進行殘酷虐待與屠殺滅屍的絕佳場所——因爲此地人煙罕至，偶有寥寥幾名農民、香客途經此地。卡車載著從各地捕捉的異議分子，來到這個適合用來焚燒、掩藏屍體的地點。這些平原，同時見證了佛陀教義與二十世紀的殘酷政爭。

被延請到布篤魯瓦嘎拉擔任重建佛像的藝師是一位來自南方的男子。他出生在某個石匠村，曾經當過點睛師。根據監管此項計畫的考古部的說法，他是個嗜酒之徒，不過他只在每日過午才會開始酗酒，雖然工作和喝酒的時間會稍稍重疊，但是到了晚上他才會變得難以接近。他於若干年前喪偶，而他的亡妻正是千百名失蹤者之一。

安南達・烏都嘎瑪每日黎明即抵達現場，他會將藍圖釘在地上，將工作分派給七名隨他工作的工匠。工人們已將基座掘好，準備用來安置雕像的下肢和大腿，這幾個部位並沒有遭到毀損。他們先將這幾塊巨石暫時置放在蜂群出沒的平原上，靜待其它部位的復原工作完成。四百公尺外，巨佛的重建工程也同時進行，另一尊佛像將取代被毀壞的神祇。

大家原先都以爲安南達會在外國專業技師的監督和指揮下進行工作，但是外國專家始終沒有現身，政治動亂猶未止息，此地依舊充滿危險。他們每日都會發現不少屍體，在某些敵對政治勢力接壤的區域，他們甚至來不及掩埋屍體。爲了讓家屬無從尋覓，有些被害者甚至遠從喀魯塔拉（Kalutara）被載運到此地。安南達對此顯然早已習以爲常，他撥出手下的兩名工人協助處理屍體——先爲它們別上標記，再聯絡民權組織的人前來處置。當雨季來臨，殺戮亦已止息；至少，這裡再也不必充當刑場或埋屍地了。

隨著工程陸續完成，安南達既複雜又獨特的營造技法逐漸展露。不論寒暑、陰晴，也不管強風、暴雨，他總是在泥濘的壕坑內指揮工程進行。壕坑被修築得宛如一口百呎來長的棺木，用來置放雕像的石塊殘片；裡面隔出許多一呎見方的區域，一旦某塊殘石屬於雕像的哪個部位大致確定了，便依工頭的指示，丟進特定的方格內。這道手續只能做到約略的精確度，石塊大小不一，從巴掌大到小如指節比比皆是。分類工作在天氣最惡劣的五月季節雨肆虐的期間進行，於是只見石塊殘礫噗通噗通，紛紛被投入已經成爲小水窪的方格內。

安南達召來十名村民加入工作。他們從事這類工作比較安全，否則隨時都有可能被拉去充軍或是被列爲叛黨嫌犯而橫遭逮捕。結果越來越多村民湧來自願參與工作，男女皆然；只要有人自告奮勇，他就派點工作給他們。他們早上五點就來報到，下午兩點前收工，紛紛作鳥獸散——接下來的時間，安南達·烏都嘎瑪自有安排。

挑撿石塊的工作由婦女負責，濕淋淋的石塊順著她們的手，井然落入各個方形區域內。自從開始降雨以來已經一個多月，當雨勢稍歇，草叢中便蒸散出裊裊熱氣，圍裹在每個人的周身。這時，大夥兒才能聽見對方講話，於是開始聊起天來。短短十五分鐘過後，身上的衣物便已乾透。接著，再度下起傾盆大雨，大家又都籠罩在滂沱的雨聲之中，便又靜默下來，在滿是人群的平野上孤伶伶地各自幹活。豆大的雨點擊打著浪板屋頂，彷彿要將它掀了似的。石頭的分類工作耗去數個星期，在旱季來臨時，大部分的肢幹部位已經大致收集完畢，依稀可以看出一根手臂——長達五十呎，還有一隻耳朵。雙足則仍安然置於蜜蜂出沒的平原上。他們開始將這些殘骸移往蟬隻躲藏的草地上，進行組裝的工作。技工們拿著二十呎長的鑽棒，鑿穿雕像的雙足底部，然後將軀幹、四肢也一一鑽出幾道管路，從頭到腳、貫通肩背與頭頸，這些穴脈將成爲佛像的銅筋鐵骨。

長達數月的組合工程進行期間，安南達自己將大部分時間花在頭部，他和其他兩個工人運用一套溶解岩石的技術。若仔細近觀，可以看見佛顏上布滿補綴的痕跡。原本他們打算一一磨平、合成臉部表面，但安南達轉念一想，決定保持祂原來的樣子，以維持法相原先的穩靜、泰然。

一座新的雕像在地表上重新矗立起來，緩緩貫入天際。安南達的重建工程沿著一條斜緩的沙坡進行，佛頭仍被安置在最低處——靜候最後一道也是最緊要的組合程序。

五口大鍋在細雨下嘶嘶作響煮著滾沸的熔鐵。男子們拿出預先準備好的波形槽管，將鐵汁順著凹槽注入，緊盯著熔鐵隱沒在雕像底座。紅燙熔滾的鐵汁滑入佛身內的管道，貫通百呎筋絡。等鐵汁冷卻後，將牢牢固定住所有的肢幹。此時再度開始降雨，這回連下了兩天。村子裡來的幫工都收工返家，現場頓時空無一人。

安南達坐在頭顱旁的椅子上，仰起頭望著天空，凝視暴雨的中心。工人們用竹竿架起離地十呎高的鷹架，此刻，這名四十五歲的男子起身爬上鷹架平台，從上方俯看雕像的面容與身軀，裡頭的熾紅熔鐵正逐漸冷卻。

他於次日清晨再度登上平台。原本下個不停的雨嘎然而止，地上、雕像身上開始冒出蒸汽。安南達屢屢摘下用鐵絲固定的眼鏡，拭乾鏡片上的霧氣。他現在泰半時候都站在這個平台上，他的身上穿著幾年前瑟拉斯給他的印度棉衫，紗龍受雨水濡濕而變得色澤晦暗、沈甸甸的。

他仔細地審視他們重建的佛顏法相。長久以前，他曾經相信藝師所具備的獨特創意，他年輕時曾認識幾名藝師。只要悄悄躺臥在他們曾經沈睡的藝術古老眠床，便能感覺無比安適。曾看到他們榮華光耀的日子，也眼見他們困頓拮据的歲月。他總是更加喜愛身處困頓拮据的藝匠和他們的手藝。而他自己也已不再從事臉部的創造。自作聰明的創造只是徒然，這次重建雕像的一切工程步驟，他所在意的無非如此。這尊法相，正是由無數片糙石粗岩，加上映照在頰面上的縷縷竹影組合而成。在這尊雕像的有生之年，祂的身上不曾被人影覆照，只是一貫地望穿這片炙熱大地，看著遙遠北方的山麓，看著不息的戰火，並施予死去的生靈一絲安息或嘲諷。此刻，陽光滲進每一處縫隙之內，整個臉龐彷彿瞬間被粗略地縫補起來。他無意隱藏這些裂紋。他看著佛像低垂的灰白雙眼，久遠之前由某人鑿刻出的雙眼，空茫的目光卻有無盡的包容。此刻，他貼近這對眼睛，沒有絲毫距離，像一頭在石花園內的遊獸，某個未知的老者。再過幾天，這尊佛首就將高聳天際，不再能夠任由他站在鷹架上俯視，他的陰影也將不再拂掠佛顏，他也無法再像現在這樣，向前彎身即可掬飲石縫中蓄積的雨水，彷彿領受一頓聖餐、一份財富。他凝視這對曾經屬於某位神祇的眼睛，有了新的體悟。身爲一名藝師，他此刻心中毫無對崇高信仰的禮讚，他只知道，若非堅持當一名藝師，他只怕也會淪爲厲鬼。周遭不斷上演的戰爭總是充斥著無數暴戾的惡靈、沈冤的幽魂。

終於到了新佛「開光大典」的前夕，鄰近村落準備的貢禮亦陸續送達。高高聳立的佛像超過火光的範界，彷佛要直探闃黑夜空。清晨三時，梵唱轉爲經誦，伴以低迴的鼓聲。安南達一面聽著傳唱不息的佛陀香讚，一面聽著夜行的昆蟲在佛像反射的光暈下啁啾不止，佛光四射宛若輪輻逕達八方，篝火四野，孩童與母親們或臥或坐期待黎明。寒黑的夜色中，鼓手們結束揮汗如雨的表演魚貫返回，只見一雙雙赤足在油燈映照下，沿著沙徑蠕蠕前行。

數尊佛像的重建工程相繼完成，於是現在似乎頓時有了兩尊雕像——一尊是斑駁的灰岩石雕，另一尊則是白潔的石膏像——分立在山谷兩端，相距半哩之遙。

安南達端坐在藤椅中，讓旁人爲他披上瓔珞並施以彩妝，他將爲新佛主持開光儀式。四周的黑暗已歷經數千年的歷史更迭，直溯波羅迦羅摩巴忽❶等遠古諸王——當時只有國王可以擔

❶波羅迦羅摩巴忽（Parakrama Bahu，一一五三—一一八七）：十二世紀僧伽羅國國王，是讓錫蘭佛教重新振興且發揚光大的重要人物。

任點睛的工作，那時，還有宮廷舞樂爲伴，一切恍如仙境。

時辰接近四時三十分，數名男子從暗處扛出兩座長竹梯，在篝火圈中架在雕像上。當曙光昇起，將可看見兩座竹梯依傍在巨大的佛像兩肩上。安南達．烏督嘎瑪與他的姪兒頂著夜色登上竹梯。兩人身上都穿著禮袍，安南達頭上纏著上好的絲綢頭巾，兩人各自掛著布褡褳。

他爬入寒黑的夜空，立在半梯高，腳下的火光似乎是他與塵世唯一的聯繫。轉頭望向穹蒼，他隱約看見遠方天際逐漸泛亮，緩緩逼近樹林，陽光柔柔地將竹梯覆上一層綠光，手臂上依稀感到微微溫暖，他定定地看著光芒漸漸拂亮他的錦衣華服，裡頭包覆著瑟拉斯的棉衫──他發願在這個神聖的日子穿上它──從此以後，瑟拉斯．狄雅仙納的魂魄將與他，也與那個名叫安霓尤的女子長相左右，一生一世不再或離。

在開光的預定時辰前幾分鐘，他已經登抵佛首，他的姪子已經在另一邊等候他。安南達前一天曾試爬過梯子，所以他知道距梯首兩級是最方便工作的位置。他解下纏腰布，將自己牢牢繫在梯子上，他的姪子遞給他鑿子和筆，下方的鼓聲也在此時止息。男孩高高舉起手中的鐵鏡，恰好映照出佛顏空洞的目光──未成就的雙眼，無能洞視，除非經此最後一道刻、畫的過程──他仍不是佛陀。

安南達開始動手鑿刻。當他用椰子殼片掃除凹痕內的殘屑，一道精巧的線條便巧然顯現。

他與男孩均緘默不語。每隔一段時間，他便縮回梯子，垂下雙手，讓血液適時回流到胳臂。即便如此，兩人還是迅速地進行工作，因爲再過不久，陽光將會益發炙熱難耐。

他緊接著繼續進行第二具眼睛的鑿刻工作，即使周圍仍是清晨的低溫，他的錦緞之下卻早已涔涔一片濕汗。石膏粉屑四處飛濺——覆在佛首的兩頰、雙肩，覆在安南達的衣服上，覆在男孩身上。安南達感到十分疲憊，彷彿他已將全身的血液都灌注到雕像體內。接下來，最重要的時刻即將到來，佛眼將透過鏡子凝視他，將最初也是最後的眼光投注於唯一如此貼近祂的人。此後，這座雕像將只能隔著遙遠的距離俯視芸芸眾生。

男孩目不轉睛地盯著他，安南達朝男孩點了點頭，示意他沒問題，兩人依然沒有言語交談，他還要大約一個鐘頭才能完成。

錘敲鑿子的聲音止息，只剩周身的風陣陣呼嘯颳捲。他將工具交到男孩手中，然後自褡褳內取出顏料，目光越過佛首側直的面頰望向遠方的地平線，林梢呈現出各種濃淡紛雜的碧綠顏色，鳥雀的活動伴隨鄰近的各種聲響——這是佛像將永恆凝視的世界的形貌，不論晴雨，即使沒有人類存在，依然千變萬化的險巇世界。

這雙眼睛，此刻就像他的雙眼，將恆常望向北方。一如半哩外的另一副巍峨法容——由他伸出援手，將原本失去神格，優雅身形盡毀，僅存幽微凝視的一堆殘岩補綴而成的雕像。

此刻，透過人類的肉眼，他注視著自然界的纖毫活動。即使是一隻鳥悄然飛近，甚至羽翼的些微抖動，或是百哩之外，一場風暴自岡內戈拉（Gonagola）附近的山脈鋪天蓋地而降，席捲周邊的平原。他可以感受到每一道飄忽不定的風，每一塊碧綠的斑斕雲影。有個女孩踽踽獨行於密林深處。再不多時，滂沱大雨將如藍色沙塵朝他襲來。焚燒的草原、竹林，雜混著燒夷砲、手榴彈的硝火氣味。碎裂雜響一如腕臂上的岩層因高溫而碎裂。佛顏在暴風雨頻仍的五、六月仍兀自瞪大的雙眼。這氣象——源於熱帶叢林、海洋，源自東南方、他身後那片荊棘灌木林，源自落葉林山巒——朝著巴杜剌（Badulla）一帶焚燥的廣袤草原移動，再移往那片紅樹林海岸、瀉湖與河面的沙洲。翻攪不定的萬千氣象覆蓋大地。

就在這短暫的吉光片羽之間，安南達看清了世間萬物。站在這個位置，竟讓他生出萬般依戀。透過他用父親遺交給他的鑿子刻、畫出來的一雙瞳仁，他看清了。鳥群在林樹的間隙翩飛！

牠們穿越一層層溫熱氣流，一顆顆巨大的心臟極速狂跳，一如逝去的悉麗莎——由於無從得知她的下落，他便在心中虛構了她的亡故——一顆小巧而無畏的心，如今在她所喜愛的高處與懼怕的黑暗間來去自如，無所罣礙。

他感覺男孩伸出手關懷地覆在他的手上，一股來自塵世凡間的溫婉膚觸。

# 誌謝

在此感謝在斯里蘭卡及世界各地與我接觸的許許多多醫生、護士、考古學家、法醫鑑識專家，與人權、民權組織的成員們。無論置身古蹟遺址，混亂、救命孔急的醫院診所，或身處愁雲慘霧籠罩的檔案機構，若非他們慨然提供寶貴的學識與經驗，本書將永不可能完成。這本書獻給這些人士與組織，其中特別是安賈連德蘭（Anjalendran）、謝奈克（Senake）、與古迺堤列克（Goonetileke）三位。

*

感謝下列人士於本書進行資料蒐集與書寫期間所提供的協助：吉莉安與艾文‧拉特納雅加（Gillian and Alwin Ratnayaka）、K‧H‧R‧卡倫納拉特涅（K. H. R. Karunaratne）、N‧P‧蘇瑪拉維拉（N. P. Sumaraweera）、曼奈爾‧馮賽卡（Manel Fonseka）、蘇莉雅‧衛克雷瑪辛海（Suriya Wickramasinghe）、克萊德‧史諾（Clyde Snow）、維多莉亞‧珊佛（Victoria Sanford）、K‧A‧R‧甘迺迪（K. A. R. Kennedy）、迦米尼‧古迺堤列克（Gamini Goonetileke）、安賈連德蘭‧C（Anjalrndran C.）、仙奈克‧班達拉納雅克（Senake Bandaranayake）、拉狄卡‧庫瑪拉斯瓦米（Radhika Coomaraswamy）、堤莎‧阿比賽卡拉（Tissa

Abeysekara)、尙・裴芮拉（Jean Perera）、尼爾・馮賽卡（Neil Fonseka）、L・K・卡倫納拉特涅（L. K. Karunaratne）、R・L・譚布格爾（R. L. Thambugale）、德罕・古納賽克拉（Dehan Gunasekera）、拉芬卓・費南多（Ravindra Fernando）、羅蘭・席瓦（Roland Silva）、安南達・薩瑪拉辛海（Ananda Samarasinghe）、狄皮卡・烏達戛瑪（Deepika Udagama）、古納悉麗・休威帕圖拉（Gunasiri Hewepatura）、維狄雅帕西・索瑪班杜（Vidyapathy Somabandu）、雅納卡・韋拉通加（Janaka Weeratunga）、迪魯尼・偉拉仙納（Diluni Weerasena）、D・S・利雅納拉戚契（D. S. Liyanarachchi）、雅納卡・康丹比（Janaka Kandamby）、多明尼克・桑索尼（Dominic Sansoni）、凱薩琳・尼可森（Katherine Nickerson）、當雅・佩洛夫（Donya Peroff）、H・盧梭（H. Rousseau）、莎拉・豪斯（Sara Howes）、米洛・畢屈（Milo Beech）、大衛・楊（David Young）、路易絲・丹尼斯（Louise Dennys）、

此外，感謝：金西路醫院、波隆納魯瓦基礎醫院、喀拉皮堤亞綜合醫院、納德桑中心、斯里蘭卡民運中心、國際特赦組織，以及由可倫波醫界與可倫波大學中心於一九九六年五月爲民權研究而籌辦的人權研討會。

以下所列出的著作則爲本書提供了極其寶貴的參考資料：《斯里蘭卡全國地圖集》（調查部，一九八八年出版）；寶琳・修爾里爾（Pauline Scheurleer）編撰的《小史——阿姆斯特丹國家博物館所藏的

亞洲藝術品》（Cūḷavaṁsa; Asiatic Art in the Rijksmuseum, Amsterdam，阿姆斯特丹國家博物館，一九八五年出版）、考古學雜誌（Archaeological Magazine）攝製的紀錄片《青銅時代的編鐘》（Bells of the Bronze Age）、安南達・K・庫瑪拉斯瓦米（Ananda K. Coomaraswamy）的《中世紀的僧伽羅藝術》（Mediaeval Shihalese Art，帕忒農出版社，一九五六年出版），特別是書中關於「開光儀式」的部分；莫梅・亞薩・伊斯坎（Mehmet Yasar Iscan）與肯尼斯・A・R・甘迺迪（Kenneth A. R. Kenndy）合編的《從骨骸重建生命》（Reconstruction of Life from the Skeleton，衛里出版社，一九八九年出版），特別是甘迺迪針對「職業標記」的相關記述，刊登於《美國自然人類學學刊》（一九八七年出版），由甘迺迪、狄蘭尼雅嘎拉（Deraniyagala）、羅厄根（Roertgen）、契蒙（Chiment）與狄梭帖爾（Disotell）合著的論文《斯里蘭卡出土的更新世後期原人化石》（Upper Pleistocene Fossil Hominids from Sri Lanka）；勞倫斯・H・羅賓斯（Lawrence H. Robbins）的《殘石、遺骨與古城》（Stones, Bones, and the Ancient Cities，聖馬丁出版社，一九九〇年出版）；若干於戰期間的傷亡調查小冊，特別是G・古迺堤列克的《斯里蘭卡境內對人地雷致傷報告》（Injuries Due to Anti-Personnel Landmines in Sri Lanka），刊登於《維德優達雅社科學報》（Vidyodaya Journal of Social Sciences，斯里賈亞瓦丹納普拉大學出版），安南達・W・P・古魯給（Ananda W. P. Guruge）的論文《以梵文寫作的歷史小說家仙納芮特・帕拉納衛塔納》（Senarat Paranavitana as a Writer of Historical Fiction in Sanskrit）；克里斯多佛・喬依斯（Christopher

Joyce）與艾利克・斯多佛（Eric Stover）合著的《雖死猶不瞑目——骨骸透露的故事》（*Witnesses from the Graves, The Stories Bones Tell*，利特爾與布朗出版社，一九九一年出版）；《斯里蘭卡古代醫療機構簡史》（*A Note on the Ancient Hospitals of Sri Lanka*，考古部出版）；羅蘭・席娃、迦米尼・威傑蘇利雅（Gamini Wijeysuriya）與馬丁・衛斯（Martin Wyse）合撰的《丹鉢戈達遭損毀的菩薩壁畫之修復作業》（*Restoration of a Vandalized Bodhisattva Image at Dambogoda*，一九九〇年三月）；由曼奈爾・馮賽卡編輯，彼德森（P. R. C. Peterson）博士的回憶錄《輝煌歲月——一九一八年，一名官派醫生的回憶錄》（*Great Days! Memoirs of a Government Medical Officer of 1918*）中關於當年他在斯里蘭卡行醫的相關記述；國際特赦組織、亞洲瞭望（Asia Watch）、以及人權委員會的一系列調查報告。

*

出現在本書開頭的歌謠，採擷自雷克斯・A・卡辛納德（Rex A. Casinander）的論文《斯里蘭卡礦工歌謠》（*Folk Miner's Songs of Sri Lanka*，刊登於《民俗學研究》第三十五期，勾特堡出版社，一九八一年出版）中的兩首，並經重組、改寫而成。

失蹤者名單援引自國際特赦組織的調查報告。

羅伯・鄧肯（Robert Duncan）的文句引自《HD之書》（*The HD Book*，絨貓出版社，一九六七年十月出版）中的「參與的儀式」（Rites of Partipation）一文。

出現在第七十七頁上，維克多・雨果（Victor Hugo）的文句出自《悲慘世界》（*Les Misérables*），大仲馬（Alexander Dumas）的文句出自《鐵面人》（*The Man in the Iron Mask*）。

出現在第八十頁上，H・齊蒙（H. Zimmer）的文句出自《國王與屍首》（*The King and the Corpe*，普林斯頓大學出版社，伯林根論文系列第十一號，一九五六年出版）。

出現在第一七八頁上，安・卡森（Anne Carson）的文句出自《清水集》（*Plainwater*，諾孚出版社，一九九五年出版）。

出現在第六十三頁上，大衛・丹比（David Denby）的文句出自《經典》（*Great Books*，賽門與修斯特出版社，一九九六年出版）。

出現在第二九一頁上，關於容格的文句出自李歐諾娜・卡靈頓（Leonora Carrington）回應羅斯瑪莉・蘇利文（Rosemary Sullivan）的訪談。

感謝大衛・湯姆森（David Thomson）提供他對美國西部拓荒英雄系譜的發掘成果。

特別感激曼奈爾・馮賽卡。

法醫鑑識與醫學上的大量資訊承蒙克萊德・史諾在奧克拉荷馬州、瓜地馬拉兩地，迦米尼・古迺堤列克在斯里蘭卡，與肯尼斯・A・R・甘迺迪在紐約州的旖色佳，以及上述許多人士接受我的訪問時不吝賜教。

*

感謝噴射燃料公司（Jet Fuel）、瑞克・賽門（Rick/Simon）、達倫・偉佘勒-亨利（Darren Wershley-Henry）等單位與馬車房出版社（Coach House Press）的史坦・貝文頓（Stan Bevington）·，感謝凱薩琳・奧利根（Katherine Hourigan）、安娜・雅汀（Anna Jardine）、黛博拉・赫爾芳（Debra Helfand）與麗拉・艾可（Leyla Aker）·，依蓮・雷文（Ellen Levine）、葛芮虔・穆林（Gretchen Mullin）與圖林・瓦列里（Tulin Valeri）等人，亦在此一併誌謝。

最後，我要感謝·，依蓮・瑟里格曼（Ellen Seligman）、桑尼・梅塔（Sonny Mehta）、麗茲・卡爾德（Liz Calder）·，還有琳達（Linda）、葛里芬（Griffin）和伊斯塔（Esta）。

LOCUS

LOCUS

LOCUS

LOCUS